給台灣的大家：

初次到訪台灣時雀躍的心情、我至今仍會不時憶起。
無論走到哪裡、總會浮現懷念的感覺、令我忍不住駐足。
向熱情又溫暖的台灣讀者們獻上誠摯問候。

砥上裕將

線，畫出的我

線は、僕を描く

TOGAMI Hiromasa
砥上裕將——著
葉廷昭——譯

目次

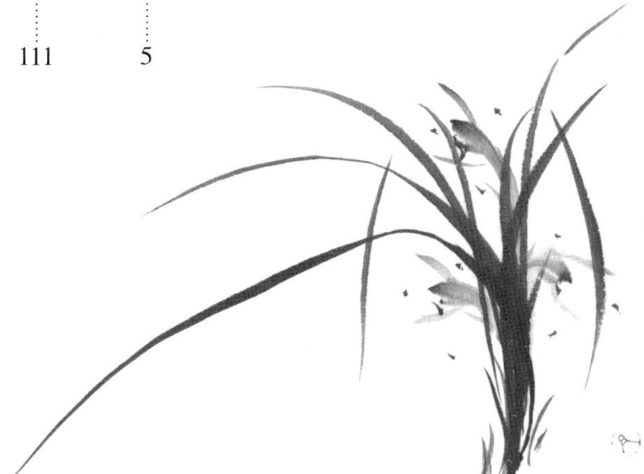

「春蘭」

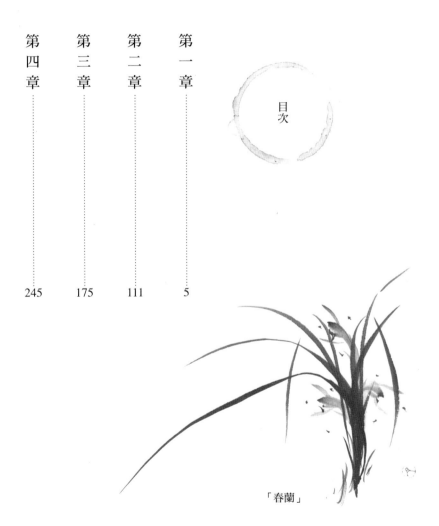

登場人物介紹

青山霜介　主角，大學生。

篠田湖山　水墨畫家，日本最具代表性的藝術家。

篠田千瑛　水墨畫家，湖山的孫女，擅長花卉畫。

西濱湖峰　水墨畫家，湖山門下第二把交椅，擅長風景畫。

齊藤湖栖　水墨畫家，最年輕的湖山獎得主，擁有完美的畫技。

藤堂翠山　水墨畫家，湖山很敬重的繪師。

古前　大學生，自稱霜介的好朋友。

川岸　大學生，跟霜介上同一門專題課的同學，為人機靈、嚴謹。

第一章

我們在場所有人都愣住了。

這天，我們被叫到大型綜合展覽館的地下停車場集合。負責監督作業的是一個叫西濱的男子，大夥聽著他的說明，腦袋幾乎快要當機。

我聽說這是很簡單的擺設工作才會答應來幫忙，但實情完全不是這麼一回事。按照西濱先生的說法，這是非常辛苦的體力活，絕不是我們幾個人幹得來的。光是看到西濱先生頭上包著毛巾，身上穿戴著工作服和手套，我們這些文科白斬雞就嚇到發抖了。大夥交頭接耳地說，「這跟古前同學告訴我們的工作內容不一樣」，我也有同感。

這一次的會場布置工作，西濱先生跟我們七個學生，要搬運五十多塊比人還高的展示板，每一塊的尺寸相當於三塊榻榻米。搬好後再爬上梯子，安裝固定展示板的器具，最後再搬運百來張的隔板。而且，還要在幾個小時內完成。想當然，替我們找來這份差事的古前沒說工作這麼硬，不然我也不會來了。

「聽說大家對自己的體力很有信心，我對各位有很高的期待，今天麻煩你們啦。」

西濱先生說得快活又輕巧，我們這些白斬雞卻不知該如何回應。開始作業以後，上午就有三個人偷偷跑走，中午過後又跑了兩個人。展示板需要加裝五公斤重的T字形腳架，要搬運的腳架更是展示板的倍數以上。一聽說這件事，我的最後一個同伴也跑了，只剩下我一個人。

高中畢業後我就沒做過這種粗活了。

我才把一塊展示板從倉庫拖出來放到手推車上而已，就聽到二頭肌的肌纖維發出撕裂的聲音。體格高大的西濱先生看起來不怎麼累，我卻累到手腳都在發抖。古前是我們學校的文化會成員，這份工作他壓根不該找自己人來，應該找那些擅長體力活的人才對。話說回來，西濱先生也是所託非人。不是每一個大學生都精力充沛、活蹦亂跳，也有像我這種對人生缺乏熱情的人。

「怎麼辦？大家都走了耶！再這樣耗下去，展覽會就辦不成了。」

展示板才搬完一半，西濱先生也開始慌了。展覽會場比小學的體育館還要大，目前裡面只有一小部分的展示板和隔板。光靠我跟西濱先生不可能完成所有工作。看到西濱先生慌亂又苦惱的模樣，我無法視而不見。我無奈地嘆了一口氣。

西濱先生在一旁乾著急，我直接拿出行動電話。

這種情況的責任歸屬已經非常明確了，我告訴古前同學現在狀況緊急，要他多派三十幾個身強力壯的學生過來。古前一開始很困惑，但他聽到我難得嚴肅的口吻，立刻明白事情的嚴重性。電話中還傳來民法課的授課聲，什麼被保證人的行爲能力之類的。

我是說什麼也不想動了。

西濱先生慌張得不知所措，我跟他說待會就有一批生力軍來幫忙，他才終於靜下來。

「唉呀、謝謝。好在有你幫忙啊，我還以爲展覽會辦不成了。這下不用怕丟飯碗了，我欠你一個人情。」

「請別這麼說，我只是找人來代替那些偷跑的學生罷了。這一次派來的人，應該比較堪用。」

「那好，我們先休息一會吧，我請你喝果汁。」

嘴上說要喝果汁，西濱先生卻帶我到吸菸室。

他在室內的自動販賣機買飲料給我，自己則買了瓶裝運動飲料和罐裝咖啡。他先打開罐裝咖啡喝一口，再從胸前口袋拿出壓扁的黃色香菸盒，上面印有美國精神的字樣，接著拿出廉價的打火機點菸。他問我要不要抽菸，我默默地搖頭拒絕，他想起我還未成年，點點頭表示諒解。

話說回來，爲什麼我會待在吸菸室啊？

我還是第一次這麼輕易地跟著別人走。煙味讓這個狹窄的空間散發一種異樣的氣息，地上的空氣清淨機就跟吧台一樣，可以站著把手肘靠在上面。看著眼前的光景，我覺得自己彷彿來到異世界，脫離了原本熟悉的一切。對了，這似乎也是我人生第一次打工。面對這些前所未有的經驗，我的情緒有些亢奮，同時也帶點緊張。我在休息，卻沒有眞正放鬆。

這位叫西濱的大哥，還眞是個不可思議的人。

他皺起黝黑的臉龐，露出了隨和的笑容，沒有一般大人那種略顯狡猾的感覺。剛才打工的學生偷跑，他也沒有埋怨那些人。

西濱先生講話的方式直率坦誠，但又不傷人。他的聲音聽起來柔和又清晰，表情也十分鮮明。他苦惱時看起來真的很苦惱，現在放鬆的時候你又能感受到他放鬆的氣息，甚至給人一種懶散的印象。再看他頭上綁著白毛巾，手拿便宜打火機拚命吸菸屁股的模樣，又率真到令人訝異的地步，那種不可思議的風格跟他很相襯。他的身材高大，身段又輕盈得如同格鬥選手，也更加突顯他這個人的難以捉摸。

西濱先生點了第二根菸，又喝一口罐裝咖啡，滿臉幸福地抽著菸。

「每一根菸都要細細品嚐啊。」

西濱先生講了這句莫名其妙的話。

「你叫什麼名字啊？」

「啊、我叫青山霜介，請多多指教。」

「不敢當，我才要承蒙你關照呢，還滿累的吧。」

西濱先生靜靜地抽了幾口菸，又問我：

「你大一嗎？」

「是的，剛入學沒多久。」

「這樣啊，你是念什麼的呢？」

西濱先生的語氣客氣得很不自然，有點像在跟小朋友說話一樣。我放慢思考速度，說了簡潔的答案：

「我念法律的，法學部。」

「法律啊？眞厲害，你看起來很聰明嘛，以後打算當律師嗎？」

「不，我想我不會當律師。或許什麼也當不成吧，要是當得成就好了。」

「什麼都當不成？不是不想，而是當不成？」

我沉默了一會，卻找不到適當的言詞說明自己的狀況。

西濱先生以一種奇特的表情看著煙霧：

「是喔，也對啦。」

他用圓融成熟的方式，隨口應和我的話。

「現在想這些太難了。」

語畢，西濱先生又用力吸了幾口菸。他瞇起眼睛吐出煙圈，表情有些難以言喻。

「其實也不見得要刻意去當什麼，搞不好你自己就會產生某些變化。」

「嗯？」

「青山啊，你對日本的繪師有概念嗎？」

「繪師？是指日本的繪畫名家對吧？我只知道美術課教的那幾個，好比伊藤若冲、葛飾北齋、雪舟這一類。」

「是喔，那你懂得滿多的嘛，關於若冲你了解多少？」

「只知道名字而已，就是美術教科書裡，那個畫雞的人對吧？」

「沒錯沒錯，就是那個畫咕咕雞畫得非常好的人。我跟你說，他原本不是繪師。」

「咦？是這樣嗎？」

「嗯，他四十歲以前是京都市場的蔬果鋪掌櫃，四十歲之後才當上繪師。」

「年紀這麼大還當得成啊？」

「應該沒問題啦，畢竟眞的有人當成了。不過，該怎麼說才好咧，想當繪師不是他的主要目的，他只是非常想畫畫而已。」

「想畫畫？」

「沒錯，這種意志在無形間造就了他身為繪師的身分以及基礎。」

「那是他特別有才華的關係吧？」

聽了我的說法，西濱先生笑著回答：

「你說才華喔……呃，不是這麼一回事喔，青山，眞的不是。才華這種東西啊，就跟你看到的煙霧一樣。」

「你是說香菸的煙霧？」

「嗯，當你注意到的時候，才華已經很自然地在你身上了，就跟你在呼吸一樣。你平常做得順理成章的事情裡，就有所謂的才華。」

「眞、眞的嗎？」

「我想是眞的，尤其繪畫更是如此。只要你找到自己想做的，想當什麼都沒問題。就像這樣，在細細品嚐每一件事的過程中造就自我。」

「是喔……」

「我想，若冲應該也很好奇，爲什麼自己會那麼喜歡畫畫吧。」

西濱先生笑瞇瞇地說出他的推測，語氣也很歡快。

「西濱先生，你很了解繪畫呢。」

「這可難說了，喜歡繪畫倒是眞的。」

「你常去美術館嗎？」

「我不太去美術館的，我比較常去展覽會，工作忙嘛。」

我不太能理解常去展覽會，但不常去美術館是怎麼一回事，反正他說的大概是工作上的事吧，我不明就理地點了點頭。

「企畫出兩成力，搬運出八成力，剩下的心力拿來鑑賞繪畫。」

西濱先生又說了莫名其妙的話。他的年紀也才二十五到三十歲左右吧，眼睛下方卻有深深的黑眼圈，不難想像他的工作有多辛苦。

「青山啊，你有女朋友嗎？」

「沒有，我完全沒女人緣，也沒什麼跟女生交談的機會，連朋友都沒幾個。」

「你又謙虛了是吧。是喔、這樣啊……那我先給你一個建議。」

「建議？」

「嗯，跟你說，今天下午就要開始擺設會場。如果你留下來，會碰到一個跟偶像一樣漂亮的美少女，但你不能跟她要簽名喔！萬一她跟你說話，你也不能追她。相信我，她脾氣很可怕。」

「是、是這樣啊，我會謹記在心的。」

「嗯，眞的很可怕。可是，不嫌棄的話，看一下展示再走吧。」

我又一次不明就裡地點點頭，西濱先生露出了俏皮的笑容。

休息時間結束後，作業進度有了飛躍性的進展。學校負責統籌文科社團的是學生自治會文化會執行部，簡稱文化會，而古前同學正是文化會的代表。古前跟我會合後，展場來了許多身材高大、體型寬胖，也有又高又胖的學生來幫忙。沒一會功夫，作業人員就已經呈現飽和狀態。我、西濱先生、古前就在一旁觀看作業進度。

古前代替那些逃亡的學生向西濱先生致歉，同時也告誡下一次要找人幹這種粗活，千萬不能說是「簡單的」擺設工作。任何人聽到「簡單的」擺設工作，都不會覺得是要搬運厚重的展示板。

今天，古前同樣戴著奇怪的黑色太陽眼鏡。在平時，這種裝扮完全是可疑的象徵，如今卻增添了幾分領袖氣息，眞是太不可思議了。古前跟西濱先生談完後，跑來找我：

「青山，辛苦你了，很累吧？」

「還好啦，有一種難得好好運動的感覺。」

古前用力點點頭說：

「我想也是，今天你累壞了，看起來卻滿有活力的。」

聽古前這樣講，我還眞不知道該怎麼回答，只好看著他。的確，今天我的心情比平時好一點。古前看我不講話，便接著說下去：

「我們學校的理事長跟展覽會的主辦高層是好朋友，這差事才會落到我們頭上。我沒想到是這種粗活，給你添麻煩了。我已經跟上面的談好了，他們會付你工資。至於那些來幫忙的，我騙他們會找其他學校的美女舉辦聯誼，所以我得立刻閃人才行，接下來你打算怎麼辦？」

「找美女辦聯誼的約定，不遵守沒關係嗎？」

「還沒辦就注定失敗的聯誼，我才沒那個閒工夫籌畫，哪個女人會看上他們啊？」

「也沒人會看上我們吧。我想留下來看完展覽再走，剛才人家叫我留下來參觀。」

接著，我說出一句連自己也感到意外的話：

「而且，我滿感興趣的。」

「是喔……無欲無求的你竟然會感興趣，眞稀奇呢。那改天在學校見吧。」

話一說完，古前一聲不響地開溜。決策和逃跑速度這麼快，眞是令人肅然起敬。他在會場待不到一個鐘頭，卻散發出很強烈的存在感，那些身強力壯的學生都在他的指示下俐落幹活。西濱先生開心地看著來幫忙的學生，沒多久該搬的東西都搬完了。西濱先生低下頭來道謝，宣告擺設工作結束。

我按摩痠痛的下盤，呆呆看著眼前的光景。做完工作的成就感，令我倍感開懷。

來幫忙的學生一聽到解散通知，就開始尋找已經腳底抹油的古前同學。西濱先生走過來問我：

「你要看完展覽再走嗎？」

「是的，如果可以我想看完再走，應該沒關係吧？」

「那當然，多謝你幫忙啊。那麼，你先去休息室等待準備工作結束吧，那裡有一些便當是給來展場的人吃的，還有幾個你拿去吃吧，畢竟今天也承蒙你關照了。」

「便當？」

聽到有便當可吃，我猶豫著該不該接受。

「謝謝，那我就心懷感激地收下了。」

我決定接受西濱先生的好意。

「好，那我還有其他工作要處理，晚點見了。」

西濱先生馬上跑到會場外面。

會場裡只剩下我一個人。

巨大的展場空間感覺比剛才更空曠，純白的室內靜悄悄的。人都走光以後，展場的寬廣和寧靜甚至有一股壓迫感。

我本想直接前往休息室，但不知道休息室在哪裡。沒辦法，只好走來走去找人問路，想當然展場裡一個人也沒有。

我無所事事地站在原地發呆，入口處出現一位身穿西裝的矮小老人，神態溫文儒雅。老人打開大門，跟我一樣翹首張望四周，好像在找什麼東西，或許他也找不到路吧。個頭嬌小的老人動作挺快，看起來很可愛。

我猜老人跟我有同樣的困擾，便主動走上前關心。老人也注意到我。我們中間沒有任何隔板阻擋，老人朝我走過來。隨著距離拉近，我逐漸看清楚老人的身形，年紀大約七十五歲左右，也有可能已經八十以上了，說不定比我想的更老。總之，是個歲數頗大的老人。不過，老人的模樣硬朗，雙方走近到可以對話的距離，他主動跟我打了一聲招呼，看我的眼神彷彿在看什麼很有趣的玩意。

「你好啊。」

我也隨口打了一聲招呼，老人想必是展覽會的相關人士吧。老人聽我打招呼，滿意地點了點頭。我趕緊請教休息室的位置，老人頷首說：

「我也正好要去那裡。」

老人決定帶我一起前往休息室。離開會場的後門就看得到休息室了，裡面的布置跟會客室差不多，有小型的桌子和沙發。西濱先生說可以吃便當，但我不知道該拿哪一個。我把這件事告訴老人，老人從角落的紙箱裡，拿出兩個黑色包裝的多層便當盒，再從整箱的瓶裝茶裡拿一瓶出來，連同便當一起交給我。便當的包裝上印著日暮屋的字樣。

「呃，我們擅自拿來吃沒關係嗎？」

老人聽到我的疑問，開心地點點頭說沒關係。這個老人好像不管做什麼都很快活，明明穿著西裝，卻沒有嚴肅的壓迫感，言行舉止也輕鬆自在。再看他前額頭髮都禿了，垂到眼角的長眉毛是純白色的，臉上還戴著度數很深的大眼鏡，下巴的鬍子也有幾分討喜的氣息，表情十分柔和。老人全身上下散發難以置信的親和力。

老人愉快地拉動便當盒上的棉線。

他叫我也跟著拉，我乖乖照做，便當開始加熱冒煙。我很訝異這是怎麼一回事，老人跟小孩一樣，喜孜孜地等著膝蓋上的便當加熱。不久空氣中瀰漫著刺激食欲的香味，我的肚子也發出饑腸轆轆的聲響。我好久沒有肚子餓的感覺了。

我跟老人四目相對，他高興地笑了：

「那開動吧，你太瘦了，要多吃一點啊。」

老人叫我多吃一點，不知不覺間他已經打開便當盒，拿起筷子享用。我打開便當盒，被裡面的菜色嚇得目瞪口呆。

裡頭裝的全是高級餐廳的料理，豪華到根本不能說是便當，絕不是學生吃得起的菜色。剛才便當冒煙，是在替裡面的沙朗牛排加熱，我從沒看過有加熱功能的便當。

我再一次請教老人，這東西我真的能拿來吃嗎？

「我說沒問題，大部分的事情都沒問題啦。」

老人吃得津津有味，回了一句我聽不懂的話，怎麼可能沒問題呢？我戒慎恐懼地夾起牛肉放進嘴裡，光吃這一口就覺得好幸福，好久沒有感受到食物的味道了。

我轉頭望向擺在角落的紙箱，上面用麥克筆寫著大大的「來賓用」字樣，旁邊還有一個紙箱寫著「義工、學生用」字樣。來賓用的紙箱比學生用的小多了，我當然不算來賓。

老人俏皮地笑了，滿是皺紋的臉龐擠出了更多的皺紋，他說來賓用的比較好吃，我只能報以苦笑，是一種哭笑不得的表情。西濱先生答應給我的便當，很明顯是學生的。來賓用的便當數量稀少，不可能有多餘的，但我們都吃得欲罷不能。

過程中老人看了我一眼，正確來說是看我的手。

「你拿筷子的動作很秀氣呢。」

老人稱讚我用筷子的動作，記得父母還在世的時候，也稱讚過我筷子拿得好。他們說我用筷子很靈活，拿筷子的手勢也很漂亮，我自己是沒什麼感覺。

「確實有人這麼說過，我個人不覺得有什麼特別就是了。」

「不，想必是你的父母教養得當。你用筷子的方法很高明，肯定也是個聰明人吧？」

我抱著一種複雜的心情凝視自己的手，好像父母就在我的手上一樣。我愣了一會，才想起老人在等我的答覆。

「我想，父母確實有好好教養我，只不過我不認爲自己聰明就是了。」

我看著右手的筷子答話，也許父母留給我的，只剩下這種習以爲常的東西了吧。

「別謙虛，這很了不起的，眞想讓我孫女跟你好好學習呢。」

老人滿意地笑了，我不太理解爲什麼我筷子用得好，他會這麼高興，可能他是很重視禮儀和教養的人吧。筷子用得好不是什麼了不起的事情，但能被這個人稱讚還滿開心的，眞是個不可思議的老人。

吃完便當後，我們默默地面對面坐著。

老人冷不防地站了起來。

「去看看會場吧？」

他也沒說要幹嘛，就帶我走出休息室。他沒有命令我，我卻很自然地起身跟隨。

我們一起進入會場，剛才靜謐的會場此刻充滿喧囂的氣息。上百位老人兩兩一組，在展示板前面架設繪畫。

「是掛軸。」

我自言自語地嘀咕，會場裡擺設了大量的掛軸，彷彿無數花朵盛開。

掛勾設置在比人頭稍微高一點的地方，上面的人用手按住掛軸的頂端，下面的人彎腰捧著掛軸的兩端，慢慢把掛軸的紙捲往下拉。

拉完後老人們相視而笑，在掛軸旁邊貼上簡介名牌，開心地拍了拍手。掛軸裡的繪畫幾乎都是黑白色，少數有顏色的也只用了一、兩種色彩。

不過，比起有顏色的畫，純黑白的畫反而更吸引我。單一色調的繪畫中有各種濃淡調和的墨跡，比色彩帶有更鮮明的韻味。

「水墨畫。」

這個詞在我腦海中浮現，會場裡掛著好多好多的水墨畫。

幾百幅水墨畫同時在會場展出，我們搬運的展示板就是用來掛水墨畫的。我很自然地離開老人身旁，慢慢走近繪畫，視線也不由自主地被畫吸引。

我從來沒有認眞欣賞過水墨畫，場中展示的水墨畫跟我認知的不太一樣。

不是那種層巒疊嶂、雲霧飄渺的常見構圖；有水靈生動的花朵、應用遠近法的風景畫、司空見慣的動物等等，總之給人一種心曠神怡的感覺。

雖然不是什麼很特別的作畫方式，但在白色的圖面中用黑色作畫，反而更加突顯作者要描繪的題材。觀賞者的目光被畫中景物吸引後，會產生嚴肅的賞畫心態，景物的筆觸和豐富多變的繪畫意趣，又會緩和那樣的嚴肅感。觀賞者可以清楚感受到畫的主題、筆觸，還有意境。

我最喜歡的是花草樹木的水墨畫。花草樹木被封存在一片空白的畫作中，正因空無一物，反而提點出花草的鮮活和草木的生命力。

明明是很單純的畫，爲什麼我會深受吸引呢？我好喜歡這種大量留白的單純畫作，連我自己都感到不解。

「你喜歡這場展覽嗎？」

我出神地看畫，剛才跟我一起吃便當的老人，問了我這個問題。我說喜歡，順便告訴他這是我第一次認眞欣賞水墨畫。老人聽完我很普通的感想，開心地點點頭說：

「那我們一起慢慢觀賞吧。」

老人似乎很想當我的繪畫嚮導，他帶著我四處觀賞畫作。他也沒有打算解說，只是一直問我每幅畫的感想。我簡單說出自己的所思所感，跟著老人一起走過無數繪畫。

「了不起，你的眼力不下於專業的水墨畫家呢，看得十分透澈。」

「不敢當，我沒有這麼厲害。只是，在空無一物的地方多出了某樣東西的感覺，讓我滿感同身受的。」

「感同身受？你年紀輕輕就有這種感覺啦？」

「是，應該說，跟我生活中熟悉的感覺非常類似吧……」

「怎麼說呢？」

老人很眞誠地反問我，我愼重思考了一下原因。在對話過程中我一直有個感想，我很清楚這種留白的感覺，或者說是化爲一片空白消失的感覺。

理由我大概也明白。

「我也有過心中一片空白的經驗。」

我完全不懂自己爲何會說出這麼奇怪的答案。

老人稍微瞇起眼睛，點了點頭：

「你年紀輕輕懂得眞不少呢。你的經驗可能普通人一輩子都無法體會，有些人亟欲了解這種純白的心境。」

老人的語氣很溫和。

我搖搖頭否定了他的說法，其實我什麼都不懂，只懂這件事而已。我始終把自己關在空無一物的地方。

「那好……」

老人轉移話題來打圓場。

「最後這幅畫，你有什麼看法？」

我們來到一幅畫作前，上面有華麗又搶眼的玫瑰，五朵由上而下呈現在掛軸上。

以純粹的濃墨繪製的花瓣中，有一種帶有黑亮光澤的微妙漸層，使整朵玫瑰看起來閃閃發光。相對地，葉片則是用薄墨和纖細的筆觸繪成，襯托出花朵的漆黑。花朵和葉片絕妙的墨色濃度對比，在畫中交織出幻想的色彩。

我最驚訝的是，純黑的花朵看起來竟然是鮮紅色的。

黑墨讓我感受到烈火般的赤紅，我不明白爲何會有這種感受。只不過，我覺得這幅畫追求的只有寫實的赤紅，沒有留白的意境。一連串強烈的墨色調性徹底侵呑留白，那股魄力就只差沒從畫中滴出鮮血。連結血色紅花的莖幹也很銳利，堅硬的莖幹有鮮明的輪廓，依附在莖幹上的棘刺，強調了玫瑰的纖細與銳氣。

「明明是用黑色作畫，我卻感覺得到色彩，眞厲害。」

「是嗎？什麼樣的色彩？」

「鮮紅的色彩。也不曉得爲什麼，我總覺得自己在看紅色的繪畫，紅與黑的變化就像視覺陷阱的繪畫一樣，太不可思議了。」

「是啊，視覺會被用色誘導。沒錯，這是一幅純紅的繪畫，再來呢？」

我凝神細觀眼前的繪畫，心靈完全把墨色看成了紅色，每次眨眼都能感受到玫瑰花瓣的顏色在改變。就好比在黑暗中辨別色彩，但又比那種感覺更能體驗到鮮明的色度。看著這幅畫的鮮紅，心潮也略見澎湃。我更加用心地觀賞繪畫，想弄清楚那是什麼樣的感受，心中很自然地浮現一段感想：

「我明確感受到，這是一幅比紅色更鮮紅的繪畫。在整個會場當中，這幅畫的水準也遠遠高出其他畫作。不過，我認爲這幅畫追求的只有這一片赤紅。」

「喔喔，何以見得？」

「該怎麼說才好呢……其他的繪畫有高下之分，但每一幅畫都是白中有黑，黑與白相得益彰的感覺。不過，這一幅畫的黑……應該說是紅才對，這幅畫的紅侵吞了白，似乎在跟白對抗。既耿直又濃烈，簡直栩栩如生，但除了紅什麼也看不到，沒有其他色彩夾雜的空間，被什麼東西遮掩住了。可能是缺了什麼，或是某種東西太強烈吧。」

「那麼……那到底是缺了什麼呢？」

「這我也不會說……不過，整體感覺起來非常純粹。」

「是嗎？」

「是，這畫眞的很有玫瑰的風骨。打個比方，就好像難以親近的美女一樣。」

「喔喔？形容一下是什麼樣的女子？」

「這個嘛……不太好描述就是了……總之是個美女。」

「有更具體的說法嗎？」

「要具體啊……我想想喔，眞要說的話，大概是一個肌膚白皙的苗條美女，還有一頭烏黑的長髮。眼神跟貓咪一樣銳利，個性也很強勢，漂亮到隨口下一道命令，全世界的男人就會乖乖聽話的程度。可是，想必是很難結婚的類型吧。」

說到這裡，我在畫的角落看到作者的名字。上面寫著「千瑛」二字，不曉得是不是水墨畫家替自己取的名號？

千瑛這個風雅古典的名號，確實配得上這一身高超的畫技。光看這幅畫的主題和韻味，作者應該是女性吧，我好奇這幅畫是什麼人畫出來的。

究竟什麼樣的人擁有如此豐富的內在感性？我觀望四周想找出作者，但這一帶沒有其他人注意我們。

至於我旁邊這位神祕的老人，我猜他聽完我的感想，應該會覺得很好笑吧。我觀察他的表情，沒想到他還挺嚴肅的。

「喔喔，了不起，你確實慧眼獨具啊。」

老人嘀咕了這麼一句話。

「慧眼？」

老人轉頭衝著我笑，還笑得很愉快。我不解地皺起眉頭，剛才的感想有何真知灼見？

「爺爺。」

這時，後方傳來女性秀氣高亢的嗓音。我回頭一看，對方就跟我形容的一樣，是個前所未見的美女。那耀眼的容貌絲毫不遜於華美的和服，光是存在就能爲周遭空間帶來價值，形同無價的寶石。年齡或許跟我差不多吧？不，她漂亮到我根本看不出年紀。美女朝我們這裡走了過來。

「爺爺，頒獎典禮要開始了，大家都在找你喔。你不在，典禮沒辦法開始，不要因爲無聊就隨便亂跑好嗎？」

美女的口氣有些咄咄逼人。

「唉呀，不好意思啦，我跟這年輕人聊畫聊得很開心，連便當都提前吃掉了。」

美女聽完老人的說法，以一種觀察可疑人物的眼神看著我。他明明是吃完便當才順便陪我聊天，結果卻講成是陪我聊天才不小心吃掉便當，搞得好像是我拖著他聊天害他消失一樣。

美女狐疑的眼神一刻也沒從我身上移開。西濱先生說的可怕美女，肯定就是這個人。她確實滿可怕的，我這才知道原來美麗也具有「威嚇性」。就跟男人的鬥爭本能一樣，一般人不會隨便跟兇悍的人交談；同理，一般人也不會主動跟這種美女搭話。

「是嗎？所以爺爺不打算參加頒獎典禮了？大家很期待今天的典禮，還特地大老遠跑來參加呢。」

「我沒說不參加啊。千瑛吶，這位年輕人看完妳的作品，說了他的感想。妳別看他年紀輕輕，眼光可是非常獨到啊。幸好今天我有來，年輕人的感性眞是太棒了。」

老人這番話帶給我很大的衝擊。這個貌美如花，讓人不敢直視的美女，竟然是這幅畫的作者？我難以置信地打量美女和畫作。這位叫千瑛的女性似乎對我的行爲很不滿，眼神比剛才更冷淡了。

「是嗎……想不到有人眼光這麼棒，能獲得爺爺的青睞。我還是第一次聽爺爺稱讚別人呢，爺爺可從來沒有稱讚過其他人眼光好。」

美女看我的眼神又多了幾分不信任，她看我沒講話，接著說下去：

「眼光這麼棒的人看我的畫，也算是我的榮幸。我的畫怎麼樣呢？希望沒有玷污你的慧眼才好。」

美女鋒銳的眼神直盯著我不放，完全把我當成可疑分子，眼神中還多了警戒心和拒絕。老人用我來擋這個美女的唇槍舌劍，把砲火轉移到我身上，眞是太聰明，太狡猾了。美女還在等我答話，我這輩子沒遇過這麼不想回答的問題。

「我認爲這是一幅很棒的畫，我絕對畫不出來的。」

她對我的答案很不滿意。

「這種客套話爺爺是不可能滿意的，你要眞有想法就說出來吧。拿自己的作品來參展，就是要聆聽別人意見的。」

我總覺得有把武士刀架在我的脖子上，美豔卻又無比危險。我壓抑著想逃跑的衝動，鼓起勇氣回答：

「以一幅繪畫來說眞的很了不起，我還是第一次把墨色看成如此鮮豔的赤紅。不過，花朵太豔麗，除了花以外什麼都看不入眼。就只是用很熱情的筆法，畫出很精巧的紅花。」

我很擔心自己會被她銳利的視線射死，沒想到她開始認眞思考我的感想，沒有再怒目相向。

我完全可以肯定，眼前的美女確實就是這幅絢麗玫瑰的作者。

「當然了，整個展場中就屬這幅畫最引人注目。」

她聽完這一句，不帶任何偏見地看著我。她凝視我的眼睛，確認我說的句句屬實，才終於收斂敵意：

「你的感想的確挺有趣，難怪爺爺會陪你聊這麼久。」

「沒錯吧？我打算收這個年輕人爲徒，讓他當我的入室弟子。」

咦？這老爺爺在說什麼？收我爲徒是怎麼一回事？

我正要表達驚訝和疑慮，美女的反應卻比我更爲訝異。她瞪了我一眼，眼神比剛才更加剛烈。我無意間跟她四目相對，被她的眼神嚇得一句話也說不出口。她接下來說的話，又更讓我膽怯了。

「爲什麼？爲什麼爺爺要收他爲徒？」

她怒氣沖沖地逼近自己的祖父，幾乎要憤然大吼：

「爺爺，平常不管誰來你都不願意傳授技藝，爲什麼你偏要收他當弟子？而且還是入室弟子，其他人不可能同意的。」

「西濱和齊藤不會有意見的啦，西濱應該會很高興吧？剛才我跟西濱聊過了，他很中意這位年輕人喔。」

「我最看不慣這種弱不禁風的人了，我反對。」

果然她對我沒什麼好印象，弱不禁風的我聽了好失落。

老人溫和地笑道：

「我又不是要妳收他爲徒，我會負責關照他，傳授他技藝。妳要不高興的話，何不脫離門派自立門戶呢？我不會挽留妳，其他人也不會反對的。」

這老爺子果然油條，手段也太陰險了。美女轉頭看著我，不再隱藏她熾烈的怒意：

「我不曉得你是懷著何種意圖接近爺爺的，但我絕不會認同你。」

「請等一下，你們說的徒弟是怎麼一回事？我聽不懂你們在說什麼耶。」

「你想裝蒜嗎？你知道我爺爺是篠田湖山，才來接近他的吧？」

我忍不住看了老人一眼，老人也沒有否定自己的身分，甚至還顯得滿開懷的。美女說出了一個令人難以置信的名字。

「篠、篠田湖山？那個大藝術家？以前拍過電視廣告的那個篠田湖山大師？」

「你連這都不知道，還跟我爺爺聊這麼久？」

我跟美女轉頭望向老人，老人賊笑道：

「對了，還沒自我介紹呢。不好意思啊，我們剛才都忙著吃便當嘛。我就是篠田湖山，請多指教啊，青山。西濱他很感激你喔，我也得跟你道謝，謝謝你支援這次的展覽。」

我愣得張大嘴巴。

「你來這裡做什麼？爲什麼會跟我爺爺說話？」

美女的大眼睛，稍微變得比較和善了。

「我只是來打工的學生，負責搬運展示用的器材。西濱先生說我可以吃便當，我才留下來的，之後碰巧遇到妳爺爺……也就是篠田湖山大師。」

「不會吧？」

她驚訝地眨眨大眼睛：

「所以，你既不是這次展覽的參展者，也不是其他門派的門人囉？連美術大學的學生也不是？」

「別說參展了，我跟繪畫一點關係也沒有，只是法學部的學生。」

她看了一下自己的爺爺。

「就是這麼一回事啦。」

老人又露出賊笑了：

「一個普通學生就有這麼棒的眼光，千瑛妳得加把勁才行，妳的眼界限制了妳的技巧。我會全力培養青山，說不定他很快就會超越妳了。只要他有心，保證做得到。」

「這怎麼可能，我們資歷差很多好嗎？我可是拿著畫筆長大的。」

「哈哈哈，這種事要試了才知道。有些人才華卓越，不必磨練就天資過人了。」

美女似乎聽不慣這句話，眼中燃起熊熊怒火。只見他們爺孫二人依舊用眼神較勁，老實說兩邊都太幼稚了。不過，老人好像很享受跟孫女的互動。這個老人眞的是篠田湖山嗎？我沒有辦法確認眞僞，但他本人都承認了，那個動輒跟我針鋒相對的美女也這麼說，那應該就是眞的吧。一個過去只出現在教科書和報紙上的大人物，就站在我的旁邊，陪我聊天賞畫，這對我來說實在太不可置信了，直到剛才我們還坐在一起吃便當呢。其實仔細觀察他的言行舉止，的確有種「大師」的風範，渾身散發出超然的藝術家氣息。不但如此，他還給人高深莫測的感覺，一看就不是簡單的人物，同時兼具深度與親和力。簡單說，他跟西濱先生一樣，是個「很奇特」的人物。在我思考時，湖山大師和美女千瑛之間，持續爆出對峙的火花。

「既然爺爺這麼有信心，那我們來一較高下吧。」

「一較高下？好啊，妳打算怎麼做？」

「爺爺你對他期望這麼高，我就跟他比試水墨畫的功夫吧。」

「喔喔，意思是妳要跟這位年輕人比畫技囉？」

「沒錯，如果他在明年的湖山獎贏過我，我就主動離開門派。但，要是我贏了⋯⋯反正我是一定會贏的，爺爺就要給我雅號，承認我在水墨畫這條路上的資格。還有，湖山獎我勢在必得。」

「沒問題。那麼為求公平起見，明年的湖山獎我就不當評審了。我去拜託妳也認識的藤堂翠山大師擔任評審委員長吧。」

「爺爺，就這麼說定了。」

「一言為定。我會盡力培養青山，他很有天分。我打算把最棒的技藝傳授給他，妳就好好鍛鍊自己吧。」

老人抖動肩膀，笑得很開懷。千瑛不高興地瞪著老爺爺和我。

就這樣，爺孫倆一個擅自收我為徒，一個擅自把我當成競爭對手。千瑛看我的眼神已經充滿必勝的信心了，她有那樣的眼神也不意外。一個從沒拿過畫筆的大外行，竟然要挑戰長年鍛鍊畫藝的專家，而且還要在一年內獲勝，這算哪門子的比試？她再怎麼謙虛也不會把我放在眼裡的，一個外行人就算有專業的助手陪練，也打不贏職業拳手啊，被暴打一頓是顯而易見的下場。

「你也真倒楣，要恨就恨爺爺吧，我會全力鍛鍊自己的。」

我皺起了眉頭，千瑛跟她爺爺一樣孩子氣。

我回頭看看湖山大師，大師對我微微一笑，那是一種彷彿看到罕見趣事的笑容。我好久沒見到這麼爽朗的笑容了，整件事的發展也令人難以置信。

可是，這樣一個老人竟是大名鼎鼎的篠田湖山，這才是最難以置信的事情。

那一天，我拖著痠痛的雙腿回到公寓，一進玄關就累趴了，連關門的力氣也沒有，身後的大門是自動帶上的。一回到家，今天的記憶轉眼成空，陰鬱的心情又找上了我。

我連嘆氣的餘力都沒有，休息十幾分鐘後，才得以撐起身子嘆口氣。我幾乎是用爬的前往洗手檯，還得使盡吃奶的力氣，才打得開水龍頭洗臉。我把掌中的水用力潑在臉上，一抬頭就看到鏡中有個陰鬱瘦弱、臉色蒼白的青年看著我。

那一張與強悍、雄健、幸福無緣的臉孔，死盯著我的雙眼不放。由於瘦弱憔悴的關係，兩顆眼睛看起來特別大，怎麼看都不像自己，我對這張面孔感到生疏。光是看到我的臉，就會讓人感到疲憊吧。我甩甩頭，關掉水龍頭，拿起毛巾擦臉。

「我最看不慣這種弱不禁風的人了。」

千瑛的評價言猶在耳，她說的也沒有錯，我不禁嘆了一口氣。我放任疲倦困頓的腦袋胡思亂想，這次真的累到爬不起來了。幸好我是倒在床上，也算運氣不錯了，這一天的記憶就到此中斷。我沉沉地睡去，宛如要逃避現實一般。過了一會，我的意識來到空無一物的白色房間，那裡沒有出入口，連遠近感都不存在，是一個純白的空間。

我伸出右手輕敲牆壁，玻璃質感的牆壁發出響亮的敲擊聲。老地方了，我總是一個人待在這個房間裡。

得知自己再也無依無靠，是一種很不可思議的感覺。

我只感到心跳加速，完全聽不懂別人跟我說什麼。接著，有人帶我到一個陰暗的房間，裡面有父母破損的遺體。

我以為那是有著父母外觀的人偶，跟我沒有關係。現實活像一齣事不關己的戲，驚愕遠大於哀痛。

指尖觸摸遺體時感受到的冰冷，也凍結了我往後的時光。可是在當下，連那分冰冷都讓我訝異無比。

我驚魂未定地參加完父母的喪禮，搬到鄰近的叔叔和嬸嬸家。我茫然地望著新家，發現人生比以往更加窘困，那時我終於明白自己孤苦無依了。我總是後知後覺，等到領悟的時候一切都為時已晚。那一年，我十七歲。

父母的喪禮結束後，有一段時間我努力表現出開朗的模樣。

我試著去習慣生活的劇變，調整自己跟周遭的距離，相信自己有辦法克服那樣的傷痛和遭遇。然而，雙親去世不是那麼單純的事情，人往往難以衡量自己承受了多大的傷痛，變化會一點一滴浮現出來。

等慌忙的生活結束，開始準備好好過日子的時候，我不管在什麼地方都會想起父母，持續思考自己沒有目擊到的事故。父母的回憶帶給我安寧，事故的想像則帶給我死亡和絕望的感受，兩種截然不同的印象交錯，形成一種很奇怪的日常。老實說，那樣的生活滿糟糕的。就好像永遠都在暈船一樣，腦袋被不願思考的事情占據，只能眼睜睜看著自己慢慢壞掉。

不久，佯裝開朗的生活逐漸蒙上陰影。大約過了一個月，大家頻繁問我要不要緊；三個月後，沒有人相信我不要緊；半年後，我幾乎不再說話了。我對世上的任何事物都沒反應，既沒心情吃東西，心中也一片死寂。我懶得探究未來，也不去感受現在，身旁的人不管談論任何話題，都打動不了我的心。我被安寧和死亡的意象弄得心神混亂、疲憊不堪。

幾個月過去，變化更加劇烈。我幾乎沒吃東西，消瘦到前所未見的地步，連水都只喝一點點，偶爾才會啃些食物果腹。

後來，我開始習以爲常地蹺課，偷偷從學校跑回家裡。我所謂的家，並不是叔叔嬸嬸住的公寓，而是過去我跟父母一起生活的透天住宅。

早上前往學校，老師開完班會準備上課，我能感受到學生的注意力都集中在老師的聲音和黑板上，唯獨我的意識與眾人疏離。眼前發生的事物我都無法理解，那段時間所有的一切都離我好遙遠。想當然，我過得百無聊賴，一到下課時間就跑出學校，回到自己的老家沖澡。沖完我就坐到客廳的沙發上，眺望著窗外的光景到傍晚，再若無其事地回到叔叔家。過沒多久，我連學校都懶得去了。曾幾何時，我再也不關注外面的世界。

混亂與痛苦到達極限的時候，我發現自己的身體待在老家，意識卻處在空無一物的立方體之中。那是只存在於心中的風景，在那個地方我才比較有精神。我會輕敲牆壁，敲起來是玻璃的質感。我習慣敲著牆壁，聆聽那帶有圓滑音質的聲響。凝神細觀白色的牆壁，牆上會慢慢出現陰影，陰影漸漸地凝聚成影像。我可以看到一切想看的東西，想起一切亟欲留住的回憶。我與父母的回憶鮮明地躍於牆上，不帶一絲陰暗的意象。只有在這裡看到的記憶，才能給我真正的安寧。我只顧著眺望回憶，眺望玻璃牆內映照的風景。

被我自己斷送的前程，反而是其他人在替我煩惱。叔叔和嬸嬸不曉得該拿我怎麼辦，班導也對我的無作爲感到氣憤。

我渾渾噩噩地來到高三冬天，除了我以外的所有人都決定好自己的未來了。其實沒有未來我也無所謂，但周圍的大人很擔心那樣的未來成真。他們不再關心我要不要緊，而是問我到底有何打算。

換句話說，我徹底成了一個廢人。無論別人問我什麼，我就只是待在自己的世界，沒有給予任何答覆。我內在的一部分，也跟著父母死去了。

沒想到，我這樣的人也有從天而降的機會。嚴格來講，那個機會稱不上真正的未來，頂多只是改變現狀，解決我這個燙手山芋罷了。

我念的是私立大學的附屬高中，所以有機會直升同一間私立大學，只要會寫自己的名字就行了。當然私校的學費昂貴，算不上經濟實惠的方法，但父母似乎留給我高於學費的遺產。站在監護人的角度，升學也是處置我最簡單的方法。

大人對我的要求很簡單，我可以在外獨居，但飯要好好吃，大學也要好好念到畢業，如此而已。

我聽著玻璃牆外的聲音，觀察大人說話的動作和手勢，多少猜得出來他們在講什麼。

別人的話題我沒興趣，也懶得去理解，我只知道要加減做出點頭的動作。耳邊隱約聽得到叔叔的聲音，疲憊卻不失溫柔的聲音。或許，那一天我的心情還算不錯吧，所以才願意對外面的世界發出一丁點訊息。而這個簡短的訊息也決定了我的命運，我被丟到大學念書。那時候的我再怎麼沒用，好歹也會寫自己的名字。

總而言之，我升上大學了。

新居離叔叔家和老家有一小時的車程，走路到大學只要十五分鐘，騎腳踏車五分鐘，想更快到校也不是不可能。那是一間離大學很近的套房，上課遲到的藉口只剩下睡過頭可用。我不知道父母留了多少遺產給我，也不曉得叔叔嬸嬸替我保管了多少，反正那是一間對學生來說太過寬敞的頂級套房。

「錢的事情你不用擔心，大哥留了不少給你。等你大學畢業，有了足夠的判斷力以後，我會交給你自己管理的。」

話是這樣說，但叔叔給我的生活費卻是很誇張的金額。我不認為父母有這麼多財產，不曉得是交通事故的賠償金夠多，還是父母投保了高額的保險來保障我這個獨子。我對這些瑣事沒興趣，怎樣都無所謂，我只知道叔叔給的錢，足夠我在外生活四年了。

臨別之前，叔叔對我說：

「霜介，我明白這一切並不符合你的期望。依你的學力其實能念更好的大學，找到更好的出路吧。只是，我們覺得你一直這樣浪費時間也不是好事。放著你不管，我也無顏面對大哥啊。霜介，如果你……」

叔叔或許認為我跟平常一樣，沒在聽人講話吧，最後一段話他並沒有說完。叔叔無奈地笑了一笑，關上房門後就離開了。我思考了一下他最後說的話，卻想不到他接下來打算說什麼。

頭一次孤身一人的夜晚，我躺在棉被裡完全睡不著覺。

過去我一直試圖釐清，卻無從說出口的念頭在腦中狂嘯。這裡是哪裡？我在幹什麼？爲什麼事情會變成這樣？我終於開始慢慢找回自己的心，看來我做事總是慢半拍。我心中的吶喊聽起來令人不快，彷彿在回音效果極佳的小房間裡，以震耳欲聾的音量聽音樂一樣。任何聲音或言語，都逃不出狹小的玻璃屋。我在玻璃屋中尖叫，卻不知道自己在叫什麼。我唯一了解的是，自己總算對玻璃屋外傳達訊息了。我聲嘶力竭地大吼，舉起拳頭敲打牆壁。可是，我已經徹底孤獨了。在外面的世界，我只是一個海市蜃樓般的幻影，那道幻影虛弱得令人吃驚，這就是現在的我。

孤獨將我折騰得精疲力盡，到學校上課是我逃避孤獨僅存的方法。氣空力盡的我，連大學生活的開頭都是有氣無力。

像我這種成績太差才選擇直升的學生很少，我找不到跟我念同一間高中的學生。想當然，周遭也沒有認識我的人，大家初來乍到，也不會有人刻意疏遠我。每個人都在交朋友，連我這種乏味的人，也有跟別人接觸的機會。久而久之，在專題課上也組成了幾個小團體，我奇蹟似的混入了其中一個。所有成員中我跟古前同學混得比較熟，他那顆和尙頭永遠戴著一副太陽眼鏡，與其說我跟他混熟，不如說是他單方面找上我，我們就成爲朋友了。古前身材嬌小，卻有一顆大得出奇的腦袋，走到哪都很引人注目，笑容很詭異。他叫我青山，我叫他古前，我們不會以綽號相稱，我很喜歡這種稍微有點距離感的友誼關係。

大學生活要先從同盟關係培養起。

多數學生在獨自面對陌生事物時，不習慣用自己的腦袋來做決定，他們會徵詢旁人的意見，在一知半解的情況下互相合作，然後結爲好友。在摸索校園生活的最初階段，古前就是我的合作夥伴。他有果敢的行動力，而我有刻意觀察周遭的習慣和判斷力，我們倆應該滿契合的吧。他會帶我出席各種場合，面對全新的狀況我也不得不做出反應。

一起玩耍或上課自然是不在話下，古前還會帶我去男生占多數的聯誼，以及奇怪的小型文科社團。我們對大學的棒球社完全沒興趣，但他會拉我去幫棒球社加油。

我曾經問他，爲什麼他想幫棒球社加油？他用象徵 FUCK YOU 的中指推了推太陽眼鏡，朗聲告訴我：

「我想去看女子拉拉隊的大腿啊。」

古前就是這樣，性格相當簡單明瞭。我還問過他，爲什麼要找我一起上課，他的答案也很簡單：

「有青山在，我就不用自己抄筆記了嘛。」

至於他邀我參加聯誼的動機，那就更明確了。

「要有一個陪襯自己的角色，才能追到喜歡的妹子啊。」

古前的答覆永遠充滿私心、單純明快。就某種意義來說，他毫不掩飾私心的作風已經到了正直的地步，我反而有種很舒坦的感覺。面對那種公開透明的意志，我沒有任何疑慮。過去我身旁沒有類似的對象，所以我對他很有好感。

古前的企圖多半以失敗收場，大概是私心太明顯或欲望太強烈害的。每天陪他幹蠢事浪費時間，感覺倒也不壞。

後來，我做任何事幾乎都跟他在一起。一個矮小的光頭墨鏡男，配上一個面癱又瘦弱的火柴棒，眞是一對奇怪的搭檔。

大學生活的步調，也變得越來越快了。

第十五次聯誼失敗的夜晚，古前終於開口打聽我的私事：

「青山，爲什麼你會瘦成這樣啊？」

我稍微低下頭來：

「我也不知道，不知不覺就變這樣了，我一向沒什麼食欲。」

我老實回答，古前點了點頭說：

「每個人都有不爲人知的過去，是吧？」

他講了一句似懂非懂、模稜兩可的話。

「青山，像我這種人也看得出來，你有什麼特殊的隱情。你不想提也沒關係，但我們是好朋友嘛，對吧？」

「好、好朋友……是嗎？」

「是啊，當然是好朋友。因此，有需要幫忙儘管開口。在你還不需要幫忙的時候，請先幫幫我吧。」

「喔喔。」

這不叫平等互惠，應該是我單方面被占便宜才對。可是這很像古前會說的話，我也就沒有反駁了。

「謝啦，青山。跟你說，我想站上這間學校的頂點。」

「頂點？你在胡說什麼啊，古前。難不成你想當上理事長或校長嗎？」

「不，不是，那不太可能辦到，也不是我要的。我是想站上學生權力機制的頂點，好比自治會長之類的。」

「是喔。」

「從那個位置俯瞰學校，想必是另一番景致吧。我想從頂點眺望自己所在的地方。」

從那麼低的頂點俯瞰世界，也不會有什麼差別吧？我隨口附和古前的說詞，既然沒有太大的差別，那也沒有否定的必要。

「青山，我希望你幫幫我。目前我打算加入文化會，那是自治會底下的團體。」

「啥？」

「麻煩你囉。」

我又一次不明就裡地點頭答應。

上學期快結束的時候，我變得比較健談了，體重和體力也增加了一些。房裡的生活用品我照樣放在紙箱沒拿出來，我的食量也稍微變大了。我討厭別人探究我的過去，沒讓任何人進入我的房間。我的生活跟普通學生沒什麼兩樣，只不過偶爾會虛脫無力地眺望窗外。我的心逐漸康復了，至少我是這麼認爲。

古前硬邀我參加聯誼，異性對我的評價是陰沉、老土、無聊，跟開學時大家對我的評價差不多，沒有異性對我感興趣。我自己是無所謂，古前卻很擔心，一直邀請我參加聯誼。當然，這跟他始終交不到女朋友也有關係，他自己也不受異性青睞。

夏日將近，我每天都過得很平淡。

有一天，我跟古前坐在校內餐廳的窗邊，等待傍晚的課程開始。窗外看得到快要枯死的繡球花，毛毛細雨打在玻璃上，留下了斗大的水珠，發出昏暗的光芒。在色彩暗淡的世界中，我的意識格外清醒，只是表現得很茫然，像在緬懷過去一樣。

「青山、青山？」

古前叫著我的名字，我發現他很擔心地看著我。

「總覺得你經常神遊到其他地方呢。」

古前的語氣難得嚴肅：

「而且，你真的吃好少喔，有什麼原因嗎？」

聽他這樣講我才發現，他的豬排咖哩已經全部吃光了，我的炸雞蓋飯卻幾乎完好如初，我用搖頭代替回答。

平時人聲鼎沸的學校餐廳，只剩我們二人還有零星的學生。面對面坐一起的只有我們，其他人離窗邊有段距離。

「不吃炸雞蓋飯哪有什麼特別的理由啊，單純只是吃不下罷了。」

「是喔，那就好……你胃不舒服的話，我有不錯的胃藥喔。」

「謝謝，我不要緊。我問你，你沒食欲的時候，是怎麼刺激胃口的？」

「吃甜食啊。」

我不太懂古前的意思，爲什麼他會講出女孩子的標準答案？

「爲什麼沒食欲還會吃甜食啊？」

「試著改變一下觀念嘛，一般人都以爲一定要吃很多才叫吃飽。可是，甜食不用吃太多也有飽足感，就像在犒賞自己。這樣可以保持吃東西的樂趣，對精神也大有益處，說不定還很好吃呢。」

「原來如此。」

「有些東西你可能完全不感興趣，實際嚐過才發現很好吃。」

「或許吧。」

「要試過才知道好壞啊。」

我很佩服他吃個甜食就能扯出一大堆道理，他對吃東西或享樂的態度很正面，我對他這個人多少有點改觀了。

「對了，青山，有件事要拜託你。」

「什麼事？」

「下禮拜，北區的綜合展覽館要進行畫展的搬運作業。他們在找架設繪畫的打工人手，你可否代替我去幫忙？」

「架設繪畫？我以前沒做過這種事耶。」

「嗯，沒關係。其實我也想去，但有一堂課蹺不掉，就是民法總則。那堂課我蹺太多次了，再蹺會被當掉。人手我都找好了，你在現場指揮他們做事就好。」

「我辦得到嗎？」

「安啦，要試過才知道嘛。」

古前的太陽眼鏡發亮，又增添了幾分可疑的氣息。實際試過以後我才知道，古前的預測沒有一項可靠的。

打工的疲勞還沒恢復，我就接到西濱先生的聯絡了。

週末我應邀前往湖山大師的畫室兼住家，湖山大師就坐在我的面前。這座日式住宅坐落之處腹地廣大，我所在的房間從窗戶看得到池塘。我遠遠看到西濱先生在忙園藝活，好讓美觀的庭園看起來更加美觀。西濱先生的位置好遙遠，不難想像這庭園有多大，簡直跟開放收費參觀的景點差不多。

我和湖山大師隔著一張大桌子遙遙相望，桌上有夏橙和袋裝的紅豆餡餅。剛才帶我入內的西濱先生，還端茶給我喝。

前幾天湖山大師的西裝扮相似乎並非常態，來接我的西濱先生悄悄告訴我，平時大師都穿和服或日式工作服，再不然就是T恤和牛仔褲。

連我這種對美術毫無興趣的人，也聽過篠田湖山的大名。早些年，電視上常有他拍的日本酒廣告，有一陣子教育節目也很常介紹他。不消說，他的著作也非常豐富。我很少看電視也聽過他的大名，難怪千瑛訝異我有眼不識泰山，不認識篠田湖山才叫奇怪。

我沒料到篠田湖山是這麼一個隨和又俏皮的老爺爺，但他確實是無人不知、無人不曉的頂尖藝術家。有幸造訪這樣一個大藝術家的畫室，無疑是令人心動的體驗，我卻沒太大的興致拜訪。

一來是千瑛那位美女的反應不佳，二來是我莫名其妙就要學習水墨畫。

有幸得到篠田湖山大師的讚賞，對一個以藝術爲終生職志的人來說，肯定是無上的喜悅吧。然而，我個人對藝術不感興趣，也無心成爲他的弟子。應該說，我的身心狀況不佳，連自己都快顧不好了，實在不想涉足不安定的環境。西濱先生特地開車來接我，我把在展場發生的事情告訴他，老實說明自己對拜師學藝不太有興趣。

「這個嘛，你也不用擔心。湖山大師做事很隨興沒錯，但他個性是很嚴謹的。他收你爲徒想必也有某些考量，總之不會虧待你的。」

西濱先生有說跟沒說一樣，回答得很曖昧。

「還有啊，千瑛那種性格，請你不要放在心上。」

「你是說那種強勢的性格？」

「嗯，沒錯。她平常是個老實乖巧的好孩子，只是一談到畫就很偏激，可能也是遺傳吧。」

「遺傳？這麼說，湖山大師的個性也很激進囉？」

「嗯……我想想喔，以前是那樣沒錯啦。是說，現在也不是對每個人都很嚴厲，尤其夫人去世後更是如此。只不過，偶爾會稍微犯傻，或是故意裝傻吧。」

「這也挺讓人困擾的吧？」

「對啊，故意裝傻才糟糕。然而，跟繪畫有關的事情他還是很嚴厲，以前收的徒弟都這麼說喔。因爲嚴厲的一面收斂許多，人也比較大而化之，所以開始會故意裝傻。」

「這樣也沒比較好吧？」

「是沒錯啦。說到底，繪畫才是湖山大師的本質，他對繪畫是非常認真的。因此，他說要教你，我相信是有認真經過考量的，你就開心體驗一下吧。」

人家話都說到這分上了，我也只好點頭同意。反正先學看看吧，開不開心之後再說。湖山大師的提議雖然荒唐，卻有一種讓人無法反對的魔力，這一點我不得不承認。

那一天，爺孫倆互相下完戰帖後，湖山大師對我說：

「千瑛說要跟你一決勝負，你不用理她沒關係。今年展覽會她也沒拿到湖山獎，所以才耍脾氣罷了。」

「她畫得那麼好，還是沒辦法得獎嗎？」

「是啊，今年大獎一樣從缺，已經從缺好幾年了，一直都沒有夠格的作品出現。千瑛是真的想拿下湖山獎來獲得我的認同吧。當然，這些事跟你沒有關係，是我孫女失禮了。」

「不會，請別這麼說……」

「改天你來我家玩吧，就當是今天的陪罪，你對水墨畫多少也有興趣吧？」

「是，我以前沒認真看過水墨畫，但總覺得欣賞起來很自然愜意。」

「沒錯吧，我就說嘛，你的眼光很不錯。那我們改天見，我會備妥茶點等你。」

湖山大師的語氣很歡快，我不明就裡地點點頭，大師也同樣點了點頭。

意識拉回現實，我跟湖山大師隔著長桌相望，他的表情還是那麼寧靜溫和。

「你可終於來啦。」

湖山大師說這話的時候，臉上也沒有忘了笑容。他工作的地方跟茶室一樣乾淨整潔，當中只有最低限度的必需品，我本來以爲會擺滿各種小道具之類的東西。工作室本身沒有什麼特色，但有很濃郁的墨香。

「我來玩了。」

我表明自己的來意，湖山大師笑著點點頭，也不曉得有沒有聽我說話。

「你應該沒畫過水墨畫吧，其實沒有你想的那麼難，純粹是用筆、墨、水這三樣東西，在紙張或類似的媒介上作畫。你有學過書法嗎？」

「小時候學過一點。」

「那就沒問題了，你看我畫一次吧。」

語畢，湖山大師打開手邊一個巴掌大的扁平木盒子。盒子一打開，我就聞到一股令人心神安寧的香氣。裡面裝著一塊純黑的厚重硯臺，感覺就像直接從岩石鑿出來的。船底形狀的凹槽裡有墨汁，小小的房間轉眼充斥墨汁的香氣。

湖山大師皺巴巴的手掌，拿起放在一旁的毛筆，筆頭是茶色的，尺寸跟小指頭差不多。硯臺旁邊還有一個裝水的純白容器，他把筆頭浸到水裡，再用布巾吸去多餘水分，吸完才去浸墨汁。湖山大師面前有一張白紙，他直接在白紙上揮毫作畫，沒打任何草稿線稿。起初只是凌亂的墨色，後來慢慢成形，變成一幅完整的繪畫。

湖山大師作畫的動作，完全不像一個老人家，而且那也是我從來沒見過的動作。他靈活操作手臂、肩膀、背部的肌肉，手掌在紙張、硯臺、水盆之間高速流轉，彷彿他的右手在轉動一架看不見的水車，將墨水飛快運到畫紙上。

不到五分鐘，純白的畫紙上出現一幅湖畔美景。最驚人的是，湖畔墨畫在紙面上出現了變化。

墨水滲入紙張沒多久，湖水的線條慢慢暈開，形成柔和的波光反射。遠景的山色有種朦朧的美感，近景的樹木甚至開始搖曳生姿。湖山大師用細小的筆尖，創造出魔幻的一刻。

我不敢相信一支毛筆，竟然可以做出這樣的事情。我感覺自己接觸到一種柔美、甜蜜、溫和、肅穆的意志。

「很有趣對吧？這就是水墨畫。」

「你要我做到這種境界嗎？在這麼短的時間內，一下筆就畫出這麼棒的畫？」

「當然了，一開始是不可能的，慢慢進步就好。」

「可是，我不認爲自己辦得到。」

「重點不是要你辦到，而是要你嘗試。」

湖山大師又說了一句我參不透的話，並讓我握起毛筆。

「水墨畫的根本，在於水暈墨章這四個字，亦即以水暈墨，以墨成章。所謂的水墨畫，跟水墨的意義大致相同。還有，拿筆的姿勢就跟拿筷子一樣……對，就是那樣。拿筷子是一次拿兩支，拿筆就相當於用拿筷子的方式拿一支筆桿。你手上拿的部分又稱爲筆管，拿的時候要保持重心向前的感覺，跟拿筷子一樣輕輕握住就好。食指和中指輕靠在筆管上頭，讓筆管立起來。沒錯沒錯，你的手勢果然很漂亮。」

湖山大師笑瞇瞇地握住我的手，讓我把筆拿好。他的指尖出乎意料地柔軟，這一點令我印象特別深刻。筆拿好以後，湖山大師在我面前放一張全新的白紙，他要我試著模仿剛才那一幅畫作。想當然，我根本辦不到。

我沾好墨水在紙上作畫，畫出來的東西完全沒有章法。我運筆想畫出湖水，卻只畫出一道難看的線條，遠方的山脈和前方的草木，也看不出遠近差異。我的墨只是一團漆黑，沒有湖山大師的漸層和光暈效果。這樣的東西連塗鴉都稱不上，但我畫得很開心。

這是爲什麼？

我糟蹋了一張畫紙後，湖山大師又放了一張新的畫紙，要我多畫幾張。我按照指示畫了好幾張失敗品，不斷重複低劣的塗鴉。反正新手注定失敗，畫到後來我反而用很輕鬆的心情握筆塗鴉。當我獲得這樣的體悟，湖山大師拿起我的筆問道：

「感覺怎麼樣？」

湖山大師的語氣很慈祥和藹。

「比我想的還開心呢，不知道爲什麼……」

我說出自己的感想後，湖山大師點點頭，眼神顯得很平靜：

「繪畫絕對是一件開心的事情，你可以盡情在純白的畫紙上塗鴉，怎麼失敗都沒關係。等你開始理所當然地容許自己失敗，就感到很有趣了對吧？」

湖山大師的說法令我恍然大悟。的確，我從來沒有這樣默默地品嘗失敗。我沒有認眞挑戰過任何事情，讓自己有重複失敗的經驗，更談不上享受失敗了。

「你現在體驗的，是天才作畫的感覺，也可說是最純粹的作畫。」

「天才作畫的感覺？那種三歲小孩塗鴉的水平？」

「能像三歲小孩那樣天眞作畫，才當得上天才啊。有辦法享受失敗的人，成功時會品嘗到更大的喜悅和快樂。」

「確、確實是這樣沒錯。」

「你今天挑戰過了，這一點比什麼都重要。」

我愣愣地看著湖山大師的笑容，那是一種發自眞心，心滿意足的笑容。

「這種樂趣才是水墨的本質，繪畫就是在不斷的挑戰和失敗中找到樂趣。今天的講義就到此結束，謝謝你特地過來一趟。」

湖山大師俐落地收拾周圍散亂的紙張，我也趕緊幫忙，時間一下子就結束了。

那一天，我畫完畫就回家了。

回程同樣是西濱先生送我。我到自家附近的超市買點東西。我平常都是吃泡麵果腹，但那時想在外面想點事情，因此沒有直接回家。今天湖山大師到底想教我什麼呢？

他說要教我水墨畫，我原以為會學一些技巧或方法。然而，實際上只是去塗鴉，還浪費大量的墨水和紙張隨便畫。我很懷疑這麼做有何意義，不可否認的是，水墨確實就跟湖山大師說的一樣快樂又有趣。我吸收了某種無法靠言傳或思考得到的經驗。

在純白的紙張上作畫，經歷一連串失敗後，從失敗中感受到樂趣。

湖山大師帶給我做夢也沒想過的體驗，我回想著那份體驗，前往超市挑選各類食品和蔬菜。現在想起來，我從來沒在住家附近的超市買過東西。我的大學生活還有很多嶄新的體驗，我對自己「有食欲」感到很訝異。我挑好白米和食材，手指勾著沉重的購物袋。走出超市沒幾步，就發現原來五公斤的白米和食材那麼重。

從超市走回家，大約十五分鐘腳程。無奈對我這個運動不足的人來說，提重物走路實在太辛苦了。我前往超市附近的咖啡廳休息，將購物袋擺在對面的椅子上，這時有熟面孔走到我旁邊。

「唉呀，這不是古前的小跟班嗎？」

來者是跟我上同一堂專題課程的川岸同學，她是一位身材嬌小的女性，背影看起來就像中學生，個性非常活潑開朗，也是我們學校難得一見的聰明學生。她在我們的專題課上，算是女生之中的核心人物。我不太擅長跟活潑強勢的女性相處，很少跟川岸交流。古前曾經跟我說，他很欣賞可愛的川岸，說完還不忘深情款款地讚美幾句。而且，他的態度非常明確，想來是眞的很喜歡。

「我不是小跟班啦，我叫青山。」

「對對，青山，我想起來了，你會來這裡眞難得呢。」

「是啊，今天第一次來，妳在這裡打工嗎？」

「沒課的時候幾乎都在這裡打工。既然你都來了，古前應該也會來才對，怎麼今天沒看到人呢？」

「古前很常來嗎？」

「他很常來啊，每次都坐在櫃檯喝咖啡，喝完就走。太陽眼鏡從不離身，眞是個怪人，而且一定都點黑咖啡。我主動搭話他才會跟我聊天，不然都默默不說話。大家都上同一堂專題課，何必那麼見外呢。」

「古前想耍帥吧，他是有這種習慣。」

「幹嘛耍帥啊？」

川岸好奇地看著我，我點了一杯冰咖啡，喝一口店家招待的水，沒有回答她。古前常跑來這裡耍帥，還沒有告訴我，代表他對川岸是認眞的。他身上有一種純情的特質，就好像酷酷的太陽眼鏡下有一對圓滾滾的可愛眼睛一樣。因此我選擇保持沉默，以免自己講錯話。

冰咖啡送來後，川岸坐到我面前繼續聊。或許這家店很清閒吧，除了我以外還眞沒有其他客人。

「對了，古前說，你之前去做很累的體力活是嗎？」

川岸對這個話題很感興趣，她講的是湖山大師委託的工作吧。我簡單說明一下整件事的始末，川岸表現得非常震驚，一雙大眼睛又張得更大了。確實，整件事有許多令人訝異的地方，好比展覽會上的大量展示板、千瑛大小姐剛烈的個性、湖山大師我行我素的性情等等。

「好厲害，你居然巧遇篠田湖山，還當上他的入室弟子。」

原來她在意的是這件事。記得千瑛對這個決定很生氣，我搞不懂這到底是怎麼一回事。

「我媽媽的興趣是畫日本畫，我對繪畫的事情也多少懂一點。在日本美術界，篠田湖山的地位是無與倫比的。他的書法和水墨技藝，放眼國內都是頂尖水準。他的著作銷量也非常驚人，完全超出美術書籍的範疇，甚至還有外文譯本。撇開雪舟不說，篠田湖山是日本無人不知、無人不曉的水墨畫家喔！別人想當他的入室弟子還當不上呢。」

「這麼了不起啊？」

「就是這麼了不起，也難怪那個叫千瑛的大小姐會生氣。你提到的西濱先生，那個人是美術界很有名氣的西濱湖峰老師。他是一個很厲害的畫家，擁有湖山大師親傳的高超畫技，號稱是湖山大師二代呢。你有幸跟他說上話，眞的很厲害。」

「咦？那個身分成謎、性格飄逸的大哥，是那麼厲害的人物嗎？他今天一直在處理園藝耶？」

「園藝？我不知道你怎麼想的啦，總之西濱湖峰很厲害。他的風景畫廣受好評，有一種獨特韻味，在國際上也受到認可，是湖山門下極具代表性的繪師。」

「天啊，眞是難以置信。他說自己『企畫出兩成力，搬運出八成力，剩下的心力才拿來鑑賞繪畫』，完全沒講到創作啊。」

「篠田湖山是美術界的大紅人，他的弟子會那樣也難怪啦。不過，湖山門下開了很多繪畫教室，那些教室也有一定的權威，入室弟子的數量卻不多，獲得雅號的人更少。」

「什麼意思？」

關於這一點我搞不清楚，普通弟子和入室弟子差在哪裡？

「雅號就相當於作家的筆名，你可以自取雅號，但有名望的大師替你取，你的身價會更高。好比湖山門下的弟子，就會像『湖峰』那樣取一個『湖』字。所謂的入室弟子，算是大師直接親傳指導的高徒。一般拜於湖山門下的，實際是拜湖山大師的入室弟子爲師。換句話說，湖山大師直接指導的弟子，未來也會成爲師傅。那位西濱湖峰老師，就是入室弟子的翹楚。」

「那麼，西濱先生也是老師囉？」

「他是評價很好的繪畫老師喔，我媽媽也想跟他學呢。」

「這樣啊，那個態度有點輕佻的大哥，原來那麼了不起。」

「很輕佻嗎？」

「是還好啦。」

聽川岸這樣說，西濱先生那種脫俗的氣氛與親和力，確實也像個藝術大師。我比較意外的是，想不到西濱先生是那麼正經的老師。我對他的印象，依舊是身穿工作服、頭上包毛巾的工頭大哥。

「湖山門下目前最頂級的師傅，大概就是西濱湖峰了，其他資歷較深的老弟子負責營運小型教室。篠田湖山年事已高，又是大紅人，很少親自指導別人作畫。美術界盛傳，西濱湖峰會繼承篠田湖山的衣缽。」

「妳對湖山門下也太清楚了吧？」

「我不是說了嗎？我媽媽也想拜入湖山門下，她查過資料跟我說的。你好好喔，有幸遇到那些厲害的老師，湖山大師還親自指導你，這經歷比念我們大學還了不起吧？」

「是這樣嗎？」

「我想是吧，湖山大師指定你當他的入室弟子，還說要栽培你耶。用這種方式當上他弟子的人並不多，通常是要主動去拜師，或是在流派中晉升才有資格獲得指導。」

「是嗎？不過我總覺得，湖山大師純粹是一時興起才找上我。」

「不對，應該不是你想的那樣。我也說不太上來，可能你有一些異於常人的特質吧，至少我是這麼認爲的。」

我用眼神質疑川岸，爲什麼要胡說八道呢？川岸笑著回答我：

「是女人的直覺啦。」

川岸用我很難反駁的答案，來搪塞我懷疑的表情。

「眞正有才幹的能人異士，指的是古前那樣的人吧。」

我試著替古前說好話，川岸立刻搖頭否決：

「沒有喔，古前也說你是個特別的人。我跟你上同一堂專題課，有時候也有同樣的感想……對了，像你看著窗外發呆的時候，就給人很特別的感覺。至於古前嘛，與其說他特別，不如說他是個怪人吧。」

這樣聽起來，我才比較像怪人吧？當然，這話我沒有說出口。

冰咖啡的杯子上都是水珠，我拿起咖啡喝了一口，試圖分析自己當下的奇妙狀況。

我一放下杯子就放棄深入思考了，反正絞盡腦汁也想不出個所以然，那乾脆順著湖山大師的意思學畫吧。至少今天學畫還滿開心的，開心對我來說比什麼都要有價值。我很久沒有開心過了，甚至有點懷念的感覺。我連顏面肌肉都運動不足，想要好好微笑都有困難。

其他客人進到店裡，川岸離開我的座位，改以待客用的笑容勤奮工作。我的注意力漸漸被窗外暮色蒼茫的街景吸引，那景色的變化宛如水墨一般。

我凝神細看玻璃窗外的風景。

第二次練習是下個禮拜的週末，我同樣在湖山大師的畫室裡，跟大師四目相望。端茶給我的人，是一個高眺清瘦、皮膚白淨的男子，印象跟西濱先生完全不同。男子戴著晶亮的眼鏡，底下有一雙銳利的眼眸，臉上沒什麼表情，給人頭腦很好的感覺。纖細的下巴和長長的瀏海，有一種細膩的感覺。他的肩膀並不寬厚，這也讓他看起來更加苗條，只不過他的姿勢筆挺，嚴謹的身段令人印象深刻，一看就是個外柔內剛的人。他身上那股沉靜的氣息，也和西濱先生截然不同。西濱先生很適合穿工作服，我直覺認定這個人適合穿西裝。我莫名想起芥川龍之介的照片，但眼前的男子比芥川龍之介帥多了。

「啊啊，他叫齊藤。齊藤也是我的弟子，比西濱更晚入門，現在他跟西濱一起負責營運教室。齊藤啊，他就是我跟你說的青山。」

這麼說來，齊藤先生也是老師級的人物。他在我面前正襟危坐、低頭行禮，好像在進行什麼儀式一樣：

「我叫齊藤湖栖，請多多指教。」

語畢，齊藤先生抬起頭來，陰影巧妙地落在他的鼻樑上，鏡片底下的雙瞳凝視著我。那是一種靜謐深沉的眼神，彷彿一對上眼就會深陷其中。他明明看著我，我卻不知道他在觀察我什麼。我並不害怕他的眼神，只是覺得他離我好遙遠。這個人就像靜流的深水，過去我從沒對別人抱有這種印象，他跟西濱先生、湖山大師一樣，都有種不可思議的氣息。

「齊藤是湖山獎最年輕的得獎者。他年紀輕輕，技術面在國內幾乎無人能及，他的水墨有很多值得你學習的地方喔。」

聽完湖山大師的介紹，齊藤先生又一次低頭行禮，我也趕緊自我介紹。齊藤先生一聽到我開口，便以秀氣的動作抬頭。他稍微瞇起眼睛看了我一眼，沒一會就拿著托盤離開了。

我轉頭望向湖山大師，大師笑著說道：

「齊藤個性很溫柔，只是不太擅長跟別人交際。你遇到什麼困難的話，可以拜託他或西濱幫忙。」

「謝、謝謝。感覺他是一個很適合花朵陪襯的人呢。」

「哈哈，也許吧，他確實很擅長畫花卉，改天有機會你可以見識一下他的技巧。嗯，那好，今天來教你基礎吧，有幹勁嗎？」

「沒問題，我會努力的。」

聽完我的答覆，湖山大師笑了，今天只有我的面前擺放了作畫器材。有白色墊片、裝水的容器、硯臺、墨條、毛筆，以及一個外形圓滑的花形器皿，內部有好幾個凹槽，最後還有一塊抹布。

「墊片要用白色的，鋪白色的墊片在紙下面，墨色的濃淡才看得清楚。水墨畫是用水稀釋墨汁，創造出各式各樣的變化，鋪墊片更容易看清那些變化。再來，這有好幾個凹槽的器皿叫作梅花盤，形狀有點類似梅花對吧？你想成調色盤就好，這對畫畫的人來說是很常用的器材，一般人比較少見。裝水的容器叫筆洗。剩下是硯臺、毛筆、墨。墨要用固態墨。」

「不是用墨汁嗎？感覺好正式。」

「有些師傅是用墨汁教人作畫，我個人不太喜歡。況且在好的硯臺上倒墨汁，未免太糟蹋了。」

「這是好的硯臺嗎？」

「嗯嗯，是非常好的硯臺。使用得當的話，能夠磨出跟這世界一樣細緻的墨。」

我訝異地看著硯臺，外觀上就是一個巴掌大的長方形而已，但硯臺本身裝在很高級的木盒裡，還加上蓋子。說來也奇怪，湖山大師說那是很棒的硯臺，我聽了也真有那種感覺。硯臺不過是一塊石頭，我卻感受到一股非凡的氣息。

「對書法家和水墨畫家來說，硯臺就形同寶刀，一切功夫都要從硯臺下手。」

「這麼重要的東西，給我用沒關係嗎？」

「放心，沒關係。好東西就應該拿來用。這塊硯臺很棒，你要好好愛惜使用喔。」

「明白了，我會好好愛惜的。」

湖山大師開心地笑了，想必他對器材有很多堅持吧。一流的繪師對自己的工具有堅持，這也是理所當然的。這種理所當然的事情，很高興有機會聽他親口說出來。

「那好，先從磨墨開始吧，要先磨墨才有辦法作畫嘛。對了，忘記準備水滴壺了。」

湖山大師站起來，從後方的工具箱裡，拿出一個類似小茶壺的容器，裡面似乎有水。大師用皺巴巴的手掌，往硯臺裡倒水，浸濕硯臺表面。

「來，請吧。」

接著，湖山大師叫我磨墨。我誠惶誠恐地拿起墨條，開始在硯臺上磨墨。墨條磨起來很順手，透明的水一下就變黑了。

又過了一會，黑色的墨汁逐漸產生黏性。我抬頭望了大師一眼，想問他還要再磨多久，沒想到大師竟然睡著了。

磨墨是很無聊沒錯，但也犯不著打瞌睡吧？我叫醒湖山大師。

「磨好了嗎？」

湖山大師裝出一副自己沒睡著的模樣，起身走到旁邊，我不由得挺直背脊。

他身上穿的日式工作服，散發出一股乾淨清爽的氣味，不曉得那是什麼味道？當我在思量味道的來源時，湖山大師直接拿起毛筆，在眼前的白紙上作畫。

跟上次一樣，大師很快就畫好一幅湖光山色，下一張紙畫的是溪谷美景，最後是竹子。每一幅的畫藝都堪稱神技，才一眨眼功夫就完成了。爲什麼一個老人家，有辦法用那麼快的速度運筆？他的動作剛健有力，完全看不出是老人的動作。最令人匪夷所思的是他的作畫速度，當中細部的動作快到我看不清楚。我只知道他手中的筆跟上次一樣，飛快在硯臺、梅花盤、抹布、筆洗之間流轉。

不知不覺間，墨已經全部用完，硯臺裡沒有墨了。畫好的作品都放在地板上，湖山大師說了一句很有衝擊性的話：

「再一次，再磨一次墨吧。」

我啞口無言，乖乖地重新磨墨，湖山大師又開始打盹了。

到底發生什麼事了？我惹他不高興了嗎？

我想了好多，邊想邊磨，磨到我認爲差不多了，再叫湖山大師起來看。

湖山大師沒有不高興，也沒有特別開心。他拿起毛筆，又是一口氣畫了好幾幅畫，用光硯臺裡的墨水。然後，他又說出同樣的話：

「再磨一次。」

我皺著眉頭磨墨，思考這是怎麼一回事。

反正磨好了，我就叫大師起來看。大師醒來後運筆揮毫，再叫我繼續磨墨。這樣的循環重複了好幾次，磨到後來我也累了，索性放棄思考隨手亂磨，磨好就叫大師起來。大師跟一開始一樣，也沒有特別不開心，而是直接拿起毛筆。

「去換一次筆洗裡的水吧。」

我按照指示前往走廊外的流理檯，將筆洗的水換新。我把筆洗放到湖山大師面前，回到自己的位子就座。湖山大師氣定神閒地拿起筆，先用毛筆沾了一點墨，再浸到筆洗之中，這時候他開口說話了：

「這樣可以了，開始畫吧。」

我不懂湖山大師這句話是什麼意思？為什麼認眞磨的墨不好，隨便磨的反而好？可能是看我一臉不解的表情吧，湖山大師笑盈盈地回答：

「是粒子，墨的粒子不一樣。你的心情會反映在墨水上，仔細看好囉。」

湖山大師再次拿起筆，畫出跟第一張畫一模一樣的湖光山色。畫中的近景有樹木，遠景有湖水，更後方有山脈，圖面的景物配置完全相同。

不過，湖山大師放下筆的那一瞬間，墨水暈開的範圍和光澤完全不一樣。

就好比低畫素圖片和高畫素圖片的差異，所謂粒子不同指的應該就是這麼一回事。第一幅乍看之下就只是很漂亮的風景畫；第二幅畫微弱的光澤和墨色暈開的美感交織在一起，醞釀出一種懷念、靜謐的氣息，甚至還能感覺到畫中的溫度和季節。細緻的粒子構築成的湖光反射，就像夏季的光芒。薄墨畫出來的線條飛白，連細微的部分都看得一清二楚，所以會給人明亮和色差的感受，波光蕩漾的景色甚至透露出寧靜感。這種決定性差異，竟是出自同一筆畫出來的。同一個人使用同樣的器材，畫出相同的一幅畫，磨墨的方式卻造成如此大的差異，這個事實帶給我很大的震撼，我突然對自己的作為感到可恥。

我剛才不斷犯下嚴重的錯誤，湖山大師倒是不改和藹可親的笑容。

他說那不是我的錯，是他沒把問題的癥結告訴我。之後，他對我說了這麼一句話：

「青山啊，放輕鬆。」

大師依舊用平靜的口吻指導我：

「專心致志這誰都辦得到，一個初次拿筆的新手也辦得到，只要認真就辦得到。放輕鬆才是真正的技術。」

放輕鬆才是技術？我從來沒聽過這種說法，不太懂大師的意思。

「大師，認真不好嗎？」

我反問湖山大師，他笑了笑，彷彿聽到什麼好笑的笑話。

「不，認眞沒有不好，只是不自然。」

「不自然。」

「沒錯，不自然。我們好歹是畫水墨的人，水墨是用墨的濃淡、潤竭、肥瘦、協調來畫出森羅萬象。不去理解自然，要怎麼作畫呢？你的心態會呈現在你的手指上。」

我看著自己的手指，從沒想過心態會呈現在指尖上。難不成心態也會呈現在墨水上，影響粒子的變化？光是一個磨墨的方式，就能看出我心態上的變化，這說法由不得我不信。

「你是一個非常認眞的青年，或許你自己沒有注意到，你的個性相當正直。你會勇於面對困難，努力不懈地尋求解決之道。也因爲如此，你經常被自己犯下的過錯傷害，至少我是這麼感覺的。無意間，你頑固封閉自己的心靈，想獨自一人解決問題。這種緊張和僵化的態度會表現在你的言行上，你的正直會越來越不像你。那分正直和堅強，會讓你拒絕其他的事物。不過，我跟你說，水墨畫不是孤獨的繪畫，而是人心與自然調和的繪畫。」

我抬起頭看著湖山大師。

湖山大師的語氣實在太過溫柔，我的理解力沒辦法好好運作，聽不太懂他在說什麼。我一臉狐疑地看著他，大師耐心地告訴我：

「聽好囉，描繪水墨代表你已經跟孤獨無緣。描繪水墨，就是找出與自然的連結，學習與自然相處，從中體會我們與自然難分難解的關係。你要去感受那分連結帶給你的東西，將那分連結與感悟一起畫在紙上。」

「將連結與感悟一起畫在紙上。」

我重複了一次湖山大師的教誨，現在我心中的玻璃屋阻絕了那分連結，但我已經有心眺望牆外的風景了。

湖山大師就在牆的另一邊等我。

「所以，你的心要自然。」

話一說完，湖山大師又笑了。他溫柔放下毛筆的聲音，在我耳中迴響不絕，那一天的講義就到此結束。

我總覺得，大師毫無保留地給我某種很貴重的東西，我卻差點失之交臂。

小小房間裡的墨香，還有湖山大師溫和平靜的印象，徹底打破我對水墨畫的既定觀念。

我發現自從父母去世後，我頭一次能抱持平靜的心情，跟別人長時間待在一起。

我向湖山大師行完禮，準備離開房間的時候，大師叫我把他畫的作品帶回去參考。

我抱起那些紙張，從別館的畫室走向腹地裡的教室。玄關就在教室附近，西濱先生在教室裡的話，我就能請他送我回家了。

湖山大師的宅院裡有教室和畫室，還有寬敞整潔的庭園，庭園裡的許多植物都是水墨常畫的題材。

教室裡擺滿了大量的器材和桌椅，狹長寬廣的桌子也足以描繪大型作品。據說有資格在這裡練習的，只有入室弟子或實力相近的門人。換言之，這裡幾乎是西濱先生、齊藤先生、還有千瑛的專用教室。一想到千瑛上次偏激的言詞和高傲的態度，我就不想遇見她。果不其然，她剛好就在教室裡。

桌上擺有白紙，千瑛一直站著練畫。

今天她穿著純黑的洋裝，而不是和服。她專心地揮舞毛筆，沒注意到我走進教室。她的臂膀和手指白皙又修長，毛筆在那與眾不同的指尖下，就像白鷺的腳一樣有種奇特的優雅美感。可是，那枝筆比千瑛的手大上許多，照理說有一定的重量才對，千瑛運筆卻不見疲態，宛如在劈斬什麼看不見的東西。

她維持站姿，對著類似掛軸的狹長紙面作畫，運筆的速度有點像湖山大師。整體來說是比湖山大師稍慢，但呼吸方式和作畫的氣氛確有神似之處。

大朵花卉接連躍於紙上，將純白的空間點綴得美輪美奐。有句話叫美豔絕頂，用來形容千瑛的花非常合適，盛開的豪華花朵被一一畫在紙上，剩下的空白處畫上筆觸銳利的葉片，就像花朵的洋裝，畫面幾乎被花朵和葉片占據。花葉絢麗的墨調變化，令人目眩神迷。

最後千瑛畫上莖幹，再朝整幅畫打點，補上幾筆。補完後，她終於放下畫筆。

那一枝大筆並不適合呈現纖細的動作或筆法，但她卻用極爲細緻的技法進行細部作畫。她運筆的動作，讓我聯想到一流小提琴家運使琴弓的模樣。同樣是輕輕晃動體幹，用整個身體尋找適當的施力點。

看過千瑛和湖山大師的動作，我覺得水墨畫的動作很接近武術或樂器演奏。全身上下化爲一枝筆，爲了畫出漂亮的一筆而做足準備。練習結束後，千瑛的注意力開始消散，她慵懶地看著自己的畫作，總算發現我來了。

我正要稱讚她了不起，她卻用打招呼拒絕我的稱讚。

「你好。」

她的音調蓋過我要說的話，我也只好冷靜回禮。

「你眞的來啦。」

「是，承蒙關照了。」

簡短交談幾句後，千瑛在剛才練習的畫作旁邊，放了一張新的白紙在墊片上。接著，她又隨手揮毫，仔細一看這次畫的是竹子。紙上不斷出現斬裂空間的銳利直線，但畫法似乎比較從容了，沒有剛才那種嚴肅的神態。

我緊張地等待她的下一句話，下句話卻出乎我意料：

「上一次是我太情緒化了，真是不好意思。」

不直接說對不起，這種表達歉意的方式確實有她的風格。只見她在紙上不停運筆，以筆代刀。

她是不是也在等我回話呢？

這我也說不準，我趁她停筆的時候開口：

「不會，這沒什麼大不了的。換成是我，大概也會有同樣的反應。」

她終於抬起頭看著我：

「是嗎？」

嘀咕完這句話，她又開始作畫。教室裡只聽得到千瑛運筆的聲音，那是紙筆互相摩擦，在紙上創造出生命的聲音。

「你今天學了什麼？」

千瑛邊畫邊問我，頭髮隨著身體的晃動閃耀光澤。漆黑的秀髮如同一面明鏡，反射著夕陽餘暉。

「只有學磨墨，還有放鬆而已。」

「只有這樣？」

「嗯，只有這樣。」

千瑛思考了一會：

「這樣啊……眞意外，我果然搞不懂爺爺在想什麼。不過，這也的確像是他會做的事……」

千瑛低下頭來，有一段時間沒有動筆。後來，她緩緩放下筆，對我說：

「上一次，我說要跟你一決勝負……」

「嗯嗯。」

「按常理思考，你是不可能贏我的。」

「我想也是。」

這話倒是眞的，不用比就很清楚了。光看她現在展露的技巧，我不管怎麼努力都不可能在一年內勝過她，這誰都看得出來。

「明年的湖山獎公募展，大獎我是志在必得。按照慣例，得獎的人能獲得爺爺賦予的雅號，成爲大家公認的職業畫家，那就是我的目標。湖山獎是水墨畫家最大的課題之一，你要贏過我，得憑著一年不到的資歷奪得大獎，這怎麼想都不可能辦到。很多學生練了十年，卻連入圍都有困難。」

「嗯，這麼說也對，我也不認爲自己能贏妳。」

「那你還想學水墨？」

她的言外之意應該是，爲什麼我要學水墨吧。

練習和勝負的結果已經很明顯，她想知道我爲什麼還想學水墨。

我不假思索地告訴她：

「我當然想嘗試水墨畫。至於理由，我也說不太清楚……不過，我應該會喜歡上水墨畫吧。」

千瑛凝視著我，像在看什麼不可思議的東西：

「你什麼題材都還沒畫過不是嗎？」

的確，我只學過塗鴉和放鬆磨墨，但光學這兩樣東西，就帶給我前所未有的體悟。

「是啊，應該吧。」

我點頭回應千瑛，她露出了一點笑容。仔細想想，我到底會什麼呢？

這世上對我抱有期待的，就只有古前和湖山大師了。

古前對我的期待想必只是一種誤解。湖山大師帶領我進入繪畫的世界，應該是有他的理由才對，但我完全不懂是什麼原因。

我跟千瑛都有相同的疑問，我跟她都急於想知道，我本身究竟是什麼樣的人。我們望著彼此不說話，幾次呼吸後，我決定先打破這種可笑的沉默：

「妳的畫眞棒。」

我望向千瑛剛才畫好的牡丹，千瑛立刻搖頭：

「不，這沒什麼了不起。牡丹是很困難的題材，我的作品有很多小缺失。」

「是嗎？我看不出來啊。」

「你什麼都不懂，當然看不出來。畫中確實有幾處缺失，沒有很嚴重就是了。」

看樣子千瑛的說法並非自謙。這幅畫給我的感覺是圖面太過華麗，缺失反倒是其次。畫風華麗到有失沉穩的地步，只得一時的驚豔。然而，這種感想說出來又會惹她生氣，因此我選擇安靜看畫。不料，千瑛自己先開口了：

「我的畫缺了某種東西。」

我看了她一眼，她也知道自己的作品有問題，但又掌握不到具體的癥結。我看出了她寄託在畫中的感情，一如我看透玻璃牆外的景色一般。

千瑛的畫技雄渾壯麗，畫出來的牡丹更是美不勝收。追求完美技巧的上進心，化爲她創作的熱忱，在花中透露出濃烈熾熱的盛情。不過，那股熱情壓過了畫中的留白，連湖山大師重視的「自然」心境和情感都不存在，看上去顯得太過單調。

饒是如此，她的熱忱還是令觀畫者動容。

看著千瑛的畫，我也注意到自己極度欠缺某樣東西。我還不知道那是什麼，試圖從她的畫中找出答案。她的熱忱打動了我的心。

千瑛很認眞看待自己的畫作。

我有心告訴她一些看法，卻找不到適當的說詞，想表達的字眼沒有一個貼切。

就好比對一個從沒聽過音樂的人，解說什麼叫音樂一樣。即使我說出自己的感悟，對方也會理解成別種意思。她的問題沒有人可以告訴她，她追求完美的意志，只會害她一直畫出同樣的作品。

就在我們尋思如何對話的時候，剛才端茶點來的齊藤先生現身了。

「湖栖老師。」

千瑛抬起頭微笑致意，齊藤先生面無表情地點點頭。他站到千瑛的旁邊，攤開一張新的畫紙，畫出跟千瑛相同的牡丹花。

齊藤先生拿起筆，一開始最令我驚訝的，是毛筆浸入筆洗的聲音。很像日式庭園中，那種接滿水後會發出敲擊聲的竹筒。

「噗咚」

聲音一響起，我和千瑛都感受到齊藤先生的專注。他的動作優雅又大而化之，速度稱不上快，有別於千瑛和湖山大師的風格，給人難以親近的印象。

在我看來有些冰冷。

好像一個人站在冬季的溜冰場上。

冰冷而厚重。

齊藤先生的手速感覺不快，但畫作已逐漸成形。看他運筆的方式，下筆次數不算少，筆法也相當細膩，畫作卻完成得很快，只是動作看似緩慢。

仔細觀察會發現，他的筆長時間在紙上飛舞，很少落在梅花盤和硯臺上。

「原來，沒有任何多餘。」

這是我注意到的現象，齊藤先生的筆沾過一次墨水，會盡可能畫到墨水用完爲止。他確實地畫下每一筆，不像湖山大師或千瑛那樣頻繁迅速。

一幅畫很快就完成了。

齊藤先生的畫作也是牡丹，但兩者擺在一起，看得出明顯的差異。

千瑛的作品比起齊藤先生的作品顯得雜亂無章。

齊藤先生的繪畫，每一朵花瓣和葉片的色差，都均勻到令人嘆爲觀止。千瑛的畫中缺少那種均勻和精巧的畫技。齊藤先生的畫作堪比照片或電腦圖像，寫實到分毫不差。兩者使用同樣的技巧，畫作風格竟有這麼大的差異。齊藤先生給我一種很疏離的感覺，或許是他那高超畫技背後異於常人的集中力吧。

如果說千瑛的作品是熱情奔放的豔紅，那麼齊藤先生的作品就是寒冬下月色映照在雪上的紫霞，厚重又精密。

這種出神入化的技巧，不下於湖山大師的水準。

最後毛筆浸入水中洗淨時，又發出「噗咚」的聲響。齊藤先生面前出現了一幅冷峻又動人的清雅之作。

「這裡，這裡，還有這裡。」

齊藤先生指著自己畫作的某幾個地方。千瑛比對雙方的作品後，落寞地點點頭，齊藤先生指的是千瑛犯錯的地方吧。那幾個地方確實有墨色沉積，墨的色差也不均勻。

不過，我不明白齊藤先生的指點是何用意。我認爲那些細微的偏頗和失誤，才是千瑛的作品富有柔和美感的關鍵。

然而，齊藤先生一點出千瑛的毛病，千瑛就表現得很失落，似乎也由衷認爲那是自己的失誤。這一點我也無法接受，本想說點什麼，但又覺得他們聽不進去。

光是描繪一幅畫，指出畫上的某幾個地方，這兩人就能心意相通，代表他們之間的感情很深厚吧。

後來千瑛又回頭作畫，齊藤先生跟我點頭致意就離開教室了，而我終於找到在窗外抽菸的西濱先生。

要搭車回去的時候，西濱先生看我抱著大量的參考作品，對我說：

「有那麼多湖山大師的作品，你可以蓋一棟豪宅了。」

這話聽起來像句玩笑話，我反問他是眞的還假的。

「上面有落款的話，保證買得起豪宅。是說，就算沒有落款，只要是湖山大師的手筆，也會有畫商願意出價吧。」

我看著自己手中的紙卷，想不到手中的畫作這麼了不起。我謹慎地抱住紙卷，以免不小心弄壞。

「大師對你寄予厚望呢。」

西濱先生講這句話時，表現得比我還開心，我回答他：

「我會好好努力的。」

接著，我提出一件頗在意的事情：

「今天，我見識到了齊藤先生的水墨畫。」

西濱先生不置可否。他的反應很淡薄，好像在聽昨天電視節目的話題一樣。

「他畫了一幅完美的作品，指出千瑛小姐的錯誤，他應該是在指導千瑛小姐吧。」

「是啊，小齊是用那種方法指導別人的，你有實際看到他作畫嗎？」

「有，色調跟電腦畫出來的一樣精準。」

「那叫調墨啦。是一種調節筆尖上的墨汁和清水比例的技術，小齊的調墨簡直是機器，精準到很嚇人的地步，沒幾個人辦得到。偶爾會有報社或電視臺的人來採訪，大多數人看到都會嚇一跳，那是一種極致的技巧。」

「眞的是這樣嗎？」

「至少我是辦不到，由此可見小齊很努力。」

「還有，他的指導方法。他只跟千瑛小姐點出幾個地方，此外什麼也沒說，簡直是心有靈犀呢。」

「是啊，看到那種指導方式多少會有點心驚膽跳啦，但他們確實心有靈犀對吧。我認為那種充滿魅力的指導方法，也算是一種教導形式。」

西濱先生沒有再多談齊藤先生的話題，大概是對那種指導方式有意見，卻又不願意多談才保持沉默吧。

根據川岸的說法，西濱先生是連齊藤先生都比不上的水墨畫家。我只看過他呑雲吐霧的模樣，還有他在教室處理雜務、幹體力活、整修庭園。不曉得僅次於湖山大師的西濱先生，實力究竟到何種程度？目前西濱先生在我眼中，比較像是幫忙打雜的外包工人。今天他同樣穿著工作服在庭園澆花拔草，就某種意義來說，他也是個難以捉摸的神祕人物。

「對了，你今天學到什麼？」

西濱先生開朗地問我今天的授課內容，想要轉移話題。

「大師教我磨墨的方法。」

「只有這樣？」

「只有這樣，大師說要放輕鬆，用自然的方式磨墨就好。」

西濱先生嘖嘖稱奇，還很佩服地點點頭。

「同樣的事情我也有告訴千瑛小姐，她卻露出很不解的表情。」

「也是啦，換成其他人也會有同樣的反應。不過，既然湖山大師那樣教你，我可以理解他的做法。」

「怎麼說呢？我個人學起來是滿開心的，但只教學生磨墨和塗鴉，這是水墨畫的基本教學方式嗎？」

「不，不是喔。湖山大師花時間教你塗鴉和磨墨，應該是有什麼道理要告訴你吧。不然他也不會給你那麼多參考作品。」

「是這樣嗎？」

「是啊，我們要拿到大師的參考作品可不容易。大師都叫我們看他以前作品的副本，或是他寫的書，頂多簡單畫幾筆給我們看。因此不用懷疑，大師確實對你寄予厚望。」

「眞的是這樣嗎？今天我跟千瑛小姐說話，她說明年的湖山獎，我是不可能贏過她的，連入圍都有困難。我見識了千瑛小姐的畫技，也有同樣的感想。」

西濱先生稍微思考了一會：

「我是不這麼認爲啦。你要是明白水墨畫的眞諦，就會發現有些東西比才華或技巧更重要。」

西濱先生的語氣很認眞。

「有什麼東西可以超越才華和技巧嗎？這兩項要素決定了一切吧……」

「有喔，你覺得是什麼？」

我想了一下，只想到一個毫無根據的答案：

「難不成……是運氣？」

西濱先生笑了：

「哈哈，原來啊。若真是運氣，你已經有了。」

「是這樣嗎……我總覺得自己的運氣不太好。」

「不，沒這回事。至少在水墨的世界裡，你的運氣很好。湖山大師看上你，你就形同水墨世界的天之驕子。」

「不會吧，也太誇張了。」

「未必誇張喔。湖山大師鍛鍊你的方式別出心裁，是其他人想不出來的方法。大師教導我和小齊還有千瑛，都沒用那種方法，這當中定有深意。」

「或許是我特別不成材吧。」

聽我妄自菲薄，西濱先生又笑了：

「你連畫筆都還沒拿過不是嗎？」

這話也沒錯，說不定湖山大師連訓練都還沒開始吧。

「如果要講到學習水墨最有利的要素，那你現在絕對是最有利的。」

「怎麼說呢？」

「你還沒有發現，一無所知是種多強大的力量。」

「一無所知是力量？」

「因爲一無所知，所以你見山就是山對吧？」

西濱先生眼中的神采，跟湖山大師散發的氣質相似。我從沒想過，什麼都不懂也可以是力量。

看來我確實是一無所知。

西濱先生載我到大學附近，一下車疲勞感瞬間襲來。

一直觀察外界的事物，還要持續做出反應，這對我來說太辛苦了。

我思考接下來該如何是好，偏偏又想不出什麼選項，便花五分鐘跑去川岸打工的咖啡廳。只點一杯冰咖啡不太夠，我還多點了蛋糕。

「請問你要點什麼蛋糕？」

川岸以業務式的口吻問我，我說隨便什麼蛋糕都好，就被罵了，兇客人可不是工作時該有的反應。她告訴我現在有蒙布朗、草莓蛋糕、起司蛋糕，我隨便點了一個蒙布朗。點完後，我想起了一個問題。

「沒食欲的時候該怎麼辦？」

這是我以前問古前的問題，他回答我：

「吃甜食啊。」

也許我稍微受到古前的影響了吧。這時古前剛好推開咖啡廳的門進來，搖響了門上的鈴鐺：

「好久不見啦，青山。」

講是這樣講，應該沒有隔很久才對。

古前的太陽眼鏡閃閃發光，臉上還掛著怪怪的笑容。他理所當然地走到我旁邊，坐在我前面的位子上。剛好蒙布朗也送來了，我吃著蛋糕歡迎他到來，從他的太陽眼鏡上看到自己吃蛋糕的模樣，感覺好奇怪。古前看到我吃蛋糕，表情顯得很愉快：

「你最近似乎很忙呢，過得還好嗎？」

我嚼著蛋糕點點頭。

「你一當上大師的弟子，我們碰面的機會就變少了。我還在想，不知道你現在過得怎麼樣呢。」

「也沒怎麼樣啊，就是跑去自己不習慣的地方，努力學點東西罷了。你呢？」

「還是一樣啦，持續參加毫無意義的聯誼，忙著處理文化會的雜務。對了，聽說那位大師底下，有位非常漂亮的美女，是真的嗎？」

「你從哪聽來的？」

「情報來源我沒辦法告訴你，只能說……是可靠的管道。我還聽說，你是爲了追那個美女才去學畫，眞的嗎？」

用腳趾頭想都知道是川岸洩露的，但我沒有點破：

「爲什麼會傳成那樣啊？」

我反射性想起今天千瑛失落的模樣，齊藤先生點出她作畫的缺失，她落寞地低下頭來看自己的畫。

「那麼，你沒有要追那位美女囉？」

「並沒有，我沒那個心思。再說了，我跟那位大小姐的關係也……」

「那能不能麻煩你，找那位美女來參加聯誼啊？」

「什麼？」

古前在說什麼啊？

「當然不可能啊。古前，告訴你一個遺憾的消息，我跟那位大小姐的關係並不好。我們沒聊過水墨以外的話題，我沒騙你。」

「那你應該趁這個機會，多跟對方聊一聊啊。如果我的觀察無誤，一開始不在守備範圍內的對象，反而會在無意間爆出感情的火花。狙擊手的瞄準鏡，也看不到近距離的目標嘛。」

「講得好像你是戀愛專家一樣，你跟我一樣都沒交過女朋友吧？」

「就某種意義來說，我的確是戀愛專家喔。你看戰鬥機的飛行員，飛行時數就是他們經驗的象徵，我花在聯誼上的心力和時間，絕對是專家等級的。告訴你實話，現在我遇到了一個麻煩。」

「什麼麻煩啊？」

「之前我不是臨時找一批身強力壯的人，去展覽會幫忙嗎？」

「是有這回事。」

「我應該也跟你說過，我答應要找美女跟他們聯誼。」

「你也有說過。」

「這就是我困擾的理由啦。」

「啥理由啊？」

古前又擺出他熟練的 FUCK YOU 手勢，用中指推了推太陽眼鏡。

「也就是說呢，現在那些身強力壯的大隻佬，逼問我聯誼安排得怎麼樣了。辦不成聯誼的話，我恐怕會有生命危險。問題是，我不認識美女是要怎麼介紹啊？正好，青山你認識，你帶那位美女來，我的性命就安全了。」

「我幫你帶人來，就換我的性命堪憂了。」

「就當我拜託你啦，青山，求你行行好。況且，我也是爲了辦好展覽會，才答應他們要舉辦聯誼啊。」

古前一改高傲的態度，雙手合十拚命求我。川岸端來了古前的咖啡，古前並沒有點咖啡，也沒有主動跟她攀談，她卻理所當然地端了一杯黑咖啡過來。古前不再對我膜拜，一臉開心地喝起咖啡，川岸看到他的反應也非常滿意。

「你們似乎在聊很有趣的話題。」

川岸抱著銀色的托盤，對我說出上面這句話。古前的注意力都放在咖啡上。我把古前無理的要求和事情原委告訴川岸，她聽完後只說了一句：

「好有趣喔！」

看她開懷的表情，我的心情更沉重。川岸高興地點頭附和古前：

「這主意不錯啊！青山，你就試著約對方出來嘛。聽你們兩個的說法，你跟對方也沒有好好聊過不是嗎？我也想跟篠田湖山大師的孫女聊聊天呢。」

「川岸妳也要來嗎？」

「不行嗎？反正你們根本找不到其他女生參加吧？古前，你不會反對吧？我可以順便再帶幾個女生過去喔。」

川岸瞪了古前一眼，古前點頭如搗蒜，連吭都不敢吭一聲。他的反應真讓人火大，但看上去挺開心的。

「妳要去我不反對，可是參加的都是頭腦簡單、四肢發達的傢伙喔？而且，千瑛小姐願不願意來我也沒把握。」

「這簡單，我有妙計傳授給你。青山你照著我教的講就好，準備工作就交給始作俑者古前負責，沒問題吧？」

古前又一次點頭如搗蒜，爲什麼他對川岸如此順從啊？

「很好，終於有好玩的事情上門了。」

川岸喜形於色，我看了是身心俱疲，連蒙布朗吃起來都食不知味。

事情不可能像她講得那麼順利，至少我的人生從來不曾如此順遂。

川岸的妙計是，告訴千瑛我們打算在學園祭展出她的作品，找她來學校跟我們討論相關事宜。

這樣一來，我們就能用開會的名義，找來大量的校內人士參加，又不會顯得不自然。一來有個好理由討好千瑛，二來也能舉辦類似聯誼的懇親會。

古前也答應我，他會負責準備作品的展覽地點和展出方式，所以應該是眞的要辦。不惜耗費莫大心力也要認識美女，古前確實是個深不可測的漢子啊。

川岸和古前私下安排好所有計畫，事情就這麼敲定了，再來就看我要不要邀請千瑛而已。我正打算委婉地拒絕他們，川岸又補了一句：

「青山，你一定會幫忙的對吧？」

她開朗又強硬的語氣，容不得我拒絕，只好協助他們了。這兩個人狼狽爲奸到無懈可擊的地步，我根本無從反抗。

我原以爲事情不會這麼順利，沒想到下禮拜西濱先生打電話約我去練習後，發生了一件驚人的事情。

練習的當天早上，我正要出門就聽到手機響了。電話是從湖山大師家的教室打來的，來電者正是千瑛。

「青山是你嗎？我是篠田千瑛，我現在過去接你，請你先做好出門的準備。」

這可把我嚇壞了，照理說應該是西濱先生來接我才對。或許千瑛也猜出我的疑惑，跟我說明原由：

「今天西濱先生臨時有事，就換我去接你了，請多多指教。」

她的口吻很嚴肅，我聽了好緊張：

「我、我明白了。」

我答話時還咬到舌頭，千瑛掛斷了電話。

十五分鐘後，千瑛眞的來到我家門前。要是平時，我會直接出門跟她走，但那一天我太緊張了，竟不小心招待她進門。

「請進。」

千瑛也毫無防備地進入獨居男子家中，當我發現這情況很詭異的時候，千瑛在意的卻不是她進入我家的事實，她愣愣地看著眼前奇妙的光景。

幾個紙箱依舊疊在房間角落，地板上只鋪了一組寢具，既沒有床也沒有電視，頂多只有掛上窗簾。房間看起來很寬敞，一方面是空間眞的很大，另一方面是東西太少的關係。舉目所及是白色的牆壁和木質地板，簡直跟監獄或病房沒兩樣，怎麼看都不像是住人的地方，要不是我自己住在這，我也不敢相信這裡有人住。

千瑛觀察我的房間一分鐘左右，轉過來好奇地問了我一句話：

「你是打算搬家還是怎樣？」

我搖搖頭，說自己只是不太擅長整理房間。她沒有接受這個答案，畢竟房裡根本沒有需要整理的生活用品。

「你住在這麼棒的公寓，我一開始還在想，不曉得你的房間會是什麼樣子？這怎麼看都不像人住的地方。」

千瑛的說法有點過分，但我完全沒辦法反駁。

「你到底是什麼樣的人啊？」

千瑛的語氣更加疑惑了，她的言詞沒有以往那種刻薄。她這樣直截了當地問我，我反而不知道該怎麼回答。

我到底是什麼樣的人？

我大概像一隻小豚鼠吧，住在一個雙手就能捧住的塑膠盒裡，不爲人知地出生，然後不爲人知地死去，這是我唯一想到比較有說服力的答案。我也懶得說明自己認眞想出來的鳥答案，就這麼啞口無言地呆站在原地。千瑛纖細圓滑的香肩一甩，回過身對我說：

「走吧，時間差不多了。」

我們一走進電梯，光是跟她站在一起，我就覺得這裡不像自己住的地方。我按下電梯的按鈕，她看著我說：

「你住的公寓眞不錯，我沒想到你會住在這麼好的地方。」

我保持沉默，不知道該如何回答。

「你的父母很疼你呢。」

聽到這句話我頓時怒火中燒，這話出自她口中，聽起來就像一種諷刺。或許是因爲，我覺得她的家庭環境和成長過程，比我好上太多的關係吧。我變得比剛才更沉默了，其實我的心情沒有特別不好，只不過有人提到父母，內心就會湧現一股無法言喻的陰暗情緒。那是一種無處宣洩、無處可逃的負面心情。

我的意識又縮回內心的玻璃屋了。

躲在玻璃屋中的我，按住胸口忍受錐心之痛。玻璃外側一片霧濛濛，我的身形卻清楚映照在玻璃上。我皺起眉頭緊閉雙唇，玻璃屋中響起了巨大的聲音。

我用力閉起眼睛，想要消除腦海中的玻璃屋。

千瑛開的是一輛紅色跑車，跟我年紀相仿就開這麼棒的跑車，她才是備受呵護吧。

我默默地跟她上車，坐上副駕駛座的位置，她若無其事地發動車子，驅車前進。千瑛似乎不習慣開手排車，看她換檔不順的樣子我滿擔心的，好在除此之外沒有別的大問題。

「這不是我的車子。」

千瑛主動說出這句話，像看穿了我的想法。我一直沒說話，是她猜出來的吧。

「你突然變得很安靜呢。」

我還是沒有回答她。

我知道她沒有惡意，打垮我的是內心躁動的悲憤與不安，而不是怒火與嫉妒。這不是自然的感情變化，無奈這種不自然的情緒波動還是發生了。當理性和感性對抗，通常我的理性都會獲勝，但也形同兩敗俱傷的下場，我討厭感受到自己的脆弱。玻璃窗上映照我的面容，我把頭靠在玻璃上發呆。

「我父母已經不在了。」

就這麼簡單的一句話，我卻說不出口。我眺望著窗外，發現自己始終踏不出兩年前的喪親之痛。

「你跟父母有什麼問題嗎？」

我聽到千瑛在跟我說話，但我沒有開口。正確來說，我開不了口。

千瑛也察覺到我的反應不自然吧。

我繼續保持沉默，千瑛尷尬地談起自己的家事：

「我跟父母，也處得不太好就是了。我想跟爺爺一樣成爲職業水墨畫家，父母卻反對我這樣做。他們說最好有一份穩定的工作再來作畫，不然單靠藝術謀生，可得有過苦日子的心理準備。我曾經希望成爲爺爺那樣的人，父母卻告誡我不能跟爺爺一樣。其實我認爲，能成爲爺爺那樣已經很不錯了。」

我絲毫沒有心情回答她。

說穿了，這只是包裝成煩惱的炫耀罷了。我沒心力去談自己的家庭，也沒心力去談別人的家庭。我對自己這種妄自菲薄的心態，也感到非常疲倦。

「湖峰老師……就是西濱先生……還有湖栖老師，他們都很有才華，我要是也有他們的才華就好了，但父親說我沒有才華。他自己是爺爺的兒子，卻對水墨不屑一顧，還好意思那樣說我。爺爺肯稱讚我有才華的話，不知該有多好。但爺爺從來沒有讚美過我，爺爺跟爸爸的關係也不到什麼都能說的地步。爺爺不反對我學習水墨，也不反對我以獲獎爲目標，只是我想靠藝術謀生這件事，不曉得他是怎麼想的。確實，現在水墨畫的世界幾乎沒有青年才俊了，培育出兩個號稱天才的愛徒，或許也足夠了吧。」

千瑛一直說個沒完。

我聽千瑛自言自語，心裡也明白她會揭露自己的隱私，主要是知道自己說錯話，才用這些話來安慰我。不過，只要她的話題圍繞在家庭上，我就不曉得該如何回應。

「就在我爲此煩惱的時候，你出現了……」

千瑛的話題暫時告一段落。

車子遠離市區，進入了住宅區。前方號誌亮起紅燈，汽車停了下來，現在我不得不開口說話了：

「這不是妳的錯，妳也只能按照自己的想法走。」

好不容易想到的答覆，冷淡到連我自己都覺得意外。然而，這是我的眞心話，不管別人說什麼，我們都只能按自己的想法走。萬一自己的想法行不通，又沒有其他好方法，那也不是誰的錯。

千瑛用左手食指敲敲方向盤，嘆了一口氣說：

「確實，也只能按照自己的想法走。」

前方號誌亮起綠燈，車子開始緩緩前進，千瑛的駕駛技術比剛才平穩多了，或許是踩離合器的時機更準確了吧。至於千瑛如何看待我的答覆，就無從得知了。

我茫然地思考著，明明我沒有特別討厭千瑛，但就是無法好好了解對方。我的心就跟千瑛剛才的駕駛技術一樣，沒辦法好好轉換自己的情緒，處於一種隨時熄火都不足爲奇的低速狀態。在那個當下，我對自己的無力有種事不關己的心態，這也讓我屈辱地體認到自己有多懦弱。

抵達湖山大師的畫室後，大師跟平常一樣笑瞇瞇地望著我。今天他穿著深藍色的日式工作服，悠閒地坐在柔軟的坐墊上。工作服的袖口用鬆緊帶束起來，看上去好可愛。使用鬆緊帶應該是出於實用性的理由，不然袖子會妨礙作畫。

每到要上課的日子，我也會刻意穿黑色的衣服。我沒有什麼不能弄髒的名貴服飾，但技巧也沒有好到不會弄髒自己的衣服。

坐在湖山大師的面前，我稍微恢復冷靜了。只是，湖山大師的慧眼，不是這麼容易就能瞞過去的。

「發生什麼事了嗎？」

「不、沒什麼……有點累而已。」

湖山大師不相信我的說法，卻還是點點頭說：

「是嗎？那我們慢慢學就好，今天終於要練習基本畫技了。」

湖山大師拿起筆，沾了一些硯臺裡的墨水。

墊片上放著一張四方形的白紙。

大師先把筆尖輕按在手邊的圓盤上，接著立刻在紙上畫出一道像雜草的線條。

從畫面的左下角，一路畫到中央和右下角。一道看似半圓形的單純弧線，已經有種難以言喻的美感。

一支孤筆畫出來的普通線條，看起來既不像文字，也不像塗鴉。那是一幅明確的繪畫，畫的正是生命。

空無一物的紙面上，出現一根充滿生命力的勁草。勁草中看得出葉脈紋理，連勁草被本身重量壓得彎腰都栩栩如生，甚至還能感覺出旁邊有微風在吹拂。

就只是畫一根草，純白的空間中竟幻化出自然的秩序，突顯出生命和環境的互動。湖山大師又畫了兩、三根細長的葉片，畫好一株小草後，在小草的中心位置，用薄墨畫出惹人憐愛的小花。

柔和的小花和蒼勁的葉片大異其趣，含蓄地開在葉片之中。小花的薄墨漸層巧妙，一看就知道是淡色的花朵。

湖山大師在小花旁邊打上幾個點：

「這是春蘭，我能教的所有水墨精髓都在裡面。春蘭畫得透澈的話，其他題材自然也畫得好。」

我聞言一驚，又看了一次大師的畫。

這確實是一幅了不起的畫作，但這麼單純的題材眞有水墨畫的精髓？湖山大師靜靜地放下筆，將他的畫作遞給我：

「始於蘭，終於蘭。水墨畫家的一切都從這裡開始，或者可以說水墨畫就是在追求這項題材的極致。」

我雙手捧著參考用的畫作，愣愣地點點頭。乍看之下，這不是很困難的畫作。

「總之，實際嘗試一遍是最好的方法。」

湖山大師似乎看穿我的想法，說完這句話就離開房間了。我一個人坐在專用的畫具前，開始嘗試作畫。

我先磨好墨，沾濕毛筆，在一張又一張的紙上作畫。整幅畫的精要應該是那一條線，最初的那一條線。大師畫出弧線的第一筆，令我印象最深刻。

我凝視湖山大師的畫作，右手嘗試畫出同樣的線條，但墨水暈開的程度超出我的預期，變成一個單純的「乀」字。

接下來我提升運筆的速度，快速畫出一道線條，看上去卻只是平凡無奇的曲線，沒有勁草或葉片的神韻。

我重新集中精神，調整墨水的含量，腦海中回想大師運筆的速度來作畫。不料，線條要不是太粗太圓，再不然就是太細太尖，完全不成形。

跟湖山大師的範本相比差多了。

湖山大師畫下第一筆的瞬間，就已經看得出是葉片了。葉片中還有單子葉植物特有的葉脈紋理，展現出蒼翠的生命力。不光是葉片如此，連柔和的風勢和空氣都感覺得到。

「始於蘭，終於蘭。」

湖山大師說的這句話，實際嘗試後我才知道，光是畫一條線有多困難。

面對這個困難的課題，我感覺自己逐漸恢復集中力。玻璃屋裡的我終於清醒，開始觀察外面的世界。

我在玻璃屋的牆上，觀想剛才湖山大師的動作。我盡可能重現自己的記憶，再一次凝神細看大師運筆。

過去我花了很多時間，在玻璃屋中重現一家人的回憶。因此，我應該有辦法再一次重現大師剛才的動作。

我望著眼前的白紙，凝聚自己的注意力。

意識中，湖山大師就坐在我面前。

他右手提筆，從硯臺前後兩端沾了一點墨水，這個動作只做一次而已。他的手臂往回拉，在圓盤上稍微調整筆尖，除去上頭多餘的水分。

下一步，畫筆落在紙面上輕輕動了一下，手臂朝畫筆行進的反方向微調，我清楚地想起來了，好奇特的動作。緊接著，大師畫出線條，葉片也出現在紙面上。

我凝視著湖山大師的手臂和手部動作。

他的手腕完全沒動，指尖也沒動，只有略為調整手肘和肩膀的位置。不仔細觀察的話，看不出這些隱藏在工作服底下的動作。注意力一旦被線條吸引，就看不到大師施展這種細膩的動作了。

大師的手臂以肩膀爲軸，巧妙地上下移動，讓線條產生抑揚頓挫，這應該就是他作畫的關鍵。

手臂朝葉片的尖端沉著往上提，運筆速度也隨之提升，一片細葉就完成了。

記憶重現到此告一段落。

我將毛筆浸在筆洗中洗淨，水慢慢變得混濁。水中出現一條細線，彷彿有一條小龍住在筆洗之中，把水染成黑色。水中的小世界吸引了我的注意力，我又一次在腦海中重現大師剛才的動作。

我盡可能以相同的步驟和動作運筆。

那是一種很不自然的困難動作。運筆前花太多心思揣摩的話，很快就跟不上湖山大師的下一個動作，我只能放空心思不斷練習，練到可以達成同樣的動作爲止。

這一次我畫出來的東西，雖然還差湖山大師一大截，但確實掌握到一點訣竅了，線條也產生了變化。我渾然忘我地練習同一個動作，不斷觀想著那一道線條，反覆用同樣的動作來揣摩湖山大師的畫藝。

老實說，水墨畫博大精深的技術令我嘆爲觀止。

一道平凡的線條，越是想畫好反而越畫不好，這當中包含了各種經驗與技巧。好比作畫時的換氣間隔、運筆的速度、墨水的含量、清水的含量、肩膀的位置、手臂的位置、手指的動作、手腕的柔軟度……大師的動作看似平淡無奇，卻是千錘百鍊下的產物。

過了一會，湖山大師回來了，我依舊在專心練習。

大師一直看我練習，等我練到某個階段時，他才開口；

「青山啊，可以了，先放下筆吧。」

湖山大師微笑叫我停筆，我太過集中精神，累到一點表情都沒有。

「你很努力，才觀察一次就能看出那麼多細節。我再畫一次，你仔細看好。」

湖山大師拿起我練習用的筆，我二話不說站起來，將筆洗的水換新放到大師面前。我從大師身上的氣息，察覺到應該這麼做，所以就照辦了。

湖山大師點點頭，開始運筆作畫。

我專注觀察他最初的一筆。

大師調整好毛筆後，緩緩下筆，先從毛筆行進的反方向往回拉，之後才開始畫線。

「你看到的這個動作叫逆筆，也就是在畫之前先朝反方向拉回的動作。你剛才練的就是逆筆，你抓到了重點，這是很重要的一個精髓。」

接下來大師慢慢運筆揮進，手肘巧妙地上下移動，調整線條的粗細。仔細看湖山大師的手勢和動作，那股美感遠超乎我的想像，爲什麼皺巴巴又有老人斑的手掌，看上去會這麼漂亮呢？不過，那是要拿起毛筆，才會散發出的無形美感，我能感受到這美感中有超越一切外在形式的神祕特質。說不定，答案就是歲月的累積吧。

湖山大師停下筆對我說：

「你的確觀察入微，也沒看錯該注意的地方。這對畫水墨的人來說，是非常重要的事。你有很棒的眼力和心識，這是無可取代的寶貴天賦。」

湖山大師只畫了一片孤葉，他將那範本交給我：

「這幅畫和這枝筆都給你了，這枝筆很不錯，你要愛惜使用啊。其他畫具我也幫你準備好了，你帶回去吧。畫好這一片孤葉，就是下次上課前要完成的課題，你今天很努力。」

「多謝指導，今天練習眞的很開心。」

「你終於一窺堂奧了呢。」

我低下頭來致謝，湖山大師笑得很開懷。

「那我們喝口茶休息一下吧。」

湖山大師滿意地點點頭，並叫千瑛將茶點送過來。遠處傳來千瑛答話的聲音，沒多久她就端來了茶點。上面有老舊的茶壺和紅豆餡餅，杯子也準備了三個，看來千瑛也要跟我們一起喝茶。

她看了一眼我畫的東西，靜靜地坐下來，先遞上紅豆餡餅，再倒了三杯茶。湖山大師理所當然地拿起茶點享用，我也拿起茶杯品茗，千瑛泡的是甘甜的煎茶。

不曉得千瑛在想什麼，只見她捧起茶杯默默坐著，湖山大師也沒有說話。午後的陽光穿透拉門照耀室內，在滿室墨香中品嚐香茗，也眞是奢侈的享受。

我安靜地跟他們爺孫倆一起喝茶，茶是喝不醉的，但我卻越喝越放鬆。彷彿只有這一段時間，我才得以停下漫長的旅程稍事休息。

「你累了嗎？」

湖山大師伸出右手拿紅豆餡餅，關心我累不累。我的眼睛已經習慣盯著大師的手部動作了，感覺大師的手就相當於他本人。

「沒有，我只是覺得茶很好喝。」

「是嗎？青山你在家不怎麼喝茶嗎？」

「我在家是完全不喝茶的，偶爾會去咖啡廳就是了。」

「年輕人似乎都是去咖啡廳。像我幾乎每天待在家裡，就很常喝茶了。或許你今後也會在家裡喝茶吧。」

「是這樣嗎？」

「是啊，你有在家練習的話，就會喝茶了。」

「或許吧。」

我回想起自己住的地方，那一間幾乎什麼都沒有的大房間，待在那裡只會感受到無盡的空虛。

舒適程度連這裡的百分之一都不到。

只是喝一杯茶，我卻有一種奇怪的感受，那是以前喝茶時從來沒有過的感受。自從父母去世以後，我沒辦法妥善處理自己心裡的一切感受。所有的感受，只是讓我更疲憊而已。

「吃點紅豆餡餅吧。」

千瑛體貼地勸我吃點東西，我抬起頭看著千瑛，她的態度已溫和許多。我向她道謝，打開包裝紙食用。紅豆微甜的滋味沁入心脾，千瑛也開始吃。她跟湖山大師一樣，心滿意足地吃著甜點。

「千瑛啊，妳看看，青山畫的線條很不錯吧？」

湖山大師的語氣很開心，笑瞇瞇地完全看不到瞳仁。

「是啊，確實不錯。」

千瑛的視線盯著我練習畫的線條，口吻倒是稀鬆平常。在她眼裡，我畫的線條想必不堪入目吧。現階段我和她的技術差距太大了，簡直是活生生攤在眼前的失敗範例，不料湖山大師的評價卻完全不一樣。

「千瑛妳再不加把勁，很快就會被超越囉。」

湖山大師溫和的口吻夾雜著嚴肅。千瑛點了點頭，她先看看線條，再對我說：

「真是銳利、悲傷的線條呢。」

千瑛的聲音聽起來很真誠，我低下頭向她致意。說也奇怪，這時候我終於能把她當成同門的前輩了，湖山大師頷首說道：

「千瑛，妳也畫個範本給他參考一下，只看我的增加不了見識啊。」

千瑛同意後，從座位上站了起來。

我整理好桌上的東西，把位子讓給千瑛，千瑛立刻提筆揮毫，動作流暢又迅速。她先用逆筆的技巧畫出根部，一筆華麗地破開紙面。第二筆花的時間只有第一筆的一半，第三筆用的時間又更短，轉眼間就畫好幾許細長的葉片。畫好一株狀似雜草的植物後，千瑛將筆浸到水中數秒，優美地翻攪著清水。待筆上的薄墨和濃墨調整得恰到好處，才像湖山大師那樣開始畫花。最後筆尖在花的周圍打上數點，整幅畫就完成了。

全部畫完才花兩、三分鐘。

自己畫過以後我才知道，千瑛無疑也是具備大師級實力的人物。她的畫作比湖山大師的更年輕有活力，生澀中又有可愛的氣息。我比較他們二人的作品，湖山大師在一道線條中展現無數變化，這是千瑛沒有的。千瑛的葉片蒼翠華美，葉脈卻不甚清晰，然而她的作品還是有她獨特的氣息。

如果我沒有學習水墨，大概也不覺得同樣題材、同樣構圖的兩幅畫有什麼差別吧。自己試過才知道細微的技巧有多大的差異，這當中隱含著無窮的妙趣。

「千瑛也進步了呢，手勢變柔軟了。」

湖山大師的評價很特殊。

手勢變柔軟是什麼意思？千瑛開心地接受稱讚，我老實說出自己的疑問：

「大師，手勢變柔軟是指什麼？」

湖山大師對我的疑問頗感意外，但他又恢復平時的笑容替我解惑：

「這個嘛，可能你不常聽到這種形容方式吧，算是一種感性的說法。所謂的手勢變軟，不是手眞的柔弱無力，而是指筆觸或線條的質感變柔和的意思。」

「所以手軟一點比較好嗎？筆觸柔軟才有水墨的風格是嗎？」

「不，也不能這麼說。這要根據你描繪的對象來調整軟硬差異，我說的手勢變柔軟，在這裡是指線條有畫出生命力。銳利剛勁的葉片看似能割傷人手，但在微風吹拂下又會展現柔韌的質感。掌握這種困難的氛圍和氣息，也是這幅畫的課題。手勢變軟……意思是要盡量接近葉片的本質。」

「葉片的……本質。」

「你要把心灌注在描繪的物體上，才能畫出好的作品。不過呢，一開始學習也不用顧慮這麼多，放心畫就是了。開頭先讓你的手記住畫弧線的動作，練習怎麼畫出曲線就好。總之多畫就對了，你要多提出疑問，多停下來思考，多回顧自己的畫作，然後繼續畫下去。水墨就是這一連串的過程。」

湖山大師隨口說出所感，我也是平心靜氣地聆聽，唯獨千瑛特別專注。

「對了。」

我望著大師，準備聽他接下來要說的話。不過，大師剛好停下來喝了口茶，我在他喝茶的時間靜心等待，看他溫呑喝茶的模樣。

「青山啊，你是大學生對吧？」

「是的，我就讀瑞野文化大學。」

「對，你有講過。那間學校的理事長是我的朋友，以前他在民間企業上班時，我幫過他不少忙，你在學校遇到困難儘管告訴我，我可以幫得上忙喔。」

「多謝大師關心。」

我誠懇地低頭道謝，就這麼低著頭思考了好幾秒。我發現這是一個絕佳時機，趕緊抬起頭來說道：

「其實我有一事相求。」

昨天古前和川岸強迫我幫忙，於是我提起了他們的計畫。

「秋天我們大學會舉辦文化祭，屆時希望能借千瑛小姐的作品來展覽。」

「哦？爲什麼想借千瑛的作品呢？」

我看了千瑛一眼，千瑛的眼神很訝異，跟平常不同的是，她並沒有發表意見。

「千瑛小姐的畫風華麗，很適合放在慶典上展覽。況且年輕人畫出來的作品，也能激發我們這些同輩的學子。」

「原來如此，這麼說也有道理。不然大家都以爲水墨是老人家的玩意，這也不是一個好現象，你們安排的企畫很不錯喔。」

「多謝誇獎，那麼大師意下如何呢？」

「這個嘛，千瑛妳怎麼看？」

「我……」

千瑛先低頭思考，再抬起頭對我說：

「青山也參展，我就願意參加。」

「是嗎？這也應該啦。畢竟是學生舉辦的展覽，青山也該跟千瑛一起參展才對，而且那是青山就讀的大學嘛。」

「我要參展嗎？可是，我還畫不出任何東西啊。」

「這你不用擔心，我會繼續指導你，我一個人不夠，也還有千瑛教你啊。」

我和千瑛驚訝地對看一眼。

「呃，我們不是要在湖山獎公募展上一較高下嗎？」

湖山大師笑笑回答：

「唉呀呀，你們確實是競爭對手沒錯，但也是同門的前輩和後輩啊。前輩指導後輩是很自然的事情，沒什麼好奇怪的。比試也得先有個基礎，才能一較高下嘛。再說了，教導別人對千瑛也有益處。如何啊，千瑛妳有信心嗎？」

千瑛搖搖頭說：

「我從來沒有教過別人，很多東西我也還需要學習，該怎麼教我完全沒有頭緒。」

「只顧自己畫，會被自己的手和技巧蒙蔽。教導別人會有很多體悟，說不定妳能從青山的身上，學到一些齊藤和西濱無法教妳的東西。」

「我認爲這不太可能。」

「我本人也是這樣想的。」

我話一說完，湖山大師就笑了：

「放心，一定會順利的。青山你有很棒的眼光，千瑛在技術上也算爐火純青了，你們一起辦一場成功的學生展覽吧。這是讓年輕人了解水墨畫的好機會，不是嗎？」

湖山大師直接下達了結論，也沒再徵詢我們的意見。

我偷瞄了千瑛一眼，她的表情挺開心的，似乎並不反對參展。或許是技術受到湖山大師的認可，才會這麼開心吧。

那一天的課程到此結束，我跟千瑛也離開了畫室。

回程同樣是千瑛開車載我，跟載我來的時候相比，她變得比較沉默，但身上散發的氣息柔和許多。

水墨畫具在後座發出晃動的聲音，大概是硯臺的蓋子發出來的吧。我發現自己今天前後兩次坐車的心情完全不一樣。

「不好意思，冒昧提出這麼自私的要求。」

我看著千瑛的側臉道歉，她點點頭應和幾聲，好像現在才發現我坐在一旁。千瑛換檔的方式比早上順多了，我們二人沉默了一會，等車子開入住宅區停紅燈時，她才開口：

「有你在，爺爺跟平常不太一樣呢。」

「咦？」

我不太懂千瑛是什麼意思。我用沉默代替提問，等待她繼續說下去。

「爺爺跟你在一起時，跟對我或對其他弟子的態度都不一樣。該怎麼說呢……似乎比較隨和，又帶有那麼點眞誠懇切。不曉得爲什麼？」

「是這樣嗎？」

「是啊……啊，對了，不用因爲要跟我學水墨，講話就這麼畢恭畢敬，現在才畢恭畢敬也很奇怪。」

我同意千瑛的說法，我不太會拿捏跟她的距離感，跟她相處不自在，一方面是第一印象太糟糕，另一方面是我們都不擅長處理人際關係，總是在關係不明確的狀況下展開對話。

千瑛叫我用平常的口氣說話就好，我對她比早上的時候更有好感了。

「湖山大師一開始就對我很親切，我們剛碰面他就請我吃高級牛排便當。」

千瑛驚訝地看著我說：

「啊啊！原來那是你吃掉的？大家還吵著少一個便當呢。」

「果然啊……」

我把事情始末告訴千瑛，她笑笑地聽完說：

「那是一間叫日暮屋的知名餐廳做的牛排便當，主要是給審查委員或展覽會來賓吃的，多出來的才會輪到我們這些入室弟子。每一次西濱先生都會訂剛好的分量，讓每個人都吃得到便當，可惜這次少了一個，你猜是誰沒吃到？」

「咦？有人沒吃到嗎？」

千瑛笑著再問我一次：

「你猜啊，是誰沒吃到？」

我搖搖頭一時回答不出來，入室弟子應該是西濱先生、齊藤先生、千瑛這幾個人吧。我總覺得這種時候比較容易吃虧的人，應該是西濱先生。

「難不成，是西濱先生？」

千瑛搖頭回答：

「是我沒吃到。」

「不會吧？」

千瑛愉快地笑了：

「真的啊，你出現以後我心情很不好，沒跟大家一起用餐。等我要吃的時候，已經一個都沒剩了，那一天真是倒楣透了。」

「不好意思啊，下次我請妳吃飯吧，要吃日暮屋也行喔。」

「那家店很貴喔，光憑我們這些大學生的零用錢，根本吃不起。」

我搖搖頭表示沒關係，錢我是多到用不完。

「放心吧，妳想去的話，我隨時奉陪。我的零用錢都不知道該怎麼花，很困擾呢。」

「是……這樣嗎？」

千瑛大概是想起我房間的景象吧。對她來說，我是一個獨自生活在寬敞套房中的男子，屋內一點生活感也沒有，連家具都看不到。這樣一個身分可疑的男子，還莫名其妙當上自己爺爺的入室弟子，備受禮遇。

給人不好的印象也非我所願，但這樣看起來，我確實是身分可疑啊。我沒辦法好好解釋自己，千瑛會抗拒我也是無可奈何的事。

「那不然，等你們學校的展覽會辦完，再讓你請吃飯囉。」

「當然，就當是答謝妳幫忙吧。」

我點頭答應千瑛的要求。她同意出借作品，還願意教我水墨畫，我卻吃掉人家的便當，不請人家吃飯也說不過去。

古前和川岸安排展覽會，眞正的目標是認識千瑛。然而，跟湖山大師聊過後，我也想一睹千瑛其他的作品，千瑛的繪畫也有打動人心的魅力。

車子開到家附近，我準備下車，車子停下來的時候鬆開了安全帶。我拿起後座的東西準備下車時，千瑛叫住我：

「學園祭的展示，具體要做些什麼呢？」

這我倒沒想到，古前和川岸只叫我邀請千瑛，我並沒有想到更深入的細節。既然要跟千瑛學畫，那麼除了展示以外還得做其他準備，因此我反射性地回答：

「改天確定了我再跟妳聯絡。」

講是這樣講，當下我們想起自己沒有對方的聯絡方式，就在車內趕緊交換電話號碼，我還對她說了請多指教。千瑛笑著關上車門，一下子就開車離去了。她離開以後，我很訝異自己的手機裡，竟然有古前以外的同輩電話。空蕩蕩的電話簿裡面，多了篠田千瑛的名字，我品嘗到一種奇妙的喜悅，就好像擁有藝人或名人的電話一樣。

事實上，我也有湖山大師和西濱先生的號碼，也算是有名人的電話沒錯。不過，當我意識到自己有了千瑛的電話號碼，似乎也終於掌握到彼此的距離感。

我提著裝有水墨畫具的沉重手提袋，另一隻手握著剛輸入新號碼的手機，獨自走回空蕩蕩的房間。

第二章

千瑛致詞完以後，在我們替她準備的教室裡，擺好畫具準備作畫。事前的準備工作也不多，只要擺好大型墊片和各類道具，再磨好墨就夠了。奇怪的是，磨墨的工作由我負責。按照千瑛的說法，後輩或弟子幫前輩和老師磨墨是理所當然的。她這麼講也有道理，我跟前幾天一樣，在硯臺上輕輕地磨著墨條。

現場瀰漫著墨的芬芳氣味，硯臺與墨條磨擦的獨特聲響，吸引了在場眾人的注意力。

我們提供了平常專題課使用的中型教室給千瑛舉辦揮毫會，特地來一睹千瑛芳顏的學生超過三十多人。

最驚人的是，那些運動社團的，各個西裝革履，打扮得儀表堂堂。不知道古前事先是怎麼跟他們說的，穿成這樣實在太誇張了。川岸找來的女同學也搞錯狀況，有不少人還穿和服，擺明是爲這一天盛裝打扮。教室裡還有一幅不曉得誰寫的慶祝布條，上面有「歡迎篠田千瑛繪師」的字樣。這種蠢到有剩的歡迎氣息，完全展現出古前怪怪的脾性。每次他舉辦活動，都會搞得太誇大又偏離焦點。出十分力就能辦好的事情，用二十分力氣來辦就會搞成這副德性，過分的付出並不符合實際目的。

有川岸在，怎麼會搞成這樣呢？

我開始後悔找千瑛來參加了，但她並不在意會場的異樣氣息。古前自稱文化會會長代理人，川岸自稱企畫負責人，千瑛跟他們打完招呼，立刻進行作畫的準備。

是千瑛說要舉辦揮毫會的。

「ㄏㄨㄟ ㄏㄠˊ ㄏㄨㄟˋ？那是什麼？」

我重述了一遍自己沒聽過的詞，千瑛跟我說明揮毫會的意思。簡單說，就是實際表演如何創作水墨畫。

「要展示我的作品是無所謂，但我希望讓大家了解，水墨是一門怎樣的藝術，又是如何創作出來的。我認爲實際畫給大家看是最好的方法，畢竟受邀到大學參展已經很難得，在年輕人面前作畫的機會又更少，我想畫給大家看。」

「在大學畫水墨很稀奇嗎？美術大學應該也有吧。」

「一部分的大學可能有吧，但絕大多數的美術大學，也不會專門展示水墨畫喔。頂多只有日本畫學科，沒有水墨畫學科。況且，指導者和作畫的人都很少，還要長年進行單調的訓練，年輕人都不太喜歡水墨。」

「可是，湖山門下不是有西濱先生、齊藤先生，還有妳這樣的年輕人嗎？」

「青山，我跟你說，像我們這種有很多年輕人的水墨教室是例外。那是有篠田湖山的盛名才辦得到的事，一般的水墨教室是給老人家消遣用的，不是給年輕人學畫的地方。所以身爲水墨畫家，我想把握這個機會讓年輕人認識水墨畫。」

「大學不教水墨畫，也沒有地方專門在教，那現在的水墨畫要怎麼傳承下去啊？」

千瑛隔了一拍後，神情嚴肅地告訴我：

「說實話，我們學習的那些專門技藝很有可能失傳。現在沒有眞正傳授水墨技藝的地方，有興趣的人只能去文化中心或才藝教室接觸，當成一種興趣或才藝學習。」

「眞的假的？」

「眞的。水墨目前在美術界並不盛行，反而當作生涯進修和才藝性質比較廣爲人知。作爲一門藝術而流行的時代，早就已經過去了。」

「多久以前的事啊？」

「室町時代或鎌倉時代吧，十二世紀到十六世紀左右？」

「不會吧？」

「至少不是近代。老實說，現在水墨畫已經是落寞的藝術領域了。剛才我也說過，水墨畫幾乎沒有年輕人在學，有能力指導的人才也不多，想學也沒辦法學。況且，學習水墨畫很花時間，不是學到技巧就馬上畫得出來。出師之前還要經歷乏味的練習，讓自己的手熟練運筆的方式，學習門檻非常高。事實上，其他流派幾乎沒有年輕人。」

「我還以爲水墨是人人都能學的東西，沒想到狀況這麼危急。我實際嘗試過以後，感覺水墨練起來很開心啊。」

「那是有爺爺教導你的關係好嗎？」

千瑛無奈地嘆了一口氣，她的嘆息不是針對我，而是感嘆整個衰退的水墨業界：

「水墨畫是一門難教難練的技藝，如果你沒有遇到爺爺，也不會對水墨畫感興趣吧？」

「或許是吧。」

「所以你眞的很幸運。」

這就是我們在事前談論的話題。

千瑛登場的那一瞬間，會場的反應相當熱烈。

我一打開門，大家看到千瑛走進教室就發出歡呼聲，在場的女學生比男學生更快拿出手機拍照。不曉得他們是聽到什麼消息才來參加的，但他們完全把千瑛當成名人對待。這比較像偶像粉絲俱樂部舉辦的見面會，而不是在歡迎一個同輩的水墨畫家。

有一個名人祖父的千瑛，大概也習慣這種光鮮亮麗的舞臺了，只見她落落大方地向眾人打招呼，順便對我這位小師弟下達明確的指示。

這就是我現在一直磨墨的原因了。

川岸跑去跟千瑛握手，古前則拿出單眼相機，用拍攝文化會宣傳照片的鬼扯藉口，光明正大地拍下二人握手的畫面。川岸找來的女同學未經千瑛本人同意，就擅自狂拍她的照片，我本來還很擔心會不會有問題，好在千瑛倒是不以爲意。至於男同學我是擔心他們做出太過火的舉動，但千瑛冷峻的美貌自有一股威嚴，絕大多數的男生都不敢靠近她。

「準備好了嗎？」

千瑛以嚴厲的口吻問我準備好了沒，這時候的她稍微恢復以往剛烈的性格。我點頭回答準備好了，將多餘的墨擦乾淨，擺在梅花盤的旁邊。千瑛走過來，站在跟掛軸差不多長的畫仙紙前面。之前西濱先生開車載我時，跟我說過這個尺寸叫「半切」，正確長度是一千三百六十毫米，寬度是三百四十八毫米。順帶一提，「半紙」也是畫紙的尺寸，長三百三十三毫米，寬兩百四十二毫米。西濱先生還補充道，半紙是形容紙張大小的名詞。

千瑛環顧四周，幾十個注視她的人都安靜下來。

女學生們將手機抱在胸前，男學生們直挺挺地觀望千瑛。只有古前趁這個機會，拚命拿單眼相機狂拍，閃光燈亮個不停。他一拿起相機，揮毫會就搞得跟名人的記者招待會一樣。

千瑛以一種不虛偽的客套笑容，用開朗的聲音發表演說：

「各位，感謝你們今天邀請我來。我是湖山會的繪師篠田千瑛，請大家多多指教。」

所有人一同拍手，千瑛的嗓音宏亮又清晰：

「各位安排了這麼棒的會場，眞是令我受寵若驚。我們家的青山告訴我，我有這個榮幸可以在貴校的學園祭展出水墨畫的作品。但我一開始很擔心，像我這樣才疏學淺的年輕人畫出來的作品，能否配得上貴校的活動。今天有幸見到大家的尊容，還受到如此盛情款待，我也跟大家一樣，希望舉辦一場成功的展覽會。今天請多多指教了。」

千瑛在演說中提到我，我可嚇了一跳。的確，我算是千瑛的小師弟，我們之間不是單純的學生關係，她把我當成後輩也是很自然的。

仔細想想，千瑛是我師傅的親人，單就這一點我就應該尊敬她。而我們實際上還是師姊和師弟的關係，我在她面前抬不起頭也算情有可原啦。

話說回來，聽到千瑛用「我們家的青山」這麼親暱的方式稱呼我，不由得有一個感想，或許她已經當我是自家人了吧。

古前和川岸也驚訝地看了我一眼，至少千瑛那段話帶給大家的感覺是，我是湖山會的人，也是千瑛的自己人。

「難得有這個緣分認識各位，還承蒙貴校不棄，替我安排了水墨展示會，我也希望利用這個機會，讓大家好好了解水墨畫。因此我特地央求主辦單位，多安排一場水墨畫的揮毫會。所謂的揮毫會呢，簡單說就是在人前演示水墨畫的創作過程。水墨畫自古以來，就有觀賞臨場創作的傳統。雖然我的畫藝還稱不上盡善盡美，但應該還是可以讓各位見識一下篠田湖山授予的技法。」

千瑛向眾人深深一鞠躬，一頭烏黑亮麗的秀髮也滑順落下。她的鞠躬莊嚴肅穆，透露出剛強的性情，不是那種可愛的點頭行禮。臺上站的是一身傲骨的繪師，而非我所熟悉任性又倔強的大小姐。

千瑛站著提起大筆，手指握住柄頭一帶。那是她之前在水墨教室用的大筆，筆尖的尺寸有拇指那麼大。千瑛白淨細長的手指握住的黑色筆管，長度相當於人的三顆拳頭。形狀優美的筆身配上洗練的握筆動作，自有一股吸引眾人的光采。千瑛運轉手臂，揮動大筆。

「噗通」

筆尖沾入白陶筆洗的清水中，整枝筆彷彿重獲生氣，在千瑛手中綻放存在感，甚至有種目眩神迷的美感。吸了水的大筆，增加一絲提筆的重量。千瑛細長的手臂和白淨的指尖，與大筆看上去相得益彰，而她本身端莊的提筆動作，也吸引了所有人的目光。

千瑛從水中提起筆尖，放入梅花盤中去掉一點多餘的水分，再擱到手邊的毛巾上頭。光看這一連串的動作，大家就知道千瑛要開始作畫了。

千瑛將筆伸入硯臺汲取墨水，展開她那如劍戟般剛猛無濤的筆法。那不是靠力量運筆寫字的動作，而是力道經過適度調節的輕靈之舞。千瑛一晃動體幹運筆，一頭秀髮也會跟著舞動。

然而，發力的起點並非千瑛的身體，是她拿在手中的筆桿先動，身體才跟著晃動。筆桿一靜一動的韻律，都傳導到千瑛的秀髮上。

千瑛專注的眼神和華麗的筆法，還有隨著畫技飛舞的長髮流光，令在場的每一個人看得目不暇給。

墨色的花卉一一出現在畫仙紙上，流暢精準的筆法傾洩而出，像是用精密機械畫出來的花一樣。別看千瑛運筆俐落，輕輕鬆鬆就畫出美麗的花朵，考量到用毛筆畫花的困難度，不得不佩服她那魔法般的高超技藝。

所有人一看就知道她畫的是玫瑰。

墨有淡茶色澤到深黑等各種不同的變化，大筆細膩地將這些變化呈現在紙上，瞬間浸潤頗有厚度的畫仙紙。逐漸乾燥的墨色沉積，像吸了朝露一般充滿生氣。

描繪玫瑰最外圍盛開的花瓣時，千瑛的筆鋒刻意在花瓣外圍停頓了一會，連一秒都不到，頂多就是吸口氣的時間罷了。她瞬間降低運筆的速度，刻意留下一點墨色沉積，讓花瓣帶有水氣欲滴的光華，我沒有看漏那一瞬間。

這簡直是出神入化的技巧。

千瑛以毫釐之差的精細動作操控大筆的筆尖，時機掌握之巧妙，甚至不怕降低速度會讓多餘的墨暈開。她的動作、直覺、膽識，每一項都無可挑剔。

花瓣邊緣的水滴，是精神與技藝的完美結合，象徵千瑛繪畫的核心。

那一瞬間，千瑛之手如有湖山大師的風範。

除了我以外，幾乎沒人注意到那個緩慢的動作吧。不過，有拿過毛筆的人肯定會被那感人的一刻吸引，千瑛確實有本事做到這一點。

千瑛稍微抬起頭，對我露出充滿挑戰氣息的微笑。

「你看到了吧？」

這應該是千瑛想傳達的訊息，我也張大眼睛以示回應。千瑛滿意地重回畫中世界，輕鬆寫意地完成繪畫。

千瑛作品的美麗，比她本人的美麗更加撼動人心。

之後，千瑛又畫了幾幅作品，全都張貼在教室正面的看板上。千瑛簡略說明繪畫內容，結束了這一場揮毫會。

起先大夥一同觀賞千瑛的作品，拍完照片後，古前要求大家往食堂移動。千瑛趁大家離開教室，叫我收拾畫作，我把畫捲起來收入大圓筒當中。很多學生跑來求畫，千瑛以自己的畫藝尙不成熟，不足以裝飾在他人家中爲由拒絕了。

到了食堂，掛名懇親會的聯誼會也召開了，這算是本次企畫的另一個目的。不過，大家都沒有參加聯誼的心情。不論男女每個人都注視著千瑛，想要找機會詢問她水墨的問題，或是稱讚她的畫藝。千瑛的一舉一動，都影響著整場懇親會的進行。

「這是什麼奇怪的粉絲俱樂部啊？」

古前這話說得並不誇張，千瑛的水墨畫確實帶給大家很大的衝擊。

會場已經準備好大家的位子，男學生和女學生分開坐在長桌的兩旁，千瑛坐在中間上面的位子，川岸坐在她的左邊，我和古前坐在她的右邊。食堂歐巴桑端來精心料理的餐點，大家也拿到飲料享用。今天表現得特別安分的古前，主動帶領大家乾杯，所有人對千瑛的關注才暫告一段落，開始抱著享受聯誼的心情聊天。

不過，男女之間仍有著難以跨越的鴻溝，我們眼前的那一張長桌，彷彿是隔開兩個敵對陣營的戰壕。不敢找女生攀談的男性陣營，似乎是不可能突破戰壕了。

千瑛就這樣看著眾人發愣，就在我想向她道謝的時候。

「感謝妳今天特地來到我們大學。」

川岸搶先道謝，千瑛也點頭致意：

「我才要感謝你們特地邀請我來。」

千瑛用熟練的客套話回應。

「妳的畫技好棒喔。我是第一次見識水墨畫創作，真的好感動。我從來沒想過可以用這麼快的速度創作水墨畫。」

「第一次觀賞水墨畫創作的人，多半會這麼說。水墨創作省去一切多餘的畫功，而且畫上去以後就不能刪改，所以才畫得快。」

「其他人也畫得一樣快嗎？青山呢？」

千瑛瞄了我一眼，搖搖頭回答：

「青山還只是初學者，沒辦法用那種速度作畫。其實作畫速度因人而異，我畫得是有比較快一點。這或許跟我擅長花卉畫有關係，當然也不是快就好，畫得好不好才是重點。」

「花卉畫是指什麼？爲什麼速度特別快？」

川岸的疑問一刻也沒停過，她亢奮的情緒源於她對千瑛的憧憬和好奇心。千瑛也很習慣應付這種連珠砲般的提問。

「花卉畫就是花草樹木的繪畫，基本上是完成速度最快的水墨畫。像風景畫還要顧慮整體的色調，等待墨色的浸潤和乾燥等等。花卉畫的留白比較多，下筆次數和作畫時間無法跟風景畫相比。」

「那麼，風景之類的水墨畫特別困難囉？」

千瑛露出甜美的微笑點點頭，想來川岸問了一個好問題。我默默聽她們談話，感覺千瑛點頭回應的時機，跟湖山大師有幾分相似。

「也不能一概而論，有些花卉畫反而比較困難。水墨畫跟其他繪畫最大的不同是，水墨畫在絕大多數的情況下無法重畫。換句話說，下筆次數較少的作品，筆觸本身也不多，不能有任何失誤。這會產生一種創作上的緊張感，形成圖面上的效果，創作起來終究有一定的難度。我個人的感想是，花卉畫的技巧比山水或風景畫的技巧，需要更高度的運筆功夫。」

「原來啊，聽妳這樣說，我知道妳用的是其他人學不來的技巧了。妳長得這麼漂亮，又擁有卓越的才華和技藝，眞令人佩服。」

「我的技法還不到家，湖山門下還有很多繪師比我厲害。」

千瑛微笑以對，川岸也報以禮貌性的微笑。

看到她們這麼擅長裝出客套的笑容，我心想世界和平應該就是靠這樣維繫的吧。光看她們的笑容，根本猜不出她們在想什麼。川岸隔了一拍後，又對千瑛提問：

「我們這些外行人也看得出來，妳今天演示的是非常高超的技巧。那麼，一般來說水墨畫是如何學習的呢？什麼樣的題材算是學習基礎？」

「自古以來，學習水墨畫講究四大基本題材，這四大題材號稱四君子，也就是蘭、竹、梅、菊。按照順序學習這四大題材，等於是按部就班學習水墨畫的必要基礎。當然，學好這四大題材不代表所有東西都會畫，但初學者該學的東西，多半都包含在這四大題材當中。通常都是先學四君子，再不斷練習老師給的參考作品，不看參考作品也畫得出來，就算合格了。」

「明白了，那青山目前也在學習四君子嗎？」

川岸向千瑛請教我的學習狀況，千瑛看了我一眼說：

「青山的學習過程我也不清楚，現在主要是我祖父負責教他。」

「這樣啊……那容我再問一個問題，青山能成為跟妳一樣厲害的繪師嗎？」

千瑛拿起面前的杯子，喝了一口果汁：

「這我也不清楚，要看他自己的行動和努力。」

千瑛說得沒錯，完全是標準答案。

「那他的天資怎麼樣？」

「天資肯定是沒問題，畢竟我祖父篠田湖山很少延攬別人當弟子。」

千瑛這段話說得輕巧，古前和川岸卻驚訝地看著我。

「那、那方便我再請教一個問題嗎？除了青山以外，湖山大師還延攬了什麼人當弟子呢？」

千瑛以爐火純青的客套笑容，親切地笑著說：

「就是西濱湖峰老師囉。」

「咦咦！」

川岸大聲驚呼，視線在我和千瑛之間徘徊。

「那個西濱湖峰老師嗎？」

「妳聽過湖峰老師嗎？」

「當然了，他是廣受矚目的年輕畫家，我在電視上看過他，節目還拍了好多漂亮的風景畫。西濱湖峰老師是湖山大師發掘的人才嗎？」

千瑛將手指抵在下巴上沉思，她的手指很修長，臉反倒顯得有點小。千瑛只做一個低頭沉思的動作，看起來就比其他學生聰明伶俐。

「這個嘛，詳細情況我也不是很清楚，據說祖父是看他人品卓絕才主動延攬的。在此之前他並沒有拿過畫筆，對繪畫也不是特別感興趣。」

「這樣的人也能成為水墨畫名家嗎？」

「這可難說了，前提是天資要夠才行……只不過，水墨畫跟其他繪畫不太一樣。」

「哪裡不一樣呢？」

千瑛又拿起杯子喝飲料，這動作跟湖山大師挺像的。

「通常線的性質決定了畫的好壞，水墨畫多半是在彈指間呈現出來的繪畫，這種表現方式，骨幹正是線條，而線條的好壞取決於繪師的身體素質。跟其他繪畫相比，水墨畫比較講究體能上的要素。」

「體能上的要素？」

「嗯嗯，有些部分不太好說明，但體能絕對是必要的。實際開始作畫，比拚的就是反射神經和集中力了。」

千瑛笑了，她講這段話時笑容很真誠，從她凝視川岸的眼神就看得出來。接著她又替川岸解惑：

「還有一點，線的特性有些是與生俱來的。看的線條夠多，多少猜得出來畫的人是怎樣的氣質和性格。」

「眞的嗎？」

「這純粹是一種直覺，也確實是眞的。線的性質多半跟天性有關，少數情況下才是透過訓練改變。這就跟人的聲音一樣，有些東西是別人無法模仿的，頂多只能模仿說話的語氣。很難說這跟繪師的體能有關，還是跟繪師的內在有關，總之西濱老師擁有很棒的素質，我認爲他的線條清新又明朗。」

我想起西濱先生友善又輕佻的氣息，很難想像那種氣息正是他繪畫的骨幹。話說回來，我還沒有看過西濱先生作畫呢。

「線的性質是怎麼看出來的？」

「有一定水準的繪師，一看就知道畫線的人性格如何了，只要畫一下就看得出來。」

「我對這種說法很感興趣，意思是可以知道自己的線條特質對吧？」

「嗯，這麼說也沒錯。」

川岸思考了一段時間後，像是下了什麼決心似的站起來：

「能不能請妳教我水墨畫？」

千瑛驚訝地看著我，我驚訝地看著古前，古前驚訝地看著川岸。

「川岸，妳認眞的嗎？」

一直沒講話的古前同學，終於開口了。

「當然是認眞的啊！今天看到千瑛小姐作畫，我也想嘗試看看。反正學園祭是一定要辦展覽的，我也來插一腳吧。你是文化會的人，這對你來說是値得高興的事吧？」

「是這樣沒錯啦，但學水墨畫沒有這麼容易吧？」

古前驚訝之餘，同時也在觀察川岸到底有多認眞。他用眼神問川岸，眞的假的啦？妳也要學水墨？

「怕什麼，人家青山也在學啊。」

「呃，也對啦。」

古前看了我一眼，似乎在央求我發表意見。看我也沒用啊，我又無話可說。我搖搖頭望向千瑛，千瑛微笑頷首，難不成她同意了？

「只是想嘗試的話，那我願意幫忙。如果妳是眞心想學畫，那就要找我祖父或其他老師了，我愛莫能助。」

千瑛盡可能保持冷靜的口吻，川岸開心得跳了起來。正確來說，她從椅子上站起來直接抓住千瑛的手：

「謝謝妳，千瑛小姐。不、千瑛大人！還是要叫妳千瑛老師？」

千瑛搖頭回答：

「叫我千瑛就好，其實我也必須指導青山水墨畫，祖父要我另外教他。到時候，我們可以一起練習，我也會盡力的。」

「是這樣嗎，青山？」

「是啊，湖山大師要我另外跟千瑛小姐學畫。我正在煩惱該怎麼辦的時候，就剛好提到校內展覽的話題了。」

「我懂了，大師要千瑛小姐雪中送炭，跟敵人堂堂正正一戰是吧？」

「我們不是敵人啦。」

我望向千瑛尋求認同，千瑛臉上卻掛著不置可否的笑容。

「反正已升上大學了，我也想要專注在某件事情上。就跟千瑛小姐一樣，有什麼一枝獨秀的專長。」

「我、我不是爲了這個才學水墨的……」

「千瑛小姐妳太謙虛了，妳眞的很了不起！青山有提過妳，我一直覺得妳是個很有魅力又直率的人。實際認識妳以後，我確信妳會成爲一位偉大的繪師，美術界的下一把交椅絕對是妳！才不是青山呢。」

「呃，我……我只是想畫出自己的風格……還有，青山他其實不差啦……」

「千瑛小姐，妳不是已經有自己的風格了嗎？像妳這麼厲害的人，我們同輩裡應該找不到幾個吧。」

「不……我不是這個意思……」

千瑛話才說到一半就安靜了，川岸用她活力四射的聲音，打斷了千瑛：

「那今後請妳多多指教了，千瑛小姐！不對，要叫妳千瑛老師！」

千瑛明明沒喝酒，臉卻越來越紅。她默默地拿起杯子，小口小口地喝著飲料，用杯子遮住自己的紅臉。

聯誼當然失敗了，沒有一個男生敢衝入一公尺外的敵方陣營。整場聯誼變成氣氛不太熱絡的閒聊聚會，但千瑛的揮毫會才是主要活動，與會的女同學都非常滿意。千瑛要離開會場的時候，每個女生都要求跟她單獨合照，千瑛也跟藝人一樣，和藹地答應了她們的要求。

那些身強力壯的男生似乎比較擅長團體行動，他們只要求跟千瑛一起拍大合照，每個人還對千瑛鞠躬行禮。

對他們來說千瑛不只長得漂亮，還是技藝超群又值得尊敬的對象。看他們對待千瑛的態度殷勤有禮，活像上幾個世紀的紳士。最奇怪的是，他們連對我都恭敬有禮，每個人都稱呼我「青山同學」。今天我不過是千瑛的小跟班，這個莫名其妙的地位，竟然讓我得到大家的尊崇。善後工作處理完，我跟古前還有川岸道別，順便把水墨畫的用具搬到千瑛的跑車上。沒事可做後，我就站在原地發呆。

「你不上車嗎？」

千瑛一臉好奇地問我要不要搭車，我家離學校才十五分鐘腳程，沒必要特地搭車，但我還是乖乖聽話上車了。這一刻我明確感受到自己的意志力有多薄弱，車子發動以後，千瑛問我路怎麼走，我老實回答自己住得很近，千瑛若無其事地說：

「這樣直接用走的還比較快呢……」

我們的對話聽起來有些傻氣，之後千瑛沉默了一段時間，我才發現她累得什麼都無法想。到一個陌生的環境，在一大群人面前作畫，還不允許任何失誤，畫完了還要跟一群陌生人持續交談，不管怎麼想都是件苦差事。

看千瑛不斷眨眼睛，不難想像她疲勞的程度，換檔的聲音也比平常更不順暢，我聽了有些擔心。短短幾分鐘的駕駛時間，我們一直沒有講話，最後還是千瑛先開口：

「今天眞是多謝你了。」

她的語氣很溫和，沒有平日的倔強。

我正要說自己沒幫上什麼忙，千瑛用很篤定的語氣稱讚我：

「你磨出來的墨很棒。」

聽她這麼說我才恍然大悟，我唯一懂的水墨畫技巧就是磨墨，被稱讚確實很開心。

我磨墨的技巧，是湖山大師花了整整一天訓練出來的。

「爺爺他都看在眼裡，他知道我忽略的重點，也看出我忘了事前準備有多重要。」

「妳忽略的重點？」

千瑛嘆了一口氣說：

「已經到了。」

千瑛自言自語地嘀咕完後，靠在方向盤上。我有點猶豫該不該說出接下來的話，只是看她疲勞的樣子我非常擔心，因此決定說一句連自己也意想不到的話。這句話一旦說出口，多年後還是會感到害臊、後悔吧。可是，我想起了父母的遭遇，不敢讓疲憊的千瑛獨自開車回去。

「要去我房間休息一下嗎？」

千瑛露出很不可思議的表情看著我，她忍住想笑的衝動，不斷回味當中的笑點，仍忍不住笑了出來。我害羞地替自己辯解：

「我知道這聽起來像在勾搭妳，但我是看妳累了，出於關心才這麼說的。」

千瑛點點頭說：

「放心，我知道你不是那個意思。青山你不是那樣的人，你雖然是個怪人，卻不會帶女孩子回家亂來。謝謝你的關心，那我就恭敬不如從命囉？」

「當然，歡迎妳來，我也沒什麼好招待的就是了。」

「這倒是眞的。」

那一天，我終於看到千瑛發自內心的微笑。車子停在公寓的訪客專用停車格後，我們一同進入家門，千瑛小聲地說道：

「打擾了。」

語畢，她脫下鞋子擺好才進入室內，這個小動作給我很深刻的印象。

我的房間在自己和別人眼中，眞的是空無一物。我帶千瑛進屋休息，等待開水煮沸時，我把室內唯一的坐墊讓給她。千瑛放鬆地坐在墊子上，眺望牆腳的紙箱，以及跟牢房一樣的醒目白牆。我不太擅長打開話匣子，差點又要沉默不語了，但我也知道應該說點什麼，所以還是鼓起小小的勇氣打破緊張的僵局：

「之前湖山大師說，等我開始練習繪畫就會喝很多茶，我就都買回來試試了。有紅茶、綠茶、咖啡……妳想喝哪一種？」

「你三種都買了？」

「我不知道該買哪個才好嘛。」

「那就紅茶吧。」

我點頭後拿出茶壺，以及沒開封的紅茶罐。我本來以爲自己買到茶包，沒想到是一整罐眞正的紅茶茶葉。我把茶葉倒入茶壺裡，注入煮開的熱水。倒好熱水才注意到一個很奇怪的問題，泡一壺茶加一湯匙的茶葉夠嗎？母親泡茶時總是加一湯匙的茶葉。母親喜歡喝茶，櫃子裡擺滿了各式各樣的茶葉罐。事到如今我才發現，這兩年來我失去的另一樣東西，就是茶的芳香。茶壺裡煮開的茶葉慢慢沉入壺底，我的心也跟著靜了下來。

我將附有杯碟的茶杯和茶壺放到千瑛面前，自己用的則是從老家帶來的馬克杯。千瑛對我點點頭，靜靜等待紅茶泡好。茶泡好後，我慎重地倒入千瑛的杯子裡。

「會泡茶的男人很有魅力喔，謝謝你。」

千瑛這句話像在哄小孩子一樣，我聽了卻很高興，感覺自己跟別人也有正常的交流，我害羞地笑了。這是膽小鬼典型的反應，但讓我多少有些自豪。我和千瑛喝著紅茶，她小聲地說了句好喝，就沒再說話。隔了一段時間，千瑛放下杯子說：

「剛才說到我忽略的重點……」

千瑛帶動話題，我也放下馬克杯專心傾聽。

「我忽略了繪畫的事前準備工作，是手勢的問題。」

「手勢的問題？」

千瑛點點頭，表情十分嚴肅：

「青山，講到水墨畫的技巧，你會聯想到什麼？」

我腦海裡浮現的，是湖山大師那出神入化的運筆方式，以及千瑛極爲感性的手部動作。

「應該是作畫時的姿勢吧？」

「沒錯，正是如此。我們專業繪師也是同樣的看法，只要提到繪畫的技藝，大家想到的一定是運筆的方式。不過，爺爺一開始教你磨墨對吧？」

「嗯，沒錯，還有享受塗鴉的樂趣。」

「這兩點想必有很深的涵義，我們太追求作畫的水平，眼裡只看得到畫技。可是，今天我用你磨出來的墨作畫，竟畫出了前所未有的高水準，整幅畫生機盎然。這個道理太過理所當然，畫技高超的人早就不當一回事了，爺爺卻看得很仔細，彷彿他早就知道那是我的弱點。我就沒辦法那樣磨墨，我太執著於作畫，磨墨的手勢才會太僵硬……這是我始料未及的體悟。今天我在作畫的時候，眞的能感受到墨驚人的變化。我自己磨出來的墨，從來沒在畫仙紙上那麼柔和地暈開。」

我訝異地聽著千瑛自白，磨墨那樣微不足道的小事，對千瑛這麼厲害的繪師也有這麼大的影響嗎？這時，我想起湖山大師指導我磨墨時說過的話。

「認眞沒有不好，只是並不自然。」

湖山大師是這麼說的。

「嗯？」

「湖山大師說了，認眞沒有不好，只是並不自然。湖山大師說自然非常重要，還有心態會呈現在手指上。」

看千瑛的表情，顯然她對這個答案心悅誠服。之後，她靜靜地搖頭說：

「原來啊，說不定爺爺是在用最快的方法，教導你如何畫出最棒的水墨畫。一開始聽說你半個月來只學到磨墨和塗鴉，我還很懷疑爺爺的用意。現在我想，或許他是眞的想培養你來跟我一較高下。」

「不會吧？聽妳這樣說我還是有點難以置信。」

「不，這是千眞萬確的。用循規蹈矩的方法，你不可能踏進出神入化的領域。我認爲所謂的出神入化，本身就是超越常識的。爺爺是在用我們想不到的方法訓練你，這代表他是認眞的。我不曉得你身上有什麼特質，可以讓爺爺這麼認眞，但我再不努力精進，眞的會被你迎頭趕上。」

我完全不覺得自己有辦法趕上千瑛，卻也沒有多說什麼。我也不知道爲什麼湖山大師會如此器重我，可是換個角度想，湖山大師可能是爲了千瑛才訓練我的。我也許能彌補千瑛不足的部分。

「今天多謝款待。」

千瑛起身走向玄關，我也連忙跟上，她穿好鞋子後對我說：

「我並不討厭指導你，我自己也希望培養出優秀的繪師，況且你人品不壞。」

「謝謝，我也很慶幸有値得依靠的前輩。」

千瑛點了點頭，話剛到嘴邊又吞了回去。我默默地等她開口，但她終究沒有說出來，而是直接跟我道別：

「那畫室見了。」

我還來不及挽留她，她就奪門而出跑過走廊了。

千瑛離開前到底想說什麼呢？我回想她嘴唇的動作，馬上有了頭緒。

她想說的是「我們」這兩個字，既不是「你」也不是「我」。她第一次想用語言將我們連繫在一起，只可惜不好意思說出口就跑走了。我認爲這是很美妙的體驗，意味著我也能接近別人的心。

「那好，來看你今天畫得如何吧。」

湖山大師和顏悅色地說。我先低頭行禮才提筆作畫，我會畫的只有一樣東西，只能畫它。

我先沾上濃墨，在根部的位置施展逆筆技巧，畫出一條像韭菜葉片的銳利線條。墨色的拱形躍於純白的紙上。

原本空無一物的地方出現一片孤葉，第二筆順著這一道銳利細長的葉片畫出，伸展的方向卻跟剛才的葉片相反。兩道拱形各自朝不同方向延伸，根部重疊的部位有一塊尖銳的小小空隙，第三筆又切開了那塊空隙。接下來，就是全神貫注作畫了。我在紙面上畫出葉片，祈禱畫出來的東西成形。我模仿湖山大師上次作畫的方式，用薄墨畫出小花，最後在花的周邊補上數點。勉強看得出來是有花朵和葉片的植物，但水準不怎麼樣。

畫完以後，我怯生生地拿給湖山大師看，大師說：

「你很努力呢。」

我也不曉得自己努力了什麼，就只是專心畫而已。湖山大師拿起筆，又一次展示了他的技巧給我看。他用緩慢解說的方式作畫，而非平常那種電光石火的速度。

湖山大師的技巧形同完美的解答，我仔細觀摩牢記在心。

爲什麼我沒辦法畫出一樣的作品呢？

到底哪裡不一樣？我畫得不好的原因是什麼？

滿心的疑問讓我不願看漏任何一個步驟，同時也很期待湖山大師的神手，親自替我演示解答。湖山大師看到我的表情，開心地笑了：

「不用太擔心，你已經畫得很好了，看得出來你有好好練習。」

「是、是的，我就是一直在畫畫。」

「這樣就好，一開始學畫跟品味或才華沒什麼關係。」

「品味和才華跟學畫無關嗎？」

「至少初期階段是無關的。一開始能不能畫好也沒人知道，總之試看看就對了，這才是重點。」

「試看看就對了……是嗎？」

我好像聽過這句話。

「能否樂在其中，比才華和品味更重要。」

「樂在其中……」

「這在水墨畫叫氣韻。水墨畫講究氣韻生動，所謂的氣韻呢，我想想喔……該說是筆觸的感覺或繪畫的性質吧。講得更簡單一點，就是你有沒有樂在其中。」

「是指藝術性的意思嗎？」

「不，這跟藝術性又不太一樣。純粹是看作畫之人能否以清新開闊的胸懷，畫出生動活潑的繪畫，這才是水墨畫最大的評價。也可以說是水墨畫的精采之處，形式或技巧不過是旁枝末節罷了。繪畫最重要的是生動，在當下擁抱最眞實的一刻，並且樂在其中，至少水墨畫講究的是這個。畢竟我們是用毛筆作畫，這是一種能看出人心的神奇道具。」

湖山大師在說明的過程中，作畫同樣行雲流水。

大師描繪葉片的速度和時機，都深深烙印在我眼中。手臂的動作傳導至毛筆上，緩緩畫出精美的弧線，光是這樣一個動作就極具魅力。大師不是單純揮舞手臂，而是讓毛筆完美融入自己的手中，卻又保持放鬆。明明作畫時非常專注，卻又不著一絲力道，大師光靠握筆的手掌和臂膀的動作，就能傳遞出這種奇妙的感覺。大師用「展現人心的神奇道具」讓我體會這種感覺，代表他的心境也同樣怡然自得吧。這是多麼幸福的心境啊。

我本來是在觀察大師的技巧，卻無意間被大師作畫的氣息所吸引。好想一直看下去，永遠陶醉在這一段時光中。湖山大師從容的筆法，也傳遞出同樣的意念。

這究竟是什麼樣的感覺呢……在我思索這個疑問的當下，湖山大師持續運筆，對我解釋作畫的精髓：

「講太困難的東西也沒意義，總之一開始多畫就對了。在創作中追求成功，勇敢累積失敗的經驗，努力精進學習，享受學習。很多事情只能從失敗中學習。」

湖山大師巧妙調和墨色的濃淡，輕柔地畫出花朵。花朵跟周圍的葉片相比顏色較淡，尺寸也較小，但大師下筆的地方，連周圍的空白都帶有柔和的色彩。大師畫了三朵小花，每一朵周圍打上數點，點完便停下毛筆。

「這些點又稱爲心字點，是一種很獨特的點描技法，就好像在寫心這個字一樣，要很愼重地點上去才行。不要輕忽單純的幾個點，等你明白這些點該怎麼下，還有該下在哪些位置，你就出師了。」

話說完的同時，湖山大師放下毛筆。

我的思維無法同時跟上大師的說明和運筆方式，所以他講的話我沒有完全理解。我又一次低頭道謝，一句話也說不出來。我在努力理解大師運筆的畫面，也試著想說點什麼，卻又卡在某個點上說不出來。這是前所未有的感覺，湖山大師依舊溫和地替我釋疑：

「細緻的技巧你跟千瑛學就好，她有齊藤傳授的高超技巧，也很熟悉技巧的相關知識。你也可以直接跟齊藤求教，很少有繪師像他這麼扎實練習的。但光學技巧，難免還是有不明之處，這時候就來找我或西濱吧。」

我聽了大師的交代，接下大師手上的毛筆，又拿出一張白紙開始練習。

湖山大師回到自己的位子，溫吞地喝著茶。過了一會，我決定提出一個很單純的疑問，來打破這段沉默的時光：

「齊藤先生和西濱先生，誰比較厲害呢？」

湖山大師茫然地複誦我的疑問，似乎不是很在意這個問題。之後大師眨眨眼睛，講出他心中的定見：

「單論技巧的話，西濱比不上齊藤。西濱在技巧層面上完全不行，他不是一個很講究細節的人，這一點他自己應該也很清楚。」

這個答案令我大吃一驚，我又追問了一個問題：

「那、那麼齊藤先生是比西濱先生更厲害的繪師？」

湖山大師先是露出很意外的表情，之後愉快地笑著說：

「沒有，沒這回事，他們兩個根本無法相提並論。」

「所、所以是齊藤先生更厲害？」

湖山大師搖了搖頭，好像聽到什麼很好笑的話一樣：

「不，西濱遠比他厲害多了。齊藤大概只能仰望西濱吧，他自己是最清楚的。」

「是、是這樣嗎……」

技巧是齊藤比較厲害，但西濱才是了不起的畫家，這說法未免太奇怪了。湖山大師是他們的老師，師傅都這麼說了，肯定錯不了。說穿了，大師是想表達有些東西比技巧更重要吧。

「其實呢……」

湖山大師喝了一口茶，我靜待他把話說完。

「稚拙未必比不上精巧。」

我大概露出了非常疑惑的表情吧，湖山大師皺起那張皺巴巴的臉龐說：

「總有一天你會明白的。」

大師講得很玄妙。接著他又指點我詳細的點描畫技，那一天的課程就到此結束了。

練習結束後，湖山大師說西濱在找我，我便去教室尋找西濱先生。西濱先生穿著類似建築工人的作業服，跟平常一樣在庭園裡抽菸，頭上依舊包著白毛巾。他一看到我就揮手叫我過去，彷彿找了我很久似的。

「終於找到你了！」

這樣大聲叫我，還連忙捻熄香菸，眞像西濱先生會做的事。

「今天有件事要請你幫忙一下。」

西濱先生找我幫忙，表情卻顯得莫名歡快。根據他的說法，湖山獎公募展的作品要歸還給其他流派的教室，因此需要人手。

「又是苦力嗎？」

我愼重確認工作內容，西濱先生爽朗地搖頭說：

「不是不是，體積大一點而已，東西本身不重啦，只是量滿多的。」

我只說了一句原來如此，也沒明講自己要不要幫忙。西濱先生卻以爲我同意幫忙，就帶著我搭上白色的小廂型車，展開一趟單程一小時的兜風之旅。

「練習進度如何啊？」

西濱先生輕快隨和的語氣，跟我們第一次相遇時別無二致。

「還是在練習春蘭，我進步很慢，都沒什麼進展。」

西濱先生聽了我的回答，笑著說：

「不會啦，練習春蘭很重要，我們現在也很常練習春蘭啊。」

我懷疑地看著西濱先生，他不改笑容說道：

「眞的啦，我們遇到問題也是先練習春蘭。我曾經堅定不疑地相信，練習春蘭是窮究水墨技藝的途徑呢。」

「是這樣嗎？練習春蘭眞的是窮究水墨的途徑？」

「這可難說了，春蘭或許不代表一切，但畢竟『始於蘭，終於蘭』嘛。畫春蘭的神髓不銘記於心，學再厲害的技巧也沒用。前人練了幾百年的基本功法，會留下來一定有其用意嘛。」

「一定有其用意嗎？」

「這個就要試過才會明白了。」

「那西濱先生明白嗎？」

「明、明白啊，大概啦。對了，接下來我們要去拜訪另一位大師，你可以請教他，是很了不起的大師。」

「呃，隨便跑去跟其他老師求教沒關係嗎？我好歹是湖山門下的弟子耶。」

「安啦、安啦。那位大師跟湖山大師關係很好，況且觀摩一下其他師傅的繪畫和技術，對你也有幫助。」

西濱先生的提議也不曉得能不能信，我只好曖昧地點點頭：

「請問我們要去哪位老師家拜訪？」

「藤堂翠山大師，有聽過嗎？」

「好像有，又好像沒有……對了，千瑛小姐和湖山大師爭論的時候，湖山大師說明年的湖山獎，要找翠山大師來擔任評審。」

「沒錯，就是那位翠山大師。篠田湖山和藤堂翠山，是這個小小業界的兩大巨頭。藤堂大師厲害的層面跟湖山大師又不一樣，你就拭目以待吧。」

西濱先生說完還點點頭以示期待，也不曉得爲什麼，他似乎滿開心的。我決定趁這個機會，問一個在意許久的問題：

「湖山大師是不是不太認同千瑛小姐的畫藝？」

「你怎麼會這麼想？」

「呃，之前千瑛告訴我，湖山大師從沒說過她有才華。」

「啊啊，那件事啊……也不是啦，我想湖山大師也認同千瑛的實力。只不過千瑛是他的孫女，他才沒有直接說出口。」

「是這樣嗎？千瑛好像沒有感受到大師的認可。」

「湖山大師不是那種會大力讚賞自家人的老師。況且，他覺得千瑛個性剛強，不必太關心也無所謂。湖山大師對我和小齊也很嚴厲，有時候對千瑛比對我們還嚴厲。他不是不認同千瑛，正因爲認同，才用這種方式刺激她精益求精。」

「這是好事嗎？」

「好事？與其說好不好，我反倒覺得羨慕呢。」

「羡慕？」

「對，不管畫藝再高超，永遠有一個人會說你還不到家，這是值得慶幸的事。這就是湖山大師信賴千瑛的證明喔。」

「原來是這樣。」

西濱先生邊哼歌邊開車，我們聊著聊著就開到藤堂大師的住處了。

藤堂大師住的地方，不是湖山大師家那種大宅院，而是座落在廣大田地中的日式平房。房子附有小庭園和車庫，旁邊還有一間倉庫，是隨處可見的民宅，倉庫中放了許多農務機具。湖山大師的住所一看就是大藝術家住的地方，藤堂大師家則絲毫沒這種氣息，外觀上就是一座溫馨的鄉下小屋，我很懷疑是否眞有大師住在這裡。

看上去十分老舊的玄關，毫不意外地沒有上鎖，西濱先生站在玄關朝屋內大喊：

「打擾了！我是湖山會的西濱。」

屋內傳來了女性的招呼聲。

一位身材高眺又有活力的女性，束起及肩的頭髮出來應門，年紀大約二十五、六歲。

「啊啊，西濱先生，歡迎你來。」

她一看到西濱先生，臉上的笑容變得更加燦爛，熱情歡迎西濱的到來。

「唉呀，這位是？」

那位女性注意到我，我看了西濱先生一眼，西濱已經一副神魂顛倒的模樣。這個人也太好懂了，我假裝沒看到，乖乖自我介紹：

「妳好，我叫青山霜介，目前在湖山大師門下叨擾，請多多指教。」

我鞠躬行禮，女性訝異地說：

「這樣啊，湖山大師底下又有年輕人加入，真令人羨慕呢。你好，我叫藤堂茜，是我祖父藤堂翠山的助手。之前湖山獎的展覽會你有來參觀嗎？有年輕人來我應該一看就知道了啊。」

我正要說明原委，西濱先生中途打岔：

「青山他啊，是上一次湖山獎舉辦的時候才入門的，由我家老師親自指導。目前還是一個新人啦，請多多指教啊。」

西濱先生也低頭行禮，總覺得他是要拉抬自己在茜小姐心目中的形象，才故意說剛才那番話的。西濱先生還挺有心機的嘛，總之我也低頭致意，茜小姐說：

「唉呀，你們太客氣了。也很感謝湖山大師的流派跟我們保持良好的關係，請多多指教喔。」

茜小姐躬身回禮，光是這個動作就能看出她是多麼知書達禮的人，我的師兄卻痴迷地看著人家，還露出知書達禮的人不該有的傻氣表情。茜小姐請我們入內，帶我們到寬敞的客廳。

一位高眺的白髮老人，正對著佛壇雙手合十。

這位老人一看就是翠山大師，他穿著跟湖山大師不同顏色的日式工作服，背影和手勢令人印象深刻。湖山大師身上有種名家風範，眼前的老人也同樣不俗。

我們一坐下來，老人便張開眼睛轉過身來。

轉過來面對我們的翠山大師，陽光從他身後敞開的窗戶灑落，在他身上照耀出日式民房特有的柔和光影。我很難看到他背光的表情，但他的眼睛瞬間閃過一絲奇妙的目光，我知道他稍微看了我一眼。那瞬間我跟翠山大師剛好對上眼。

西濱先生恭敬行禮，我也跟著照做。

「大師，好久不見了。」

西濱先生向翠山大師打招呼，大師以粗野又不拘禮的嗓音說：

「你來啦，上次見面是展覽會的時候吧。」

翠山大師也頷首致意，一旁的茜小姐拿出兩塊坐墊請我們坐，還端上茶壺和茶碗要泡茶給我們喝。茜小姐的動作俐落又迅速，我們很自然地圍著大桌子就座。

翠山大師一句話也不說，或許是在靜待茶水泡好吧。他穿著使用已久的深藍色工作服，上面有褪色的痕跡，但仍不失清潔感。翠山大師的身材高眺苗條，以一個老人來說，他長得挺結實。加上五官端正，想必年輕時長得很好看。整體看上去有點像滿臉橫肉的黑道，或是戲裡的壞蛋，再不然就是剛強的討海人吧，反正差不多是那種感覺。他的呼吸和緩，身上散發嚴厲冷靜的氣息，有別於湖山大師的開朗明快。從房內布置看得出他喜好寧靜，而寧靜的氣息徹底滲入他的骨子裡，線香的味道也融入他的氛圍中。頭髮濃密這一點也跟湖山大師不同，他光是待在那裡，就有一股不可侵犯的威嚴。他的寧靜氣質和齊藤先生有些類似，卻又比齊藤更爲濃烈，我總覺得自己會被那股寧靜吞沒。

西濱先生臉上掛著笑容，態度卻顯得頗爲緊張，就座以後也沒有講話。當然，他是配合翠山大師等茶泡好，然而這段沉默不太自然。

我想著從剛才就很在意的事情，鼓起勇氣開口：

「那個，不好意思，我叫青山……」

翠山大師默默地抬頭看著我，好像現在才注意到我一樣，我接著說道：

「可否讓我上香祭拜一下故人呢？」

翠山大師稍微張大眼睛，才緩緩開口：

「啊啊，這樣啊……請吧。」

翠山大師讓我坐到佛壇前，西濱先生也起身來到佛壇坐下。壇上有位女性的遺照，開朗的笑靨跟茜小姐的神韻很相似，大概是翠山大師的夫人吧。西濱先生先點香祭拜，再來才輪到我。等我們都燒完香，茜小姐已經把泡好的茶放在位子上了。

「謝謝你。」

茜小姐笑著向我道謝。回到座位後，翠山大師對我們說：

「已經五年了。」

翠山大師只講了這麼一句話，他指的自然是我們上香的人。他的話聽起來沒頭沒尾，但就這幾個字，已經充分表達他身上的沉靜氣息究竟代表什麼樣的意義。茜小姐心領神會地點點頭，並請我們享用泡好的茶。

「來，請用茶吧。」

翠山大師二話不說就拿起茶來喝，我們也捧起茶碗飲用。關於夫人的事情，翠山大師似乎認爲講這麼多就夠了。他身上的氣息柔和許多，從喝茶的動作還有肩膀僵硬的程度，都能看出他比剛才更爲放鬆。顯然地，他也不打算再多提夫人的事情。

面對翠山大師，我有一種很奇妙的感覺。

這個木訥寡言、閑靜度日的老人家，我從他身上感受到的不是敬意也不是孤僻，而是一種親近之情。彷彿我認識他很久，兩個久未碰面的老朋友聚在一起，享受無聲勝有聲的片刻時光。所以我能體會他的哀愁，以及他現在稍微放鬆的心理變化。

如何面對深沉的悲哀一路走下去，這個問題他在寧靜的生活中，想必一刻也不敢或忘。我也一直在思考同樣的問題，因此能體會他的感受，我對翠山大師說：

「茶很好喝呢。」

翠山大師有些訝異地抬起頭，衝著我微微一笑：

「內人也很喜歡。」

同樣是沉靜簡短的一句話。不需要多說什麼，翠山大師就心滿意足了。他不是在跟我們喝茶，而是在跟去世的夫人共飲，我多少也能理解這種感受。被遺留下來的人，總會偷偷地與故人共享時光。

翠山大師看了我一眼，問我：

「你，叫什麼名字？」

我回答他：

「我叫青山霜介。」

翠山大師也簡短地自我介紹：

「我叫藤堂，請多指教。」

他望向茜小姐，大剌剌地說：

「喂，茜，有年輕人來了，那個拿來。」

茜小姐不必多問就知道要拿什麼，她起身離開前對我們說：

「請稍等一下喔。」

接著，廚房傳來茜小姐忙進忙出的聲音。我本來以為，我們三人又要茫然度過一段沉默的時光，不料翠山大師對西濱先生開口了：

「這孩子是湖山大師的弟子嗎？」

西濱先生朗聲答道：

「是，他是新收的弟子，才剛入門沒多久，由我們家老師親自指導。」

總覺得西濱先生答話的態度，比對待湖山大師還要恭敬，大概是隨和度的問題吧。湖山大師沒那麼沉默寡言，也沒有嚴厲的感覺。這麼說或許有點不太妥當，但湖山大師比較像是呆萌的老爺爺。翠山大師接著說道：

「畫了些什麼？」

這句話是看著我說的，我正襟危坐回答：

「目前在學蘭花，春蘭。」

翠山大師聽了我的答覆，心滿意足地笑道：

「湖山大師教人畫的，可是最棒的蘭花。」

之後，翠山大師小聲地說「原來在學蘭花」。這時茜小姐拿著大托盤回來了，翠山大師又對茜小姐說：

「不好意思，茜，也請妳準備一下那個，就在那準備。」

茜小姐稍微停下手邊的動作反問：

「現在？」

翠山大師用力點點頭：

「是啊，現在，吃完就要。」

翠山大師態度很堅定，茜小姐說好，她在我們面前擺完盤子，馬上就離席了。

盤子上放的是切成漂亮新月狀的橘色哈密瓜，旁邊還有小叉子，一看就很好吃的樣子。新鮮多汁、色彩豔麗的哈密瓜當前，連不太有食欲的我都食指大動了，翠山大師說：

「這是今天早上剛摘的，今年的瓜很甜。」

語畢，翠山大師很自然地拿起哈密瓜享用，我們也跟著拿起來吃。那根本不是我所知道的哈密瓜，已經不是甘甜可以形容了。我從未品嚐過那麼芳醇的甘甜滋味，甚至忘了自己在別人家做客，忍不住發出讚嘆聲。也不只有我這樣，西濱先生嚐過後同樣讚不絕口：

「多謝大師款待，真的非常好吃。」

西濱先生開口道謝，翠山大師溫和地說今年的瓜特別甜。我也跟著表達謝意，翠山大師點點頭。哈密瓜一下就被我們吃完了，桌上只剩下鮮豔的綠皮，連綠皮看起來都好美味。享用完甜美的哈密瓜，我們滿足得一句話都說不出來。

「爺爺，準備好囉。」

正好，茜小姐從隔壁的房間叫喚翠山大師，大師起身說道：

「跟我來吧。」

我們也站起來，緩步跟在翠山大師身後。

三人穿越走廊來到隔壁的房間，那裡似乎是翠山大師作畫的地方，裡面有數量可觀的各式文具。

都是號稱文房四寶的東西，現場堆滿大量的紙張，毛筆幾乎掛滿整面牆壁，架上擺了許多桐木製的小盒子，裡面裝的都是墨。除此之外，還有各種我沒看過的器材。茜小姐在書桌上擺好長紙，以及磨好的墨。紙張跟千瑛之前在揮毫會上使用的尺寸相同，應該是半切。我和西濱先生誠惶誠恐地踏入室內，進去前還說了一句打擾了。我們好奇地觀察翠山大師工作的地方，看樣子西濱先生也是第一次進來。茜小姐對我們說：

「這裡滿亂的，不好意思喔。」

茜小姐細長的眼眸和酒窩，給人一種爽朗快活的印象。在我們交談的過程中，翠山大師擠開茜小姐，直接坐到椅子上開始沾濕毛筆。茜小姐也見怪不怪，巧妙地避開身材高大的翠山大師，逕自站到右邊去。翠山大師把雕有龍紋的紙鎮放在畫仙紙的右上方，手指握住毛筆的中段，猛然畫起線條。那手勢和線條，令我嘆爲觀止。

翠山大師握筆的角度和線條本身的氣息，跟湖山大師的完全不一樣。湖山大師習慣握住筆管的尾部，運筆也是用整條手臂。翠山大師寬大的手掌握住筆管的中下段，靈活運用手腕挑筆作畫。如果說湖山大師的筆法是大開大闔的太刀，翠山大師的筆法就是快捷玲瓏的小太刀了。

翠山大師畫的東西，我一下就看出來了。他畫了數筆以後，我認出那種作畫的順序，只是形狀跟我知道的不一樣。

「是春蘭。」

這個字眼在腦海浮現的同時，我的胸口頓時澎湃激昂。現場只有紙筆磨擦的聲音，還有墨香的味道。翠山大師的線條氣息、調墨順序、運筆速度都跟湖山大師不同，最令我驚訝的是兩者的印象南轅北轍。

翠山大師的春蘭柔弱又嬌媚，他的筆法突顯出惹人憐愛的氣息，而非嚴峻。這種筆法比繪畫本身的好壞更引人注意。

湖山大師的春蘭只畫出一片葉子，就能感受到葉片周圍的空氣和生命力；翠山大師的春蘭葉片則像語言一樣，擁有無限的變化。那不是寫實的畫風，也不以重現實景爲重，而是形同書法線條流轉，產生擬人化的生命力。看得出翠山大師竭力透過繪畫，想要傳達某些事情的意念。

我細細思索這究竟是什麼感覺，翠山大師的大手移動到畫面的中段部位，遠離蘭花的葉片和花瓣。然後，他讓筆毛岔開在紙上塗抹。

「這叫割筆。」

替我解惑的是西濱先生，分岔的筆毛迅速畫出一塊岩石，等我看出那是懸崖的時候，翠山大師在岩石的墨上塗了一點水，岩石產生了濕氣。經過這個步驟，我才看出翠山大師畫的是高山。

在高山上綻放的春蘭，還有隨風搖曳的葉片。

生動的蘭花配上不動的岩石，兩者的對比在畫中形成風勢和空氣的流動感。這種手法以很戲劇性的方式，讓觀畫者聯想到蘭花葉片一連串的動態。妙手畫出來的懸崖上，長出傾斜綻放的蘭花，連重力和花瓣弧度都感覺得出來。

畫出下垂葉片的筆法十分優美，運筆的速度不快，動作卻一點也不含糊。翠山大師在畫最長的葉片時，隨風搖曳的葉片就像活靈活現的動畫。這一刻有種撥雲見日的衝擊感，深深烙印在我的記憶中。

全部畫好以後，翠山大師在花朵周邊打上幾點，我以為這樣就算完成了，不料大師改拿小支的毛筆開始寫字。字體太難辨識，我幾乎看不出在寫什麼，只知道最後幾個字是「翠山筆」。接著，翠山大師抬起頭，對茜小姐說：

「喂，那個拿給我。」

茜小姐點頭說好，將沾滿紅色印泥的印章交給翠山大師。翠山大師在寫好的文字上頭蓋上小印，並在名字下方蓋上大印。第三個印則蓋在跟署名無關的角落上，一幅足以掛在美術館的氣派水墨畫大功告成了。

「太了不起了。」

西濱先生率先發表感想，我從沒看過他的眼神如此歡欣雀躍。當然，我也同意西濱先生的看法，會有這種讚賞是應該的，畢竟我們親眼見到不下於湖山大師的神技。

「這是崖蘭，至於畫上的贊，請湖山大師解釋給你聽吧。」

翠山大師神態自若地說完這段話，把還沒有全乾的水墨畫遞給我。

事出突然，我一時反應不過來。我望向茜小姐和西濱先生，用眼神問他們翠山大師是什麼意思。西濱先生連忙低下頭，對翠山大師道謝：

「青山，你快跟大師道謝，大師要把他的畫送給你。」

不會吧！

我嚇了一跳凝視翠山大師，大師一臉嚴肅的表情，默默地點了一次頭。我看到翠山大師的反應，有一種電流竄過背部的感覺。

「沒想到，這、這麼棒的作品竟然要送給我……謝、謝謝大師。」

感覺像在做夢一樣，我愣愣地低頭道謝，翠山大師答道：

「好好跟湖山大師學藝吧，你會成爲一個了不起的繪師。」

聽到這句話，我再一次用力鞠躬，翠山大師終於露出笑容了。

把翠山大師門生的作品（裝有掛軸的大量箱子）搬到大師家中後，我們就告辭了。西濱先生跟翠山大師道別完，又殷勤地跟茜小姐道謝，態度比平常還要親切。

西濱先生上車後，沒過幾分鐘就嘆了一口氣，臉上帶著一種喜憂參半的微妙表情。我靜靜地看著他，沒有多說什麼，同時一直確認抱在懷裡的小紙筒。那裡面有翠山大師畫的蘭花。西濱先生喝著手上的罐裝咖啡不斷嘆氣，其實他應該是想抽菸，只是顧慮到我在車內才沒抽，這一點我很清楚。過了一段時間，他總算開口說話了：

「這是一件好事呢，很令人驚訝對吧？」

我附和道：

「真的很驚訝，我好開心。」

這可是真心話。

「也是啦，若是給範本的話還可以理解，但你拿到的是有畫贊和落款的正式作品。話說回來，那真是一幅好畫啊。」

「有落款和畫贊有什麼不同嗎？」

西濱先生轉過頭吃驚地看著我。拜託，開車看前方好嗎？

「你連這都不知道，就收下人家的畫作啦？天啊。」

「呃、這……」

「所謂的落款，就是證明創作者是誰的印記，代表那是創作者正式的作品。我們也只有別人真的想要我們的作品時，或是在展覽會和其他特殊情況下才會蓋印。有了印記，不管拿去哪裡鑑定，大家都知道那是真跡。所以說呢，有落款的作品具有無可撼動的價值。」

「有價值？意思是能賣大錢囉？」

「當然，翠山大師自畫自贊還帶有落款的作品，我們門下還沒人擁有呢。連湖山大師都很珍惜翠山大師的作品，你拿到的東西，比你想像的更了不起喔。」

「這、這麼了不起啊？」

「就是這麼了不起。」

西濱先生說得振振有詞，似乎眞的很訝異翠山大師的贈畫之舉，顯然落款的意義比我想像的更重大。小廂型車在鄉間小道上顛簸前行，外頭的太陽已經快要下山了，橘色的陽光穿越雲彩，斜照在暮色深沉的水田上。車子直行於田園景色中，活像一個大型的玩具箱。

「翠山大師是跟湖山大師齊名的水墨畫家，你那幅畫應該拿來當傳家之寶，連我都很羨慕呢。」

「收下這麼了不起的東西，眞的是很過意不去呢。」

「我想也是……翠山大師不像湖山大師那麼健談，平常也不太跟人來往，算是圈內人才知道的繪師。但湖山大師總是告訴我們，要多多跟翠山大師學習，他是個了不起的老師。明白自己流派的技術，再看到別人用不同的詮釋法畫出相同的水墨畫，是很不可思議的體驗對吧。」

我很認同這一句話。

「眞的是這樣沒錯，感覺翠山大師畫的不是單純的水墨，而是他的爲人。高風亮節的氣度完全呈現在畫作上……」

西濱先生也同意我的說法：

「沒錯，你講到重點了，那確實是四君子的風骨。」

「你說的四君子，是指四大創作題材對吧？」

「咦？青山啊，湖山大師沒有教你嗎？」

「是，湖山大師沒有特別跟我講這些。」

「這樣啊，湖山大師是不太喜歡講繁瑣的事情。也罷，我正好知道就順便告訴你。你現在畫的春蘭，是初學水墨畫的人都會練習的基本功。」

「這湖山大師跟我說過，他說『始於蘭，終於蘭』。」

「沒錯，就是這句話，始於蘭，終於蘭。春蘭是初學者一定會碰的題材，水墨畫有四個重要的基礎，其一就是春蘭，這你也知道。其二是竹子，其三是梅花，最後是菊花，這四大題材合稱四君子。」

「我懂了，算是一次歸納四大基礎的說法就對了。」

「沒錯，四君子是很重要的基礎。這種說法有淵遠流長的歷史，在水墨畫還沒傳入日本的遠古時代，中國就在畫四君子了。一直到現在也是水墨創作者常用的基本題材，是非常優異的基本創作形式。實際學過之後，你會很訝異這四大題材不同的用意，以及廣泛的應用範圍。最重要的是，這四大題材被喻爲君子，在題材上是有意義的。」

「你說君子？是指那種很高貴、很了不起的人？」

「對對，你很清楚嘛。四君子畫的都是君子的理想形象，比方說竹子聳立挺拔、柔韌不屈，就是一種君子的形象。也有人說，那是君子怒而衛道的形象。」

「怒而衛道？」

「沒錯，我想是堅守是非曲直的意思吧？或者應該說高風亮節？」

「聽你這麼說，是有這種感覺……」

「對吧？梅花是在最寒冷的時候才開花，所以忍耐嚴苛的環境綻放生命力，這就是君子理想的面貌，也可以說是君子的堅強之處吧。我們學畫的人，也需要堅忍不拔的毅力。菊花是初學者的畢業題材，跟梅花有點類似，在嚴苛的環境中盛開，散發出怡人的香氣，這也是君子的風骨。菊花講究的不是堅忍，而是在任何困境中都不失品格。」

「那麼春蘭呢？」

「終於講到春蘭了。春蘭在深山幽谷綻放的清高姿態，也是君子理想的面貌。亦可以說是君子風格的呈現，應該是不染塵俗的意思吧。有些道理沒辦法用言語解釋清楚，你就當作是水墨繪師講究的心境吧。」

「繪師的心境是嗎？」

「所以說，你拿到好東西了呢。」

我點點頭，西濱先生說得確實沒錯。

「圖畫旁邊寫的字是什麼啊？」

「啊啊，那是畫贊啦。」

「畫贊？」

「是用來稱讚繪畫的詞句，或是表示製作細節的詞句。通常是這兩者的其中之一，這次的畫贊是在說明繪畫的內容。」

「西濱先生你看得懂啊？」

「加減啦，好歹我也是水墨畫老師嘛。順帶一提，在自己的畫中提贊，又稱爲自畫自贊喔。」

西濱先生的說法，算是讓我開了眼界。他輕輕鬆鬆就秀出一大堆專業知識，卻絲毫沒有表現出自己是水墨專家或內行人的氣息。就某種意義來說，這也很了不起。或許是在湖山大師門下長年操勞，才培養出來的特技吧。

「上面寫的字不多，內容卻非常棒。青山啊，你眞是個不可思議的人呢。」

「我？嚴格來講，我是個一無是處的人吧。」

「唉呀，你不用謙虛啦。我認爲你做得不錯，看得出來你在自己不熟悉的領域，盡量在做能力所及的事情。」

西濱先生有感而發，頗有感同身受的味道，他喝了一口咖啡又說：

「該怎麼說呢……你完全不了解自己，倒是把周圍的人看得很透澈。你好像很拚命在觀察自己周遭的人事物。」

西濱先生的語氣聽起來很認眞。

我對這句話有點懷疑，但也認爲他講得有道理。了解自己也意謂了，必須回想是什麼樣的人生經歷讓我走到今天這一步。像照鏡子那樣很自然地接受自己的面貌，說不定也是一種幸福吧。只是我已經想不起來自己有那樣的時光了，現在我不覺得認清自己是種幸福。

可是，在經歷過悲傷、混亂、困頓以後，終究要面對現實。我在無形中放棄了解自己，也沒辦法說出內心的想法。

我躲在玻璃小屋中，凝視著父母的回憶，卻又在無意間關注外面的世界。我總是遠遠看著自己無法融入的世界。所以，透過觀察，我明白了很多事情應該就是這麼一回事。對於我的沉默，西濱先生不曉得是怎麼想的。

「總之呢……」

他先嘀咕了一下，接著用開朗的語氣說：

「千瑛、小齊、湖山大師也都是特立獨行的人，請多擔待啦。」

我馬上想到一個問題，難道西濱先生不認爲自己是特立獨行的人嗎？當然，我只有乖乖點頭，沒有多嘴吐嘈。正因爲大家都特立獨行，我才沒感覺不自在。

今天初遇翠山大師，之所以能理解他深沉的哀痛，主要也是我過去隨波逐流，活得像個行屍走肉的關係。我也明白他總是沉默不語的原因，那種語氣我非常熟悉，一聽就知道他還沒有走出傷痛，而且眞正的心情就潛藏在言詞和聲音之中。

今天大家都在教室裡，湖山大師也難得在場，所有人共聚一堂。這裡指的所有人，包括我、西濱先生、齊藤先生、千瑛。仔細想想，我從沒看過大家待在同一個地方，平常每個人都是各自行動。

室內有一張長桌，大概可以讓二十個人圍著召開宴會，桌邊還擺放椅子。桌子的正面放了一塊白板，湖山大師待在白板前面，在伸手可及的距離內觀看千瑛作畫。

千瑛很專注地作畫，湖山大師的眼神卻頗爲冷淡。齊藤先生則站在千瑛左邊看她作畫，眼神跟平常一樣，也不能說他冷淡，應該說根本看不出他的表情。他是個白淨俊美的青年，不太常笑是我對他的唯一印象。

西濱先生環顧室內，打了聲招呼：

「我們回來了！」

西濱先生傻氣地打完招呼後，沒有人開口回應他。

「大家都在啊……啊，我去泡茶～」

西濱先生很自然地跑去廚房泡茶，留下我一個人不曉得要幹什麼。我不由自主走近湖山大師身旁，大師很認眞地觀看千瑛作畫，也沒怎麼搭理我。

千瑛畫的是牡丹。

盛開的花瓣上，有精美的調墨變化，描繪大葉片的線條銳利，花與葉也用精密的墨色變化來區別。千瑛的技巧，比之前在大學作畫時更高超了。

今天千瑛的運筆速度也很快，但表情和動作都略嫌僵硬，沒有她平時華麗的筆觸，而是像要戰勝恐懼的感覺。作畫到目前爲止沒有失誤，至少在我看來沒有，畫中的每一項要素都搭配得很完美。不知不覺間，半切的狹長畫紙上出現了五朵牡丹，底下還有鋒銳的莖幹，整幅畫算是大功告成了。

明明是用純黑的墨色作畫，但不管從哪個角度看都是名副其實的牡丹花，華麗奔放的牡丹在畫中爭妍鬥豔。

千瑛精疲力盡放下畫筆，端詳了自己的作品一會。之後，她改拿小支毛筆在紙上游移，卻遲遲沒有下筆，最後擱下毛筆，創作到此才算結束。

千瑛緊張地注視湖山大師，齊藤先生盯著大師的眼神也比平時嚴肅。而湖山大師看著千瑛的作品，眼神顯得興趣缺缺。

這種氣氛降到冰點的緊張感是怎麼一回事？

那個和藹可親的湖山大師，一旦表現出冰冷的眼神，竟然有這麼恐怖的感覺。

湖山大師一句話也不說，默默地搖搖頭。千瑛當場低下頭，臉上透出陰鬱的神色，齊藤先生的表情也沉了下來。湖山大師依舊沒表示意見，齊藤先生惶恐地問道：

「大師，您看這畫怎麼樣呢？我認爲畫得挺好的……」

齊藤先生說完這段話，湖山大師好一段時間沒理他，這沉默太可怕了。

「齊藤啊，你說這幅畫不錯是嗎？」

湖山大師問話的聲音和方式既嚴厲又恐怖，千瑛也不敢像平常那樣回嘴，連齊藤先生都快要承受不住了。湖山大師說話時的表情，是人們印象中那個藝術名家的表情。他不是在抱怨，也沒有特別不開心，但他身上散發的氣息，還有字裡行間都透露一種堅定不屈的強烈意志。支撐湖山大師的就是這股巨大的意志力，面對這樣的意志力，我也快要喘不過氣了。齊藤先生一句話也說不出口，湖山大師說：

「齊藤，你來畫看看吧。」

齊藤先生愣了一會後，毅然接受大師的提議。他去別的房間拿作畫用具，拿好後又回來。

「那我獻醜了……」

齊藤先生跟千瑛一起準備作畫用紙，他拿開千瑛用的道具和毛筆，開始準備作畫。千瑛也立刻換好筆洗裡的水。

跟平常一樣，毛筆沾水的聲音響起後，齊藤先生終於動筆了。

齊藤沒有像千瑛那樣搖晃身體，下筆也相當精煉，墨色的濃淡調整也一如往常精準。單論調墨，他的水準比千瑛高上許多。千瑛的作品乍看之下很漂亮，但相較之下還是有不成熟的地方。齊藤先生的手部動作堪比精密儀器，分寸不差的筆法令我嘆爲觀止。

他把大筆按在紙面上，用經過調墨的整個筆鋒來描繪花瓣。按壓時的衝擊力畫出了花瓣的纖維，當然那是筆毛壓在紙上所產生的痕跡，但墨色漸層已達出神入化之境，宛如亮麗又滋潤的花朵。

齊藤先生作畫毫無多餘的動作，極具美感。不難想像花了多少時間苦練，才能以相同的節奏俐落作畫。

成品跟我上次看到的畫一樣完美，也跟上次一樣，很接近電腦動畫的品質。

兩者同樣是用墨作畫，齊藤先生的墨色濃淡應用，比千瑛更加千變萬化，整幅畫看上去明亮動人。確實有引人入勝的美感，比千瑛的作品更寫實，形態也更精確。從第三者的角度來看，齊藤先生的作品寫實到某種程度，簡直就像照片而不是繪畫，他作畫的技巧已經超越學術的範圍，比較接近魔術了。我甚至有種眼睛被欺騙的感覺。

我偷看湖山大師一眼，心想這麼棒的作品，他老人家應該不會有意見吧？不料，湖山大師的表情依舊冷漠。齊藤先生放下毛筆，觀察大師的反應，大師疲憊地按住自己的眼睛，慢慢地搖了搖頭。

齊藤先生蒼白無比的臉色變得更加慘白，這景象帶給我很不祥的預感，千瑛在齊藤身後，眼眶都紅了，感覺隨時會哭出來。這時候的千瑛，就像一個嬌弱的小女孩。

湖山大師靜靜嘆了一口氣，大夥都沉默不語。

「讓各位久等了！」

西濱先生不改平時輕佻的語氣，把泡好的茶送過來了。他手腳俐落地分發茶水，安撫我們三個年輕人坐下來。西濱現身的時機很微妙，要說巧也行，說不巧也行，反正一切都暫時中斷了。湖山大師看到西濱先生現身，終於有了笑容：

「西濱，謝謝你啊。」

湖山大師稍微變回平常那個親切的老爺爺。千瑛也喝著茶水，緩和自己激動的情緒，只有齊藤先生還是臉色慘白，連茶都沒喝。我緊張得口乾舌燥，趕緊拿起茶水潤喉。西濱先生拿下頭上毛巾，坐在我旁邊啜飲茶水，那真是緩和沉默氣氛的好聲音。

「不錯。」

湖山大師讚賞的，很明顯是茶水。

「眞的很好喝呢。」

西濱先生附和大師，大師問道：

「這是哪裡的茶葉啊？」

湖山大師像個孩子一樣天眞詢問茶葉來歷，心情也好了許多，西濱先生回答：

「今天要回來的時候，翠山大師的孫女茜小姐給的，說是要我們也品嚐看看。翠山大師的女婿，您記得吧……」

「啊啊，你說翠山大師的女婿，我記得在茶葉工廠上班對吧。」

「對對，就是茜小姐的父親。人家特地準備新茶，要給大師您品嚐呢。」

「原來啊，翠山大師一家一直很照顧我們呢……西濱吶，改天有機會你要好好答謝翠山大師，人家在評審工作上也幫我們不少。」

「那是當然。大師，我會好好跟翠山大師還有茜小姐道謝的。」

「嗯嗯。」

湖山大師點點頭，談話氣氛融洽到匪夷所思的地步，剛才的不悅就像沒發生過一樣。齊藤先生趁這機會開口，聲音緊張到發抖：

「大、大師，我、我的畫……」

齊藤先生的聲音聽來很苦悶，現場氣氛也爲之一凜。

湖山大師回過神來，他恢復原本嚴肅的表情，盯著齊藤和千瑛。二人的作品並排在長桌上，兩幅畫都是同樣的構圖，意境也神似。齊藤先生的畫作完成度較高，千瑛的畫作則較爲熱情奔放。在我看來這兩幅畫都很棒，不曉得湖山大師哪裡不滿意？大師眨了眨眼睛，嘆了一口氣說：

「西濱啊。」

西濱先生猛然抬頭，嘴巴離開茶碗。剛才那一瞬間，他肯定在想茜小姐吧。話題談到茜小姐，他就專情地想著人家，也太單純了，好在這分柔情拯救了當下的氣氛。

「西濱。」

湖山大師再一次溫和地叫喚西濱先生，西濱站了起來，連聲稱是。

他站到齊藤先生和千瑛的作品前面，既沒有發表什麼意見，也沒有什麼感想，而是直接拿起毛筆說：

「千瑛啊，借我用一下可好？」

千瑛點頭同意，西濱先生很自然地笑了，就像個好哥哥。他在動筆之前似乎注意到了什麼，先暫時放下毛筆開始磨墨，之後脫掉平時常穿的工作服上衣。大概是有口袋可以裝香菸，他才常穿那件上衣吧。西濱先生的上衣總是髒兮兮的，又帶有泥土的痕跡。不過，他一脫下外衣，隔著底下的長袖T恤能看出他身材結實，雙臂修長。這一刻，西濱先生從工頭大哥變身成水墨畫家了。

「那麼，毛筆借我一用吧。」

西濱先生要作畫，齊藤先生才想到要換上新紙，立刻拿了新紙放到西濱面前。

「小齊，多謝啊。」

西濱先生和藹道謝後，氣勢磅礡地畫了起來。

他的動作很快。

千瑛的動作也很快，但西濱先生更快。不單是快，還帶有從容的氣度。假如千瑛小動作搖晃身體的運筆方式，像在演奏小提琴，那麼西濱先生大動作的運用身體，就是在演奏低音提琴或大提琴了。他的筆鋒快速而沉著，運筆的快慢也隨著畫的部位不同，而有很大的差別，彷彿高大身軀所產生的生命力，直接貫注於筆上。畫出來的東西當然也很美。

不過，西濱先生的作品不只是美，在本質上也跟千瑛和齊藤先生的作品完全不同，是一種有別於美的特色。

我的注意力深受繪畫吸引，甚至讓我想起心靈深處的玻璃屋。那裡和外面的世界相連，我置身其中，眺望西濱先生的水墨畫。

玻璃屋的牆面都在顫動。

西濱先生畫在純白紙面上的每一筆，無不吸引我的注意力，撼動我心中的高牆。

這很明顯不是單純的美。

我也不認爲這純粹是美感，但心靈就是大受震撼。一幅畫，一朵花，一片花瓣，都看得到生命力。

西濱先生筆下迅速膨脹的生命力，悉數傾注於繪畫中。筆觸如何根本無關緊要，這股氣息在我心中喚起了美感以外的神祕情感。畫中有溫情，也有撼動人心的力量，會激發觀畫者的感性，讓人也想用某種方式感動人心。

我貼在玻璃牆上，凝神注視西濱先生在外面的世界作畫。

他的畫帶給我很大的感動，感動到我手都在發抖。

整幅畫很快就完成了，成品本身比千瑛和齊藤先生的更爲雜亂，也不如照片寫實，偏偏又比牡丹更像牡丹。

爲什麼看起來有這種效果？

畫作的形態並不是沒有缺陷，線與面的架構不在於整體形態，反而著重在筆觸呈現上。我不知道爲什麼這種表現方式看上去很像牡丹，但齊藤先生和千瑛的牡丹畫，都缺乏那種壓倒性的存在感。

三幅畫擺在一起，我終於看出差異，也明白湖山大師不滿的原因何在。

「是生命。」

西濱先生畫出了生命。

他眞摯地面對牡丹花，用自己的生命去面對花中的生命，這心情連我們觀畫的人都感受到了。畫中洋溢著滿滿的生命力，徹底把作畫技巧比了下去。西濱先生醞釀的生命氣息，遠遠超越他本人的技巧。他的技巧比不上生命力，但這不是什麼大問題，畫中依舊有活靈活現的花朵，這一點比其他作品更加明確。

相形之下，齊藤先生和千瑛過於追求花的美感，他們畫出來的東西確實很漂亮，可惜也就只能畫出引人注目的作品而已。千瑛的熱情多少還體現了她的心靈和溫度，卻沒有西濱先生那種強烈的感動。問題在於，這兩種表現方式沒有孰優孰劣。

境界的話題實在太高深了，包含我在內的大多數人都無法一窺堂奧。境界不夠的人無法衡量頂峰究竟有多高，就好比我們看不出自己與繁星的距離，這不是我們能理解的事情。

湖山大師是怎麼看這三幅畫的呢？

大師依舊在喝茶。

他看著西濱先生的畫，點點頭說：

「就是這樣。」

西濱先生靦腆地笑了，湖山大師又看了畫作一會，笑著問西濱：

「嗯嗯，整幅畫充滿了生動活潑的氣息，今天是不是有什麼好事情啊？」

西濱先生的心思被看穿，害羞地抓抓後腦勺。不用細想，就知道是在說茜小姐了。不過，我突然想到一個大問題。

西濱先生的筆觸感性細膩，連小小的心緒變化都會在筆下呈現出來。他的心靈緊密連結著現實和毛筆，將自己活潑的心靈變化，轉化成牡丹這樣的形體。西濱先生透過牡丹花的生命力，如實表達自己的心靈和生命力。

這種技巧該怎麼形容才好？或者應該說，這算是技巧嗎？

湖山大師又說道：

「水墨畫呢，是描繪森羅萬象的繪畫。」

齊藤先生和千瑛非常專注地聆聽訓示，湖山大師也是在替他們釋疑。

「森羅萬象指的就是宇宙，宇宙也確實包含著千變萬化的現象，而現象又是這個世界當下的現實。只是呢……」

湖山大師長吁一口氣，像在嘆息似的：

「所謂的現象，難道只存於外在？人心之中沒有宇宙嗎？」

齊藤先生的眉毛皺成八字形，千瑛困惑到完全不懂湖山大師在說什麼。我終於稍微明白大師想表達什麼，以及自己在這裡學畫的原因了。

「要正視自己的內心。」

這才是湖山大師想告訴我們的。水墨畫是讓我們的心靈連結外在世界、連結外在現象、連結外在宇宙的方法。既然西濱先生的作品才是正解，那麼答案不作他想了。

湖山大師找我來，就是要我解放糾結的心。

第三章

那一天我沒機會問翠山大師的畫贊到底寫了什麼。

湖山門下三大弟子畫的牡丹擺在一起，看上去十分豪華壯麗。

畫完牡丹以後，西濱先生還是一臉輕鬆自在的表情。我問他牡丹的畫法，他說牡丹畫起來很困難，最少要花五年才畫得出像樣的東西。千瑛年紀輕輕，就能跟師傅等級的兩大入室弟子用牡丹花一較高下，她的才華確實深不可測。

千瑛聆聽湖山大師的訓示時，不僅眼眶泛紅，連嘴唇也在發抖。那一天，我一直忘不了她的表情。

當天發生的事其實很單純，就是湖山大師在指導千瑛和齊藤先生罷了。事後我才知道，湖山大師偶然看到齊藤先生在指導千瑛，就停下來看著千瑛的畫發呆。湖山大師看完本想直接離開，千瑛卻耍性子央求大師指點一二，大師嫌麻煩不願接受，千瑛就心直口快地抱怨道：

「你都只教青山，太偏心了。」

湖山大師被這句話激到，後來才會發展成那麼嚴肅的評鑑會。或許，湖山大師對待自己人特別嚴厲吧。

話說回來，湖山大師對千瑛和齊藤先生的教誨，實在極具衝擊性。

「所謂的現象，難道只存於外在？人心之中沒有宇宙嗎？」

這個疑問本身就是解答，也可以說是作畫的心態吧。現在回想起來，湖山大師總是告訴我心態上的問題。西濱先生成功示範作畫該有的心態，也難怪兩個後輩無地自容。

西濱先生體現的是一種表達能力，或者說是傳遞自己思緒的直率力吧。單就這點來說，另外二人完全比不上西濱。對了，翠山大師的作品最先帶給我的，也是心靈上的感受和意念。

然而，要賦予人心形體不是件容易的事情，這等於是把無形畫成有形。

千瑛、齊藤先生，還有我，都跨不過這一道高牆，我還離這道高牆非常遙遠。水墨畫純粹是用墨來作畫，該學的東西實在太多、太深奧了。

大學上學期的課程結束，期末考也考完了，已經快到盂蘭盆節的時期。這是我上大學的第一次暑假，幾乎所有學生都返鄉了。無家可歸的我留在公寓。八月湖山大師的工作量增加，西濱先生的工作也變多，大師表明在盂蘭盆節結束前都沒空指導我，我就待在家裡不斷練習。

我從暑假的第一天起，就在湖山大師給的大量畫仙紙上練習春蘭，牆上也貼滿湖山大師的春蘭範本，手邊還擺有影印的範本。

當然，翠山大師給的崖蘭我也掛起來邊看邊畫，但崖蘭是用高超技巧畫成的正式作品，我幾乎沒辦法模仿。幾經苦思後，我決定用透寫的方法來練習，就把翠山大師的作品拿到便利商店影印，這麼做讓我覺得自己在暴殄天物。我將影印的範本放在畫仙紙下照著畫，說不定能抓到一點訣竅。

翠山大師的作品長約一百三十五公分，寬約四十公分。將這麼大型的紙張用便利商店的影印機影印，怪不好意思的。我是按正當手續付費影印，並不是在幹壞事，卻有昧著良心做壞事的感覺。複印別人的作品，做出仿造的東西，似乎會給人一種本能上的罪惡感。膽小鬼總是有這些莫名其妙的妄想，明明沒人在意我影印畫作，我在影印機前面卻一直表現得鬼鬼祟祟。

總而言之，我決定暑假要努力練習水墨畫。

一大早醒來我飯也沒吃就開始磨墨練畫，我用馬克杯代替紙鎮壓住畫仙紙，然後喝著茶水一直畫到傍晚。

等太陽下山，墨色濃淡比較看不清楚的時候，我就走到附近的餐廳吃一餐抵三餐，順便轉換一下心情，回家後又打開日光燈作畫。

畫到半夜十二點精疲力盡了，就用最後一點力氣，把毛筆洗乾淨，順便再沖個澡，洗完直接躺到寢具上睡死。

這樣的生活持續了三個禮拜左右，某天中午有人按我家門鈴。反正也不會有什麼認識的人來找，我決定置之不理。沒想到對方死命按個不停，我受不了前去應門，結果是千瑛。

千瑛生氣地瞪著我。

她穿著無袖的藍色洋裝，那件洋裝看起來像她專用的工作服，布料有種典雅的光澤，她頭上還戴著一頂大大的遮陽帽。

「你都不聯絡，到底在幹什麼？」

千瑛的語氣很不高興，我思考她這句話是什麼意思，終於想起自己這三個禮拜都沒有去碰手機，手機一直插在充電器上。我急急忙忙回到房裡，拿起那個在發光的四角形物體，裡面有大量的簡訊和來電顯示。看來我遠離塵世的這段時間，世界依然在運轉。千瑛嘆了一口氣走進來，發出了幾近驚叫的聲音：

「這是怎樣啊？」

房裡到處都是作廢的紙張，桌子以外的其他地方根本沒有空間走路。牆上貼滿水墨畫的範本，室內找不到跟水墨無關的東西，我的房間顯然很異常。

千瑛拿起地板上的廢紙打開一看，立刻變成溫和的笑臉。

「你一直在練畫？」

我想說點什麼，卻一個字也說不出來，乾脆用微笑回應千瑛。我應該還有順便點點頭，至於表情，我控制得不太好。

千瑛也頷首回應，臉上露出充滿包容力的笑容，就像在對小孩子點頭微笑一樣。千瑛纖細的手腕上戴了一支手錶，她看了一眼時間後說：

「還有一點時間，先整理室內環境，整理好我們就出門吧。」

千瑛明確宣告我該做的事情，我當然從善如流。

前一陣子，千瑛答應川岸開一個小型的講習會，教導他們水墨畫的相關技巧，而這就是千瑛來我家的原因。

我沒接電話的這段期間，千瑛跟川岸還有古前談妥相關事宜，我莫名其妙成了新成立的水墨社團社長，社團活動室和器材也都準備好了。由於大家都聯絡不到我，甚至還有人傳出我身亡的消息。活動舉辦當天，我這個擔任社長的人必須到場，千瑛就自告奮勇來探視我。果不其然，千瑛在我家發現了快要變成廢人的我。川岸他們很訝異千瑛竟然知道我住在哪裡，後來千瑛跟他們解釋，她曾經來載我去湖山大師家練畫，他們總算接受了這個說法。

千瑛打電話給古前他們，表明她已經順利救我脫困。

「他似乎沒有特別衰弱，但需要一些吃的東西，麻煩你們準備甜品吧，不用叫救護車沒關係。」

連救護車這麼危險的字眼都出現了。

我只是龜縮在家而已，不用叫救護車吧。千瑛把我丟到那輛紅色跑車裡，再用安全帶牢牢固定住，強行載我去學校。

車子開動以後，千瑛聊了起來：

「我還以爲你回老家了呢。都沒消沒息的，大家很擔心你喔。」

「嗯嗯……」

我試著發出聲音，卻沒辦法像平常一樣，自動想出下一個句子。想像各種畫面對我來說輕而易舉，偏偏就是一個字都說不出來。講個話還要動腦筋思前想後，感覺好累。這種狀況我還是第一次碰到，不想跟別人說話的時候，我會一直保持沉默，但想講話卻說不出來，這就沒經歷過了。我的腦袋昏昏沉沉，思緒也亂成一團，我很怕自己口不擇言亂說話。

於是我決定保持沉默。

「你這樣子家人也會擔心吧？」

以前我搭這輛車的時候，千瑛也說過類似的話，這次聽到這句話，我反射性回答：

「我，已經沒家人了。」

我不小心說出口。

「咦？」

千瑛詫異之際，交通號誌也正好轉紅燈。我不必轉頭望向千瑛，就知道她盯著我。號誌才剛轉紅燈，車子就這麼停在原地，彷彿在等待我的回答。我眨了眨眼睛，也懶得說明，就重複一次同樣的字句。主動說出這件事心情眞的好沉重，不過今天總覺得，不好好說明，還跟上次一樣獨自鬧脾氣，似乎也不太合理。所以，我決定稍微解釋一下：

「我已經沒家人了，他們都去世了。」

千瑛專心聆聽，我小聲地重述這段話，她以一種難以言喻的表情看著我。我只跟她說，我講的話句句屬實。

當她要開口時號誌轉爲綠燈，就沒有多說什麼了，而我也一直看著前方。我想不出該說什麼才好，表情也變得有些凝重，感覺說了不該說的事情。我在貧乏的語彙中尋找安撫她的說詞，整張臉又更凝重了。

川岸和古前都在社團活動室裡。

他們要是感情融洽又笑瞇瞇地坐在一起，多少也算是替社團活動開創一個和諧的起點。問題是，川岸的態度非常嚴肅，古前看到她嚴肅的態度，也緊張得不敢說話。

川岸一臉嚴肅地拚命磨墨，古前被她的態度給嚇傻了。綁著馬尾的川岸在衣服外套上圍裙，袖子還捲得高高的，一副徹底武裝的備戰狀態。古前則穿著短袖上衣和短褲，儼然是小孩子放暑假的裝扮，他也沒有忘了平時戴的太陽眼鏡，看上去果然是個可疑分子。

社團活動室本來是屬於攝影社的，裡面擺了許多不明的溶劑、感光紙、相框等物品，攝影機倒是沒看到，門窗框上貼了攝影社以前的作品。現在，活動室跟我的公寓一樣充滿墨香，這座雙層的獨立建築，就蓋在大學社辦大樓外圍的偏僻地區，一樓全都給我們當社團活動室。

要找到一個有水源、有空間放置大量器材的地方，照理說不是件簡單的事情。不過，古前一跟校方提出申請，事務課就飛快辦好各項手續，還找古前去面談，彷彿早就做好準備等他開口了。提出申請才一個禮拜，社團活動室和經費就全部核發下來了，水墨社團就此誕生。

「平常我都要跟事務課對抗去延續那些規模較小的社團，盡量跟學校多申請一點經費。想不到這一次他們這麼配合，感覺就像我中了他們的圈套一樣嘛！」

講是這樣講，古前平常也沒做什麼事，純粹是在濫用文化會的權限而已，人家事務課願意幫忙就要感恩戴德了。不用想也知道，理事長是看在湖山大師的面子，才給古前一個現成的便宜。不過，古前卻大言不慚地說：

「也罷，這就是我的實力嘛。」

大家也懶得吐嘈他，川岸也不關心這件事。

千瑛一進社團活動室，川岸立刻起身立正站好，像對老師敬禮一樣深深鞠躬。我和古前都看不懂她是在玩哪招，千瑛本人也驚訝到說不出話來。

「千瑛大師，今天請妳多多指教了！」

川岸大聲打招呼，千瑛回她：

「拜託請別叫我大師，上次我也說過了，我還不是老師。請叫我千瑛，或是千瑛前輩就好。」

「那就千瑛前輩！」

「妳、妳好，也請多多指教。」

千瑛摘下遮陽帽低頭行禮的模樣，確實是有氣質的大小姐，在這個雜亂的社團活動室中看起來好亮眼。川岸發現我也在，說了句很不吉利的話：

「青山，你還活著啊？」

川岸講這句話時還表現得很訝異，她給我一塊巧克力果腹，古前也很誇張地說：

「我本來想動員所有文科社團的成員，在這一區進行地毯式搜索呢。」

語畢，古前遞給我運動飲料。

我還是沒辦法好好回話，只好點點頭簡短回應他們：

「總之我沒事啦。」

我收下巧克力和運動飲料後坐了下來，或許是血糖太低的關係吧，這兩樣東西我一下子就全吞下肚了。吃東西時我完全沒講話，千瑛也一句話都沒說。川岸和古前察覺氣氛不對，輪流觀察我們。若有所思的千瑛終於回過神來說：

「那我們開始練習吧。」

千瑛轉移現場的焦點，開始了第一次社團講課。

第一次上課我以爲會教春蘭，千瑛卻在半紙大小的畫仙紙上描繪竹子。

竹子我也沒學過，這對我來說是很新鮮的題材。

「第一次上課嚴格來講應該先教春蘭才對，但那不是任何人都能馬上學會的題材，所以今天我想教大家第二個基礎題材，也就是竹葉。」

千瑛在紙上瀟灑地畫出竹葉，不到一分鐘就畫出成串葉片和竹條，用墨畫出來的葉片竟給人翠綠的視覺感受。

「竹子就是這樣畫，這個題材很快就畫得好，在水墨畫的眾多基本技法當中，算是最快就能畫好的種類。那請各位放手畫看看吧。」

古前和川岸按照指示提筆，依樣畫葫蘆地描繪竹葉的線條。我也拿起毛筆畫出竹葉的線條，這比我想像的更加困難。

不過就是畫一條線而已，我卻沒辦法像千瑛那樣，畫出葉片的感覺。我一看就知道自己的線條缺乏竹葉的特徵，乍看之下認不出是竹葉。

我偷偷看古前畫的竹葉，起筆的部分畫太小，結尾又畫太大，很明顯是用力過猛的關係。而且葉片快畫完的時候，筆毛也都分岔了，這也是故意耍帥造成的吧。

川岸畫得很仔細，線條沒有飛白，寬度也相當勻稱，但葉片太往內彎，墨色又向外暈開，顯然她下筆花太多時間，謹慎性格完全表露無遺。

我下筆的速度剛好，線條也同樣沒有飛白，可惜葉片畫得太細，線條也不夠直。這可能跟我一直在練習曲線有關，我畫的實在稱不上好。

千瑛觀察我們作畫，各自畫完葉片後，她叫我們放下毛筆。

「各位，你們都很努力呢。」

千瑛溫言慰勞大家，身上散發出好老師的親切氣息。大夥的目光集中在千瑛身上，這時候她就像一個年長的大姊姊，感覺眞不可思議。川岸投以尊敬的目光，古前的眼睛也發出莫名其妙的光采，隔著太陽眼鏡都能看出來，實在太神奇了。千瑛本人不以爲意，逕自說道：

「各位，第一次練習就畫出不錯的線條了。做自己不習慣的事情有一定的難度，你們的表現卻超出我的預期。來看看你們每個人的優點和缺點吧。」

古前和川岸跟小朋友一樣乖乖點頭。

「先來看古前同學的線條。」

千瑛站在古前旁邊，古前一看到千瑛站過來就緊張得要死。千瑛泰然自若地看著他的畫，他試著隱瞞自己的緊張。一個好女色的人竟然拿美女沒轍，這種個性也太麻煩了。

「古前同學畫出來的線條剛猛有力，筆觸特別強烈。或許很適合畫一些比較有爆發力的畫作，不太適合學習太細緻的技巧。起筆的部分和結尾的部分差異太大……這代表你可能用心不專，或是玩心太盛。最好先決定一個方向，再來畫出筆直的線條。還有，你在描繪的過程中思緒太龐雜。應該說，你想東想西以後，就乾脆不顧一切隨興作畫，這也不行。請用同樣的節奏輕靈運筆，這樣就能畫出更棒的線條了，性格也要盡量坦率一點。」

古前張大嘴巴看著千瑛，千瑛像在做性格診斷似的，光看一道線條就說中古前的性情和習性，切中了他的要害。

千瑛曾經說過，以她的程度只要看一下線條，就可以看出作畫之人的性格和才情，看來果眞不假。古前聽到這種形同占卜的推斷，佩服地說道：

「太厲害了，千瑛大師。」

古前摘下太陽眼鏡，露出小鹿般的可愛圓眼珠，他那驚奇又感動的表情好有趣。

千瑛回敬一個客套的笑容後，走到川岸身旁稱讚她的線條：

「看得出妳很努力呢。」

川岸的線條畫得不怎樣，但確實看得出她很努力作畫。

「川岸同學的性格很嚴謹，光看妳畫線條這麼愼重，想必妳是每走一步都要瞻前顧後的人對吧。」

「是、是這樣沒錯。」

「我想也是。不過呢，在畫上盡量失敗沒關係，很多時候放膽作畫，反而會畫得比較好，尤其水墨畫更是如此。稍微冒點險才有好的結果，利用水墨畫磨練這種果敢的意志，對現實生活中需要果敢行動的場合也有幫助喔。」

「眞的嗎？好神奇喔。」

「水墨畫就是這樣的繪畫，沒有勇氣是畫不出好線條的。鼓起勇氣去挑戰那些一筆都不能畫錯的地方，我認爲這就是水墨畫。」

千瑛的表情很柔和，川岸仰望她的眼神，像在看什麼了不起的偉人一樣。千瑛講的這段話，在我聽來很不可思議。

「沒有勇氣畫不出好線條。」

我總覺得這句話是在形容千瑛自己。從這句話當中，可以感受到千瑛畫中那股烈火般的氣息，我以爲那是熱情，其實是千瑛的勇氣。套一句湖山大師的說法，那正是千瑛內在的心理現象。這是千瑛說這段話時帶給我的感觸。

千瑛接著說道：

「再來呢，妳起筆和結尾都很穩定，表示妳有貫徹始終的堅定意志。妳的運筆方式也算靈巧，我想妳很適合描繪花朵，妳是個很細膩的人呢。」

「不會吧！」

古前白目亂講話，瞬間就被川岸賞了一巴掌。這一掌的力道之大，我很慶幸古前事先摘下了太陽眼鏡，不然後果不堪設想。古前摀住臉頰，不敢再講話。這個毫無細膩風範的暴力舉動，連我也嚇到了。既然千瑛說她細膩，那就應該是細膩吧。古前這種白目的性格，對細膩的人來說或許很難忍受。

千瑛接著說下去：

「總之，作畫時不必太拘束，試著豪放一點，或是乾脆細緻一點，盡量多嘗試不一樣的筆觸風格，不能一直重複相同的風格喔。」

川岸用力點頭，像在聆聽神諭一樣專注。接下來要評比我的線條了，古前和川岸屏息以待，千瑛則回到自己的座位上說道：

「青山接著畫下去就好。」

千瑛冷淡地說完這句話，就沒下文了。

我按照指示繼續作畫，跟我一起練習的古前和川岸，似乎也認爲千瑛這一次的反應並不單純。他們二人對看一眼，回頭專心練習，順便觀望千瑛的反應。我有一種過意不去的感覺，彷彿自己做了什麼壞事一樣。

直到練習結束，我和千瑛幾乎沒有像樣的交談。川岸和古前的畫藝略有進步，兩個人都心滿意足地回去了，他們到最後都沒有提起我和千瑛彆扭的互動，肯定是想趁我們不在的時候好好八卦一番吧，至少古前的心思我是知道的。

我們四人約定有空再一起練習，那一天就各自解散了。

我離開活動室在校區內散步，正想走回公寓時，千瑛從後面追了過來。

「青山。」

我回過頭，沐浴在午後三點的斜陽中，瞇起眼睛看著千瑛。她停下腳步想說點什麼，卻不曉得該如何開口，我也一樣。

我們大概都是不擅長表達自己想法的人吧，在過去的人生中也很少表達自己的想法。這時候我連一句拉近彼此距離的話都說不出來，實在太丟人了。千瑛的高潔和我的膽怯，在當下成了阻礙。

我的腦海中依舊只有影像，我想到的是線條和線條中隱含的意念。平時遇到這種狀況，把自己的心封閉起來就行了，無奈千瑛的一雙大眼睛，緊盯著我不放。

「不只是我，我們都不了解你的事情。」

千瑛的語氣很脆弱，我凝視著她，卻不知道該怎麼回答她才好。感覺全世界只剩下我一個人，而眼前的千瑛只是幻影。要真是這樣該有多好，孤獨的人不必為別人解釋，也不必為自己解釋。如果眼前的千瑛真是幻影，我是否就不用說出自己的感受了？話語一旦說出口，就會遠離自己眞正想表達的意思，這樣的心情我又該如何表達才好？我該怎麼告訴千瑛，談論自己是一件非常痛苦的事情？

我注視著千瑛，心裡依舊在想，若她是幻影就好了……

暑假期間的校園有種恬靜的氣息，或許是這種氣息讓我產生幻想吧。然而，我還是說出一個或許可以表達思緒的最終方法。

「千瑛，能否請妳看看我的畫呢？」

本來千瑛的表情被藏在遮陽帽的陰影中，如今她的眼神恢復了原有的溫度，以及沉靜的決心。她跟平常一樣，堅定地點點頭說：

「我知道了。」

我理所當然地帶千瑛回家，跟她一起重新打掃屋內，打掃完再泡茶給她喝。我也不懂自己幹嘛泡茶，應該說我們都不知道到底要做什麼才好。

過程中，我們幾乎沒有對話。

打掃其實也就是整理地板上散亂的畫仙紙而已，分裝到三個大塑膠袋裡就好了。公寓很快又變回那個毫無生活感的空間，牆上貼的範本倒是沒有收起來。看著牆上的水墨範本，會帶給我一種溫暖的心情，那確實是我現在需要的東西。

眼前的紅茶千瑛並沒有喝幾口，而我一直在磨墨，我們之間只聽得到硯臺和墨條磨擦的細微音量。聲音很微弱，宛如輕聲細語的呢喃，不仔細聽就會掠過耳畔，在隨風消逝以後才領悟當中的意義。接下來，我就要用自己磨的墨來作畫。

我會畫的也只有一樣。

先在根部畫出類似釘頭的結構，中段的線條要像螳螂圓潤的腹部，末段則要有老鼠尾巴的尖銳。這三種基本技巧稱爲鐵頭、螳肚、鼠尾，光是畫出一條線就有這麼多專有名詞。

第一筆畫好後，該畫第二筆了。第二筆要朝第一筆的反方向畫弧，兩道弧線之間要保留小小的間隙，這道間隙看似鳥類的眼睛，因此又稱爲鳳眼。第二筆主要是襯托第一筆，不能畫得太過搶眼……再來畫第三筆。第三筆要劃破剛才的鳳眼，故得名破鳳眼。這一筆從兩道弧線中央的細長間隙出發，跟第一筆朝同一個方向畫，但末段是往畫面中央的內部延伸。末段驟然變細的部位很考驗創作者的技術，我保持一定的速度，用筆尖劃破空間。

在平面中冷不防地出現一片垂葉，讓畫面中央出現了立體感。不是先有空間才有現象，而是先有現象，才有空間感，欣賞這種在現實中不可能發生的事，也是水墨畫的一大樂趣。

這就好比看到天上的煙火，才意識到夜空的存在一樣。

所謂的創作，就是在空無之中找出可能性。

水墨是在空無一物的紙面上急起創作，找出可能性就是水墨的樂趣所在。

之後我專心一意地描繪線條，調整這一株春蘭的架構。我在作畫時放任自然，務求勇敢果決、堅定前行。

接下來，我在筆洗中清洗毛筆，發出了魚兒躍出水面的飛濺聲。每次把筆尖浸到水中，我總覺得筆尖就像魚一樣，魚兒正在甩著尾鰭釋出墨水。

毛筆清洗乾淨後，筆上失去了墨水的重量，減輕的重量相當於一元硬幣，或者更少。這一瞬間，肩膀的力氣可以稍微放鬆。

我重振心神，先在筆尖沾上一點薄墨，再往下一毫米的位置沾上濃度不同的濃墨。我輕輕晃動筆桿，跟輕觸花朵的力道差不多，讓剛才洗淨毛筆帶有的薄墨，以及現在含有的濃墨融合在毛筆纖維中。這種操作纖維的精細動作孕育出生命力，是最精細的調色技法。

我把調好色的毛筆落在畫紙上。

筆中的墨水轉移到紙面上，展現生動鮮豔的色彩。與水相融的墨色帶著虛擬的生命力，轉移到空無一物的現象上，創造出嶄新的生命。

那就是花瓣。

柔和的蘭花在紙上暈開，墨水暈開的範圍連創作者本人都無法預測，要看當天的濕度、毛筆的狀態、紙張的狀態、墨磨出來的品質而定，同時還會反映創作者的心，而創作者的心又會影響最精密的調墨。可以說，花瓣的色調和調色，是靠創作者的意志和偶然的要素來決定的，畫紙中會出現創作者也無法掌控的動靜。

每次我都很期待這一刻。

當我感受到雙手創造出自己無法掌控的事物，就會覺得畫中有生命存在。

生命不單是意志創造出來的產物，有某種超越人類意志的偉大存在，而命運介入創造的過程中才會有所謂的生命。

命運介入專心一意的創作過程中，決定最後的生命感。

我越練習水墨畫，越覺得水墨畫是在練習如何面對無法掌控的事物。就算創作者本身有堪比機械的精密技巧，最後決定畫作好壞的仍舊是命運。創作者最重要的，而且唯一有權決定的，就是自己要用什麼態度來面對命運。

我這三個禮拜一直在練習水墨畫，卻不曉得該用什麼樣的態度，來面對這無法掌控的命運。

究竟該對抗命運，還是選擇接受命運呢？每次作畫，我都被迫做出選擇。

湖山大師說要正視自己的內心，但我心中始終只有父母。

爲什麼我沒辦法跟他們在一起？

爲什麼我們沒有更多相處的時間？

爲什麼我以前沒有好好珍惜一家共處的時間？

爲什麼只有我一個人被留下來？

爲什麼我還活著呢？

陰鬱的情緒總會帶起另一個疑問：

「爲什麼會發生這種事情？」

父母遇上交通事故身亡，加害者已死，身爲受害者的父母也不在了，留下我一個人獨活，這件事再清楚不過。事故不是我引起，我身上也找不出任何間接的因素，但在面對這起事件的每一個過程中，我無論如何都會想到一個問題：是否在某個環節上有拯救父母的方法？不然至少是不是有改變現狀的方法？玻璃屋一直在我心中沒有消失，那裡不斷放映回憶，包括父母破碎的遺體，還有我穿著制服呆站在原地的身影。每次我在筆中注入即將散布於紙上的生命力時，就會重回到那個情境。在無數次回憶中，我內心不斷思考有沒有其他的方法。玻璃屋凍結起霧，永遠充斥著孤獨的冰冷氣息。

現在父母都不在了，獨活的我到底有哪些選擇？

命運總是逼我決定自己的態度。

即便是單純地活著，隨便一個起心動念，命運都在逼問我到底該怎麼做。我沒有答案，所以命運一直逼問我該如何面對。

兩年前，我停下人生的腳步。如今，我在作畫時透析現象和命運。

我在重複不斷的創作中，尋找自己的定位。一個別無所長的渺小人物，終於肯透過小小的嘗試尋找自己的存在。

我努力掙扎求生。

我在命運之中，在筆鋒和紙面的境界上，尋找活著的意義。

我持續描繪花朵，畫完打上心字點，一幅春蘭的水墨到此大功告成。

放下毛筆後，我和千瑛好一陣子相顧無言。千瑛凝視著我的蘭花，我緊張到一句話也說不出口。

「爲何你能創作出這麼淒美的畫呢？」

千瑛率先開口。

我抬起頭看著她。

她的臉龐沒有看到美麗事物的喜悅，而是帶有深沉憂慮的空洞表情。千瑛明白這幅畫的涵義，我看自己的畫，就像在看我自己一樣，並沒有什麼感覺。紙上確實有一株生機盎然的蘭花，跟湖山大師還有翠山大師的蘭花都不一樣。

我發現她還在等我的回答，於是盡量想出一個解答：

「因爲，我沒有想要追求美麗的創作。」

這是我最眞實的感言，我只是想找到自己的答案，並不想追求美感。水墨就是我追求答案的方法，但我無法說清楚這一切，只好用畫的。

千瑛點點頭，對我說：

「我一直在思考爺爺之前說過的話。他說，所謂的現象，難道只存於外在？人心之中沒有宇宙嗎？青山，你了解那句話的意思嗎？」

這一點我也很難說清楚，湖山大師的疑問，千瑛應該自己找出答案才對。可能我的表情顯得很困擾吧，千瑛不再等我回答，而是回頭看我的蘭花，她這麼做我也比較開心。

「馨香如蘭。」

千瑛自言自語地說了這四個字。語畢，她的視線又拉回我的身上，我不懂她說的是什麼意思，再一次思考這個不可思議的詞句。

馨香如蘭。

看我一臉疑惑，千瑛訝異反問：

「你沒注意到嗎？」

千瑛回頭看我貼在牆上的畫作，那是翠山大師給我的畫。

「這是翠山大師的作品吧？畫贊上寫了這幾個字，馨香如蘭。你也有觀摩那幅畫反覆練習對嗎？」

我說對，千瑛微笑道：

「在讚美蘭花的畫贊上，特地寫下如蘭花般的馥郁香氣，乍看之下似乎有欠考量，但翠山大師會把這樣的畫送給你，這只代表一個涵義。」

千瑛又回過頭，對我開示翠山大師的用意。

「翠山大師是在稱讚你，他認爲你是一個跟蘭花一樣的人喔。」

我張大眼睛看著千瑛，再轉頭看看翠山大師給的畫。聽完千瑛的講解後，畫上的字看起來確實很像馨香如蘭，好有美感的一句話。我終於了解翠山大師最後的微笑是什麼意思了。翠山大師是爲了我，才特地畫那幅作品的。

「蘭花給人孤獨高潔的印象，也象徵超凡脫俗的人物。翠山大師一定是在你身上，感受到蘭花的特質吧。」

我和千瑛一同欣賞著翠山大師的畫作。

換個角度思考，這個房間變得跟美術館一樣。兩大水墨高人的畫作貼滿整面牆壁，各自一展風騷。無限的自然和墨色變化，把牆壁裝飾得美輪美奐。

空無一物的牆面上，現在充滿了水墨畫。

有幸和千瑛一起賞畫，帶給我一種莫名和穆的心情。就算現在從玻璃屋眺望這個房間，我也能看到同樣溫柔的景象吧。如實呈現在我眼中的，一向只有水墨畫，不曉得千瑛是否也在觀賞同樣的景色？我的孤獨中燃起了一點小小的溫度。

自從那起事故發生以來，或許這是我第一次眞正在自己的房裡放鬆吧，我忍不住坐了下來。

我有種好疲勞的感覺，千瑛嫣然一笑，修長的雙腿也優雅地跪坐下來，坐在離我更近的地方。光是這一個舉動，我幾乎又要心跳加速了，但她隨即又站起來，把我畫的春蘭也貼在牆上。我畫的春蘭跟翠山大師的春蘭並排，方向卻完全不一樣，湖山大師的春蘭在稍微遠一點的地方，三幅畫看起來各不相同。氣質迥異的繪師們，在同一面牆上綻放自己的丹心，看得出來每一幅都充滿生機。用線條呈現心靈，與年齡老幼無關，連時間都不復存在，只有創作的空間盡收眼底。

當我的心變成一幅畫的時候，我能體會到自己活著的感受。千瑛回到我身旁，在離我更近的位置賞畫，我幾乎能感受到她的呼吸和溫度。她只是很自然地尋找一個更方便賞畫的位置，卻始終忘了自己是美麗的女子。我們在肩頭相靠的距離內，千瑛專注地看著畫作，並沒有特別在意我，她轉頭對我說：

「這樣比較好對吧？」

她說的當然是指把畫貼在牆上這件事，我安靜地點點頭，跟她一起看畫。

「像這樣擺在一起，其實你的畫作也不錯呢。至少這一幅作品，看起來已經能跟水墨大師比肩了呢。」

我靜靜地聽她說話，對她的說法不置可否，畢竟畫作好壞早已不重要了。

「你確實有我缺少的東西，看這一幅畫我就明白了。」

千瑛繼續說出她的所感，一雙大眼睛凝視著我：

「當初爺爺提攜你入門時，我應該更歡迎你才對。」

千瑛伸出手撫摸我的臉頰，她的手在顫抖，我原以爲她在發抖。不過，眞正在發抖的人是我。我很害怕她的下一個舉動，還有下一句話。

「你究竟遭遇過什麼事，我不會再追問你了。我會等你，直到你願意說的那一天。也許我一直都沒有眞正了解你，但我想跟你說的是，你已經不再孤獨了。很多事情你不必說，用畫的我也能理解。不只是我，我們所有人都願意相信你，感受你的存在，你已經是我們的一分子了。」

我不再發抖，閉起眼睛忍耐，忍耐想要抱住千瑛痛哭的衝動。

隔天，我陷入了低潮期。

從某個階段開始，我的畫藝難有寸進，突然畫不出好東西。不管我怎麼練習，就是畫不出滿意的線條，也無法從範本中找到新的體悟。

然而，對此我也並不感到焦急。每天我描繪既定的份量，看看自己畫出來的東西，擱下手中的毛筆。其餘的時間，就悠閒地享受假期，我很期待湖山大師下次的指導。

在那之後，我主動聯絡千瑛一次，想要商量社團的練習日期。千瑛沒有回我，或許是這個緣故，我看手機的時間增加了。就在我看手機的時候，正巧接到叔叔的電話。

叔叔邀我回去掃墓，我猶豫了一會，直接拒絕了邀約：

「不好意思，我還不太想回去。」

我在電話中跟叔叔道歉，還撒了一個小謊，說自己忙著準備學園祭。叔叔也沒有追究，聽他的語氣似乎也料到我會拒絕了。

「你隨時要回來都沒關係。」

我向叔叔道謝：

「謝謝叔叔。」

除此之外，我也說不出任何話。現在我好不容易過上了接近正常人的生活，我很害怕一到父母的墳前合掌祭拜，這一切努力就會灰飛煙滅。好久沒聽到叔叔略顯陰鬱的聲音了，那種缺乏希望的聲音，也讓我想起那一段往事，光是對話就讓我感到疲憊。錯不在叔叔，只是跟他們夫妻倆交談，無論如何都會想起父母，因此我幾乎不會主動聯絡。

「你有沒有好一點？」

叔叔關心我，我還是跟以前一樣答不上來。

「呃，沒關係，等你改變心意了再跟我聯絡吧。」

叔叔說完就掛斷電話了，我愣在原地好一會，之後用力嘆了一口氣，抬頭仰望天花板。

我不想待在房間裡，但也沒地方好去，於是先往大學的方向走，日漸和煦的夏日陽光灑在身上。走在通往校區的大道上，兩旁種有櫻花樹，綠葉的陰影覆蓋了整條道路。

大學就在這條略有坡度的林蔭道上方，好死不死看到古前迎面走了過來。我現在心情不太好，本想直接轉身逃跑，對方卻在我猶豫的時候先舉手打招呼，我也反射性地舉手回禮。我知道，遇到他這一天算是毀了，事後證明我的預感是對的。

「唷，青山，你有沒有好一點啊？」

古前的心情似乎不錯，爲什麼每個人碰到我，都要問我有沒有好一點啊？理由我也不是全然沒有頭緒，但我純粹是心情鬱悶，身體倒是沒有問題。

「其實呢，我有話要告訴你，一起去咖啡廳吧。」

不消說，我被強行帶到川岸打工的咖啡廳了。

我一坐上位子，川岸也莫名其妙坐了下來，我跟他們面對面坐在一起。他們的表情都頗爲凝重，我喝著冰咖啡思考到底怎麼一回事，古前先開口：

「青山啊，我有一件很重要的事情要問你。」

「什、什麼事啊？古前，突然一本正經的。通常這句不太吉利的話，都是用來問一些很難啓齒的問題在用的。」

「沒錯，你說得太對了，但我還是非問不可，這跟我們今後的方向也有關係。」

川岸在一旁點頭附和，這兩個人在動歪腦筋時特別有默契。不用想也知道，他們思考的方向肯定有問題。俗話說，不好的預感十有八九都會成眞。

「青山，你跟千瑛小姐是不是在交往？」

古前有些難以啓齒地提問，一旁的川岸在等待我的答覆，眼神充滿期待。唉，我也猜到他們應該會有這類疑問，所以很冷靜地回答：

「沒有，完全沒這回事。」

我斬釘截鐵地破除他們的妄想，古前的反應比我想的更加困惑。

「唔嗯，是這樣啊？我還以爲你們感情不錯，早就已經在一起了說。那一天大家聚在一起練習，千瑛小姐的反應不太正常嘛，我們很好奇之後的發展。」

「哪有什麼發展啊？千瑛小姐是我的前輩和師姊，而且還是湖山大師的親人，也是我必須尊敬的人物。」

「是喔。」

古前伸手抵住下巴，裝出在沉思的模樣。我一看就知道他在裝，因爲他這個人根本不會深入思考任何事情。

「那對你來說，千瑛小姐是什麼樣的存在？」

我皺起眉頭，這問題對我來說就像看到不可理解的荒唐事一樣。

「我不是說了嗎？她是我的前輩，也是湖山大師的親人，除此之外不作他想。」

「你騙人。」

說我騙人的，是打工時間還偷懶坐在我面前的川岸。

「千瑛前輩那時候的表情，擺明很不尋常。舉例來說，就好比一個少女被超級喜歡的對象拒絕後的憂鬱表情，或是一個少女被超級喜歡的男友劈腿後大受震撼的表情。到底你是哪一種啦？」

爲什麼只有這兩種？前提有問題好嗎。

「別鬧了，千瑛小姐怎麼可能超級喜歡我啊，照常理推斷這是不可能發生的事。」

應該啦。

講是這樣講，我卻想起千瑛撫摸我臉頰的觸感。像那指尖觸感一樣溫柔的事物，也的確是我在追求的東西。我只是不能斷定自己要的是不是千瑛，但我並不討厭她，千瑛大概也知道。剩下的我就不清楚了，這不就夠了嗎？可是，對這兩個人來說，還遠遠不夠的樣子。

「不，你錯了，青山，你眞的什麼都不懂。一個女孩子不會單純的對小師弟或熟人露出那種表情。我覺得你這個人滿幸運的，但你本人沒察覺到的話，反而是種不幸。」

「妳在胡說什麼啊？像我這麼倒楣的人可不常見。」

「才沒有。你這個人不只遲鈍，運氣還好到令人火大。有些人終其一生都遇不到湖山大師這麼了不起的人物，你不但遇到了，還有幸認識了千瑛前輩，她可是普通人花一輩子都找不到的好女孩。遺憾的是，你完全沒有注意到千瑛前輩的心情，這是你最大的不幸。我們身爲你的好朋友，得拉你一把才行。」

「妳從剛才到底在講什麼鬼話啊？妳講的那個人根本不是我吧。」

「你錯了，我說的確實跟你有關，我們剛好看到了關鍵場景。」

「你們看到什麼？」

「千瑛前輩跟我們不認識的帥哥約會喔。」

我不太相信川岸說的話，但也不明白自己爲何如此動搖。畢竟這件事跟我沒關係，奇怪的是我卻講不出這樣的話。心中浮現連自己也捉摸不定的情緒，所以我像平常那樣保持沉默，只曖昧地問了一句是不是眞的。

川岸賊笑的意思也很明顯，她用表情宣揚自己的勝利，我好久沒有品嘗到這麼強烈的挫敗感了。

「其實呢，我們之前看到非常不得了的場景。」

川岸看我專心聆聽，就乘勝追擊接著說下去：

「跟你說喔……」

川岸喜孜孜地吊人胃口，古前直接說出答案：

「我們看到千瑛小姐跟那個男人在談分手。」

「眞的假的？」

「呃，我們也懷疑自己是不是看錯了，但那是千眞萬確的事實。淚眼汪汪的千瑛小姐在玫瑰園裡，牽起男人的手說了幾句話，那個男人放開千瑛小姐的手就離開了。我們除了站在那裡偷看也沒其他辦法，對此你有頭緒嗎，青山？」

「沒有，完全沒有，我甚至不知道她有男朋友。」

「這點小事你應該要知道好嗎！你們關係好到會去對方家不是嗎？」

「瞧你們講的，那純粹是千瑛小姐跑來我家而已。」

「你喔，就是這一點顧人怨啦！像她那麼棒的女孩子，會願意帶一個神智不清又自閉的男子走出家門，你知道這是多大的幸運嗎？經歷了這些事情，你應該要了解自己有多幸運。聽好囉，這是一個好機會。」

「好機會？」

「你眞的很遲鈍耶，千瑛前輩既然跟那個男人分手了，不就輪到你了嗎？難不成千瑛前輩還有其他心儀的對象？」

「呃，這種事我是眞的不清楚，剛才我也說了，我們不是那樣的關係。」

「你騙人！之前你說她是一個倔強、冷漠、高傲的大小姐，實際見面以後，我發現她對你比任何人都溫柔，那不是好感不然是什麼？」

「就只是她個性溫柔吧？」

「不可能啦！拜託體察一下人家對你溫柔的心意好嗎！」

在我面前的川岸，雙眼透出激動的光芒，他們講的話老實說我不太認同。整件事說穿了很單純，千瑛不認爲自己是很有魅力的女性，也沒有太把我當成異性看待。我的立場就跟可憐的親戚小孩差不多，無奈我的動搖太明顯，以至於川岸無法接受我的說法。

「這次發生的問題，對青山來說也是一件很重大的事。千瑛前輩現在很脆弱，你不能放過這個機會。如果你眞的想得到她，就要付出一切努力。仔細看你這個人長得還不壞，要加把勁才行……總之你要努力，努力！」

「怎麼個努力法？」

「換句話說呢……」

「換句話說？」

「先去現場蒐證。」

我不解地歪著頭，川岸究竟是什麼意思？她告訴我：

「我們要重新返回現場，才能了解實際到底發生了什麼事情。了解以後，才會眞正明白事情的嚴重性。在盛開的玫瑰花叢中談分手，絕對是很嚴重的大事。」

「知道玫瑰盛開，這樣就夠了啦。」

「傻瓜，盛開的是千瑛前輩的芳心啦。」

「妳又在說什麼啊，川岸？」

「反正去現場蒐證就對了。」

古前和川岸對看一眼，露出了賊笑，我有一種很不好的預感。

我被他們帶到一座不是特別大的植物園。

那是市立公園附設的植物園，位在大型蓄水池的旁邊，是個一年到頭都寧靜宜人的漂亮場所。公園和植物園都很清幽，在這個玫瑰花開的季節也沒什麼人，確實是很適合情侶約會的地點。景點本身漂亮，又不會有外人來打擾約會。

川岸說下午要去現場蒐證，提前結束打工時間。她跟古前搭乘電車和巴士，護送我到這個地方。

走過植物園的大門，我回頭看了古前和川岸一眼，思考他們之前爲何會來到植物園。只見他們深情對望，還不時拉近彼此的距離，再害羞地分開。難不成他們已經偷偷交往了嗎？猜歸猜，老實說我不太感興趣，我懷疑他們只是拿我來當約會的催化劑而已。古前的太陽眼鏡閃閃發亮，一顆心被川岸迷得神魂顚倒。光看古前的反應，與其說他們已經交往了，不如說快要交往了比較貼切吧。想必古前沒勇氣告白，才找我一起來植物園，這樣他跟川岸才有再次獨處的機會。照此推算，千瑛跟神祕男子約會一事，眞實性是越來越可疑了。

我嘆了一口氣，主動從他們面前消失。古前，你加油吧。我在心中替他打氣，同時事不關己地想著，不懼萬難追求戀情，也不失爲度過青春的一種方式。

離開古前和川岸後，我獨自在植物園中徘徊。

我走到溫室中欣賞仙人掌和蝴蝶，細心記下每一種陌生植物的名字，順便用手機拍下照片。以前我沒有熱心觀察過植物，現在自己每天畫植物，看待植物的方式也不一樣了。

每一株植物的葉片數量，還有葉片傾斜的角度，乃至花瓣的長法、形狀、色彩，看起來都好有趣。我可以輕易想像出植物漂亮的原因，而不是籠統地說一句花朵很漂亮。

我每天花費大量的時間，揣摩一片葉子的畫法，開始過這樣的生活以後，現實生活中的一片葉子，對我來說意義也變得非常重大。植物園中有千變萬化的多元生態供我觀賞，雖然規模不大，卻很適合研究美感，這裡可是資訊量不下於羅浮宮的寶庫。

溫室角落有一個略為陰涼的地方，那裡有我在找的幾樣植物。當然，其中一樣植物在這個季節沒開花，但我每天都在畫那樣東西，一看就知道是什麼。小小的盆栽旁邊，標示著植物的名稱。

「春蘭」

那株植物長了幾片彎曲的細長葉片，靜謐地佇立在原地，確實是春蘭沒錯。我走近春蘭撫摸其葉片，那鮮豔的翠綠色深深吸引我的心。

「啊啊，就是這個……」

我忍不住發出讚嘆，彷彿女性看到巨大寶石展現出的真誠反應，區區一片葉子就帶給我這麼大的震撼。

春蘭的葉片比我想像的更小，又尖又硬。

平常我們作畫是不畫根部的，但春蘭的根部也有明確的存在感。仔細觀察會發現真正的春蘭和畫中差異頗大，至於哪邊才是錯的，不用想也知道畫中的春蘭是錯的。這才是眞正的春蘭，現實就攤在眼前。

我撫摸著一片葉子，對自己描繪的東西和現實落差甚大感到困惑，卻又持續欣賞著眼前的春蘭，而且樂此不疲。

與現實有落差的不只是我的畫，湖山大師和翠山大師的每一幅畫也一樣，這個顯而易見的事實也令我費解。實際看到春蘭以前，我一直以爲春蘭就跟兩位大師畫的一樣，是一種既美麗又有存在感的花卉。

眞正的春蘭樸素又單調，很容易就會被忽略，可能跟沒開花也有關係吧。

如果「馨香如蘭」這個字眼，是用來形容這種不起眼又沒特色的東西，那用在我身上確實很貼切。可是，湖山大師和翠山大師對春蘭的熱愛，又與這樣的印象不符，兩者差距太大了。

見識過眞正的春蘭，我抱著更大的疑問離開了溫室。

走出溫室，感覺外面的空氣變得較爲涼爽，山區的蓄水池就在附近，越過山區不遠處就是大海。舒服的微風吹過，我茫然感受著夏日將盡的氣息，不經意往玫瑰園的方向前進。

每年九月中旬到十月中旬，這座植物園會舉辦大型的玫瑰展覽會，玫瑰園就成了這座缺乏特色的植物園唯一的可看之處。

如今秋天的腳步已近，玫瑰園開了一些花朵，整體來說還算賞心悅目，只是不到盛開的程度。不消說，我在這裡也充分享受到觀賞花卉的樂趣。我看過水墨玫瑰，記得玫瑰的形狀和構圖，光要比較畫作和實物的差異，時間再多都不夠用。

另外，有一件事我很篤定，千瑛造訪這裡不是來約會，而是來觀摩的。花店也觀賞得到大朵的玫瑰花，但要觀察大量的花蕾和枝葉，非得親自來玫瑰花開的地方不可。尤其要看爬藤玫瑰還有玫瑰和樹木化爲一體的樣子，只有這種地方才看得到。

即使實際作畫用不到，了解植物的細部對繪師有很大的益處。觀察到的細部景象會轉化爲即興創作的靈感，是想像力的重大來源。光靠優異的筆法，畫不出好作品。

擁有這種熱忱的繪師，而且還是專門描繪玫瑰和大型花卉的繪師，不可能只來這種地方一、兩次，這件事我也十分篤定。

對我們水墨繪師來說，植物園是更勝美術館的創作現場。

千瑛肯定來過這裡很多次，熱心地觀察其他人根本不在意的細微變化，好比季節轉變和花蕾成長狀況等等。千瑛在湖山獎上展示的水墨玫瑰，就是在這裡創作出來的。

在成千上百種花卉中，選出自己想畫的種類，再精挑細選要描繪的花朵、方向、情景等必須要素。接著再耗費大量的時間，於白紙上孕育出盛開的玫瑰。

畫出美麗玫瑰的直率熱忱，也是在這裡養成的。

我在諸多花蕾中，找到了一朵先開花的大玫瑰。

「這豔紅……」

我慢慢走近玫瑰，觸摸玫瑰的花瓣。近在咫尺的玫瑰散發濃郁的花香，我的意識徹底被玫瑰吸引。

這莖幹的形狀，還有葉片到花瓣一帶的大小比例，以及最關鍵的色彩呈現，無疑是千瑛畫的玫瑰。

我的確從墨色的玫瑰中，看出了這朵玫瑰的顏色。千瑛想呈現的萬中選一的玫瑰，就在這個地方。透過那幅畫和玫瑰園，我感受到她的意志和純粹。

我欣賞著玫瑰花，腦海裡回想千瑛的水墨畫。我第一次碰到千瑛的時候，只覺得她的掛軸墨色濃烈、作畫精巧而已，因爲她追求的就是這萬中選一的玫瑰，我想起自己看完掛軸後對她說過的話。

「以一幅繪畫來說眞的很了不起，我還是第一次把墨色看成如此鮮豔的赤紅。不過，花朵太豔麗，除了花以外什麼都不入眼。就只是用很熱情的筆法，畫出很精巧的紅花。」

當初那段話一定讓她很不愉快，她想描繪的正是玫瑰的豔紅，而她也確實在畫上生動呈現出來了。

不過，那跟湖山大師理想中的水墨畫不太一樣。

千瑛太喜歡玫瑰，太想畫好玫瑰，所以她只看到玫瑰花的表象。就好比一個單戀的人愛得太過盲目，反而與心上人漸行漸遠，完全無法拉近雙方的距離。

然而，這本身不是一件壞事，而是很自然的感情。關愛作畫的對象，這對繪師來說是一件好事。也難怪千瑛不明白湖山大師到底哪裡不滿意。

千瑛畫的玫瑰，太過豔紅了。

她一定花了很多時間，去呈現那一片紅，那豔紅已經自成一片世界了。

我嘆了一口氣。

從千瑛的角度來看，這的確是個難解的謎題。千瑛創作的原動力是有矛盾的，她的原動力是出自對玫瑰的熱愛，偏偏就是這份熱愛限制了她呈現的手法。

「這該如何是好呢？」

我對深紅的玫瑰提問，想起了跟千瑛同類型的另一名繪師。他的畫作也很漂亮，也具有徹底呈現外在表象的頂級技巧。他的技巧堪稱完美，千瑛會深受他吸引一點也不足爲奇。想著想著，我聽到背後傳來一個令人意外的聲音。

「青山。」

回頭一看，原來千瑛就在我附近。她離我很近，比朋友之間聊天的距離還近，彷彿我們在公寓共處的那段時間，延續到了現在。我想起千瑛撫摸我臉頰的感覺，內心又激起了一陣波瀾，看來我對女性是眞的沒抵抗力，這點我自己多少也清楚。站在紅花綠葉中的千瑛，依舊是那樣的美麗動人。

我看千瑛看得差點出神，齊藤先生就站在她身後。齊藤先生向我點頭致意，眼神略顯涼薄，態度倒是跟平時一樣懇切。

其實我早就猜到，跟千瑛在一起的俊美男子，應該就是齊藤先生。這兩個人結伴同行，不管在哪裡都很引人注意，認識的人一眼就認出他們了。從旁人的角度來看，俊男美女在一起就跟藝人偷偷外出約會，或是電影的某個橋段一樣。

我走近齊藤先生，對他們二人打招呼：

「好久不見了。」

齊藤先生頷首答道：

「眞的很久沒見的感覺呢，千瑛跟我說，你很認眞在練習。」

齊藤先生的語氣很溫和，聲音卻沒什麼活力。我謙稱自己沒有多努力，齊藤先生難得主動打開話匣子：

「你也是來觀察花卉的嗎？」

千瑛也對我的答案很感興趣，我搖搖頭說：

「不是，我是被朋友拉來的，算是陪朋友來逛的吧。剛好看到玫瑰花開，就來看看。」

齊藤先生聽了我的答覆，表情也沒有太大的變化。

「我們每年都會來這裡看花，不嫌棄的話，要跟我們一起逛嗎？」

我望向千瑛，千瑛也點頭同意，那我也沒理由拒絕。我先低頭行禮，請齊藤先生多多指教，便跟著他們一同賞花。

我原以爲齊藤先生是個冷漠又難以親近的人，現在看來也許他爲人滿親切的。從他的臉上看不出什麼情緒，也猜不透他在想什麼，但依照湖山大師和西濱先生的評價，以及千瑛對他的仰慕，他大概是很溫柔的人吧。

身材修長的齊藤先生，率先走入玫瑰叢生的小徑中，兩旁開了不少玫瑰花，玫瑰花叢的高度跟人差不多。我和千瑛對看一眼，順著迷宮一般的玫瑰牆，追上齊藤先生。

「你們經常來這裡嗎？」

我問千瑛，千瑛卻回我一個理所當然的疑問：

「你爲什麼會在這裡？」

我又不能說自己是來找他們的。

「古前和川岸約會，我陪他們來的啦。」

我講了一句半眞半假的話，千瑛很訝異地說：

「他們交往了？的確，他們滿登對的。」

「這個嘛，我也不好說，只知道他們在一起的氣氛還不錯。」

千瑛也同意我的說法。

「氣氛不錯……聽你這樣講，好像眞有那麼一回事。古前同學眞是個幸運的人。」

「怎麼說？」

「像川岸同學那麼可愛的人，可不常見。我要是也跟她一樣可愛，就會更有自信了。」

千瑛講了與事實不符的話，我當作沒聽到。

「妳都是來這裡觀察玫瑰嗎？」

「嗯，這幾年都是來這裡看玫瑰。從含苞待放到開花腐朽，不斷地來觀察。今天也是來觀察花朵的，沒想到會遇到你。」

「我想也是。我也沒料到妳會在這裡。」

「沒有回你眞是抱歉。」

我發現這是千瑛第一次對我致歉，有點驚訝。

「妳指什麼？」

我聽不懂千瑛在說什麼，想問個明白。

「你的訊息我不是沒回嗎？最近一直很忙。」

千瑛答話時沒有看我，而是注視著齊藤先生。她的眼神出乎意料地嚴肅，所以我也不好問她理由，只說了一句沒關係，順著她的話回答。她突然出現在眼前對我是莫大的驚喜，這點小事我也就不在意了。在蒼藍的青空下，走在綠意盎然的林蔭小道中，本身就是件愉快的事。這種清新爽朗的感覺，也是我沒有深究的原因。

無意間，我們走到了齊藤先生身旁，他停下腳步仰望花朵，這光景猶如祈禱般。

齊籐先生佇足欣賞的，是帶有淡粉色的純白爬藤玫瑰。

他靜靜仰望玫瑰，頭也不回地問我：

「青山，你有思考過什麼是最高超的技巧嗎？」

我連初步的技巧都沒練好，根本沒心思去想這個問題。

「不，我完全沒思考過，這種東西真的存在嗎？」

齊籐先生看我們走近，臉上多了一點笑意。他輕輕點頭，接著對我說：

「老實說，我也不太清楚。沒有技巧被冠上最高超的定義，湖山大師也沒有明確開示過……」

我們凝視著齊藤先生，專注聆聽他說的話。

「不過，我跟湖山大師有一個共識。那就是水墨筆法的本質，在於『描繪』一事。」

「描繪……」

我只覺得這是理所當然的答案，但齊藤先生會特別提出來，想必別有一番道理。這話若是出自西濱先生口中，我只會隨便聽聽而已。齊藤似乎不是個會開玩笑的人，他說的話聽起來很嚴肅。

「水墨畫的技巧，並沒有『塗色』這樣的動作，除非事先決定好用顏料上色，因此『描繪』時也要同時創造色感。可是，水墨畫又有『減筆』技法，就像在反駁這個觀念一樣。」

「減筆？」

「是的，減筆。我們在湖山大師門下習藝已久，大師特別叮囑我們，水墨畫最高的技巧，就隱藏在減筆之中。」

「減筆是什麼樣的筆觸技巧呢？」

齊藤先生靜靜地笑了，這個人有一種特質，光是聽他講話連旁人都會靜下心來。因爲不仔細注意他細微的變化，很難看穿他的情感和語意，我也用沉靜的口吻提問。

「簡單來說，減筆就是盡量不描繪。」

「不描繪？」

「沒錯，減少下筆數，用最低限度的筆觸來作畫。也可以說是用最低限度的筆觸，來呈現作畫題材的本質和生命感。」

「不過，如果這就是最高超的技巧，那最高超的技巧豈不是不動筆？」

「正是如此，當然減筆不算是技巧，也不是固有的筆法，更沒有具體的呈現方法。頂多只能說，沒有畫出來的意境應該稱得上減筆。這純粹是一種思維，而不是技巧。」

「那麼，你認爲最高超的技巧是什麼？」

齊藤先生朝我們走近一步，臉上的笑容有些寂寞。

「我就要離開湖山會了，我打算利用一點時間，獨自鑽研水墨畫。身爲你的前輩，我沒什麼能爲你做的。接下來，我想演示我心目中最高超的技巧，你有時間嗎？」

我訝異地看著齊藤先生，心想他是不是在開玩笑？但他完全不像在開玩笑，況且他是不會說笑的。我轉頭望向千瑛，用眼神詢問她這件事的眞僞。千瑛無言地點點頭，表情落寞又陰沉。

這代表齊藤先生說的話句句屬實。

我很猶豫該如何答覆這個其實不需要猶豫的問題，這時正好聽到古前和川岸說話的聲音。

「青山，你在這裡啊？」

走到我們附近大聲嚷嚷的，不用想就知道是古前，只有川岸察覺到現場的氣氛不太對勁。川岸拉拉古前的袖子，他才趕緊閉上嘴巴，千瑛先對他們打招呼：

「川岸同學、古前同學，你們也來看玫瑰嗎？」

川岸的表情凝重，就像不小心看到情愛糾葛的場面一樣，她怯生生地走近千瑛：

「不好意思，千瑛前輩，我們是來找青山，不是故意來打擾的。」

「這樣啊，我們也碰巧遇到青山，跟他一起聊天呢。這位是齊藤湖栖老師，他是我在湖山會的師兄，也算是我的師傅。」

千瑛將眼前的俊美青年介紹給川岸認識，川岸愣愣地注視著齊藤先生。齊藤先生稍稍點頭致意，臉上並沒有什麼笑容。看樣子，齊藤是個比較怕生的人，感覺不出他有主動打招呼的意思。就某種意義來說，他跟翠山大師是比較相近的人種，他們都不說多餘的話，一切用繪畫來表達。或許作畫這件事，比較容易造就沉默寡言的人吧，還是這種人本身就特別喜歡繪畫？

「原來這個人是老師……真是不好意思，我只是想不到有這麼年輕的老師，所以嚇了一跳。」

「湖栖老師非常了不起，他是我們湖山門下獲得雅號的人當中最年輕的一位，也是值得尊敬的老師，擁有十分卓越的技術。湖栖老師也傳授我不少水墨畫技巧。」

千瑛先替齊藤先生介紹，齊藤才走近川岸和古前：

「不敢當，我沒有那麼了不起。教導千瑛畫藝的，主要還是湖山大師，我只提供一點建議而已。二位是青山的朋友嗎？」

「呃，那個……」

川岸莫名臉紅了，看起來還挺像純情少女。她的心情我也不是不懂，但她身後的古前臉色就不太對勁，顯然有些吃味。就算古前戴著太陽眼鏡，我也多少看得出他的心思。俗話說美女是禍水，其實美男子也不遑多讓啊。希望在古前和川岸之間，不要釀成什麼風波才好。

「這兩位跟青山是一起學畫的社團夥伴，我也常受他們關照。」

「呃，沒有啦，我們才受千瑛前輩關照，一直麻煩妳真不好意思……」

川岸講完這句話，古前也靠了上來，只可惜他完全沒辦法插話，齊藤先生只淡淡地說了一句：

「這樣啊。」

接下來所有人都沒了主意，照理說應該由我主動打破僵局才對。偏偏我也不知道該講什麼才好，千瑛顧慮到齊藤先生，也沒有接下去說。在這個尷尬的沉默時刻，本來不說話的齊藤先生率先開口了：

「我打算邀請青山去教室，對他指點一二。不嫌棄的話，二位也來吧？」

「那、那個，教室是指……呃呃……」

千瑛終於開口，替齊藤先生補充說明：

「齊藤老師指的教室，是我們和青山平常練習的地方。那裡場地寬敞，畫具也充足，這點人數一起搭車去沒問題的。」

「咦？那不是湖山大師的住處嗎？」

「是的，就是那裡，離這裡並不遠。」

川岸大吃一驚，跟古前面面相覷。川岸興高采烈地握拳歡呼，古前則更加緊張了。

「青山，你也沒問題吧？」

千瑛問了一個沒必要問的問題，一看我點頭同意，千瑛顯得很開心：

「既然說定了，那我們走吧。大家玫瑰也看得差不多了吧？」

大夥對看一眼尋求共識，齊藤先生便頭也不回地帶我們離開現場。

齊藤先生的心思已經都放在繪畫上了，他背對我們邁步前進的身影，讓我感受到彼此的距離。這分距離感不只源於技術的高低，更來自堅強與軟弱的差異，齊藤先生的背影確實有師傅的風範。

齊藤先生駕駛平常千瑛用來代步的紅色跑車，載我們抵達湖山大師家。

「請問這是齊藤先生的車子嗎？」

我鼓起勇氣提了這個問題，齊藤先生一臉不可思議的表情。

千瑛平常有在開這輛車，齊藤先生駕駛這輛車的感覺也很熟練，這種狀況實在太令人費解了。之前千瑛說車不是她的，換言之這應該是齊藤先生的車子。假如這眞是齊藤的車，那就意謂他們二人的關係非常親密。

可是，我不認爲齊藤先生會買純紅的跑車來開。

我討厭有疑問卡在心頭的感覺，乾脆弄個明白。坐在後座的川岸和古前，以爲我只是在閒聊，而千瑛似乎從後照鏡觀察我和齊藤先生的表情。齊藤先生是這麼答覆我的：

「不，這不是誰的車子。眞要說的話，應該算湖山大師的車子。」

「湖山大師的車子？這輛純紅的跑車？」

齊藤先生笑著說：

「是啊，當然湖山大師幾乎不開這輛車，但買的人是他沒錯，挑選的則是湖峰老師。」

「這、這輛車是西濱先生挑的？」

「沒錯，是湖山大師要湖峰老師張羅的，除了教室的公務車以外，多一輛平時能用的車比較方便。結果一個月後，車商交來的就是這部車了。」

「不會吧，湖山大師都沒說什麼嗎？」

齊藤先生嘆了一口氣：

「沒有，湖山大師還笑了呢，那對師徒就是有這種比較大而化之的地方。這輛車平時都放在教室，湖峰老師假日會開去兜風，平日則是我和千瑛比較常用。你也知道，湖峰老師平日都是開廂型車。」

「原、原來如此，這是西濱先生的喜好啊。」

「就是這樣。」

一到湖山大師家，川岸和古前緊張到不知所措。我能體會他們的心情，來到富麗堂皇的大宅院，聞到濃烈的墨香，再看到繪師家中簡約整齊的環境，確實會帶給人強烈的緊張感。

湖山大師和西濱先生都不在，家裡靜悄悄的。

千瑛在寂靜的家中忙碌奔走，負責準備茶水和作畫的器材。

齊藤先生帶領川岸和古前到長桌邊上。

「二位請坐。」

川岸和古前比平時還要安分，他們同時低頭致意，乖乖就座。

「他們就麻煩千瑛小姐關照，我們去別的地方練習吧。」

我跟著齊藤先生前往內部的練習室。平時只要走過穿廊，再繞過中庭走到底，就是湖山大師的工作室了，但今天我們在中途右轉，前往一個小房間。

那裡似乎是齊藤先生練習的地方，齊藤並沒有多做說明，我一看就知道那裡是他專用的場所。房內的空間充足，跟教室一樣在中央擺了張長桌，桌上有各種作畫器材，牆上有大型的書架，裡面塞滿了各種畫冊，另一邊牆上則有種類繁多的道具，書桌上還放有筆記型電腦。

齊藤先生讓我隨便找地方坐，說完他就開始磨墨了，彼此又沉默了一段時間。我提議幫他磨墨，他卻拒絕了：

「別擔心，我習慣自己來。」

齊藤先生的視線已經集中在畫仙紙上，說不定也開始構思畫面了吧。

沒事可幹的我保持靜默，齊藤先生過一會終於開口：

「青山……」

他是突然開口的，我嚇了一跳抬起頭，聽他繼續說下去。

「聽說你要在湖山獎跟千瑛一較高下，練習還順利嗎？」

我也不知道該怎麼回答，只好說：

「我每天都有練習。」

齊藤先生小聲說了一句原來如此，這個人在任何情況下，都會散發出強烈的靜謐氣息。不管是開口之前還是之後，都帶有一種沉潛的寂靜。這話也許不該由我來說，但他還眞是個奇怪的人。

「自從決定跟你一較高下後，千瑛慢慢增加自己的練習量。單就技術層面，我已經沒東西可以教她了。」

齊藤先生的說詞令我很訝異。據說齊藤先生的技巧遠勝西濱先生，連他都已經沒技術可以教千瑛了，這代表在技巧水準上，齊藤也教不動千瑛了。

「意思是，千瑛的技術水平，跟你還有西濱先生這些老師差不多囉？」

「是的，跟我或湖峰老師相比多少還有不成熟的地方，但時間會解決這個問題。至少，該明白的東西，她都已經知道了，剩下的問題在於她要如何磨練自己。身爲一個繪師她確實有明顯的長進，這也是我離開的原因之一。接下來要靠她自己去探尋苦思，我也一樣。」

「齊藤先生離開的理由，跟之前湖山大師還有西濱先生的事情有關嗎？」

齊藤先生笑著搖搖頭說：

「不，那不是唯一的原因。其實我前陣子就有這個打算了，我想離開湖山會一段時間，多見識不同的東西開拓自己的眼界。我不想侷限在狹隘的水墨世界，我希望接觸各式各樣的藝術，追求自己的水墨之道。我要四處遊歷去見識這個世界，這樣或許可以知道自己到底缺少什麼。我雖有老師的頭銜，卻還需要多加精進。況且，繪師自古以來就是四處漂泊的。」

齊藤先生流露出溫柔的眼神，這時候我們終於四目相對。

「湖山大師說，齊藤先生的技巧水平非常厲害，我也是這麼想的。」

我勉力擠出這句話後，齊藤先生以溫柔的聲音說道：

「多謝你的稱讚，不過技巧終究是技巧，並不是繪畫的本質。畫得多了，看得多了，技巧也進步了，我才深刻明白這個道理。從這個角度來看，我反倒覺得你……」

齊藤先生欲言又止，臉上又浮現一抹淡淡的笑容：

「我現在遇到的問題，千瑛也遇到了，也許我們都還無法一窺堂奧吧。我至少還有湖峰老師引路，只是我個人別有歧見，因此才想離開湖山會去見識外面的世界。而千瑛遇到了你。這是我第一次指導你，千瑛很常提起你的事。我深信你會成爲一個了不起的繪師，請和千瑛一起開創新時代的水墨畫吧。」

說完這段話，齊藤先生拿起了筆。

接下來的一切，跟我先前看過的光景完全一模一樣。現場響起噗通的水聲，齊藤先生俐落又簡潔地作畫，光看第一筆和之後幾筆，我就知道他畫的是什麼了。是玫瑰。

千瑛畫的玫瑰我看很多次了，我不懂的是，齊藤先生說的最高超技法，難不成就是指玫瑰嗎？

齊藤先生畫了幾朵玫瑰花，花萼用細膩的筆法描繪，底下再補上精緻的葉片。當然，筆法比千瑛的高出幾個層次，絲毫沒有缺陷。齊藤先生的技巧比千瑛好沒錯，卻也沒有壓倒性的差異，我不認爲這就是最高超的技術。

我凝神觀察齊藤先生作畫，他似乎也察覺到我的疑問，一邊作畫一邊替我解說：

「到這個階段爲止，千瑛也辦得到，我們的技巧水平沒有太大的落差，再來才是問題所在。」

話一說完，齊藤先生拿起布巾擦筆，他細心地整理筆尖，替接下來的步驟做好準備。他說再來才是問題所在，然而花朵、花蕾、花萼、葉片都畫得差不多了，再來就只剩莖幹還有替整幅畫上點薄墨而已。接下來到底還能做些什麼？我一點頭緒都沒有。

「剛才我們在玫瑰園有聊到，水墨畫沒有『上色』的技法，一切都要靠描繪來呈現。除此之外，水墨還是一種必須靠筆觸來呈現生命感的繪畫，我並不清楚減筆的思維是在水墨畫的哪個階段產生的，但減筆的觀念無疑是用來突顯筆觸。我跟湖山大師的共識，就在接下來的技法，你要看仔細了。」

齊藤先生又開始瀟灑運筆，畫出連結花朵的莖部。當然，這是很自然的發展，但這純粹是正常的步驟，算不上最高超的技法。

我一言不發地仔細觀察，思考齊藤先生要傳達的究竟是什麼，我發現他畫的莖部不是一般的莖。

筆法逐漸加快，變得奔放自在。齊藤先生的作畫方式簡潔又嚴謹，很難想像他會有那麼自在的運筆。我終於看出齊藤先生畫的是什麼了，他用自由活潑的筆觸畫出藤蔓。齊藤先生也知道我看出來了，臉上露出了微笑。那不是之前溫柔的笑容，而是充滿挑戰性的笑容，齊藤身為一個繪師的驕傲，都展現在上面了。

藤蔓連結了每一朵玫瑰，這種畫法比普通的玫瑰呈現手法更有張力，觀畫者會專注在玫瑰的動感、生命力、細部。

的確，這是只有東洋繪師才辦得到的究極技巧。只有使用毛筆這種特殊道具，透過筆觸呈現一切才辦得到。

齊藤先生說得沒錯，這個道理實在太理所當然，我根本沒注意到。所謂極致的技巧，不外乎這幾個字。

「描繪線條」

齊藤先生依舊用筆揮灑魔法。他筆下的線條或彎或曲，或粗或細，時而捲曲盤旋，時而彎腰下垂，時而緊繃拉直。一道線條呈現了各式各樣的筆觸，那確實是不下於玫瑰或牡丹的高超技巧。

這不是單純畫一道線就好。

他精確呈現出藤蔓的纖細柔軟，以及最具動感的部位和特徵。同時掌握了藤蔓外觀的規律性，在彈指間臨機應變，畫於白紙之上。隨便亂畫的線條是不成藤蔓的，我看到的無疑是栩栩如生的爬藤玫瑰的藤蔓。跟我在玫瑰園看到的，幾乎別無二致。

齊藤先生當時仰望的不是花朵，而是爬藤玫瑰的藤蔓。一想到齊藤這樣的繪師，竟是如此細心觀察世界，就帶給我很大的震撼。在那平凡無奇的賞花時刻，他才抬頭觀察數分鐘，就記下作畫時所需的各種細部要素。好比藤蔓的捲曲方式、彈性的比例、每一項細節之間的距離等等，這些都是我們普通人記不來的。

我看著齊藤先生描繪藤蔓的筆觸，感受到一股難以言喻的強烈情感。一開始我不懂那是什麼，直到他畫完藤蔓，開始畫藤蔓和莖部上的刺和節間，並在整幅畫上打點，我才明白那無法言喻的感情是怎麼一回事。我之所以無法用言語呈現，主要是我幾乎沒有那種情感。與其說我沒有那種感情，不如說在人生的某個階段，我失去了那種情感比較貼切。我從齊藤先生的藤蔓和線條上，感受到了某種意志。

「活下去」

齊藤先生禱告似的仰望爬藤玫瑰，心中所想的正是堅強的求生意念。此刻他將這股意念轉化到自己的筆觸上。

他絕不是一個只求畫技的繪師。那一刻我徹底了解到，他是一個耿直懇切的人，想要運用自己的技巧和繪畫圓滿人生。

爬藤玫瑰完成了。

那確實是我今天看到的玫瑰，只不過被搬到純白的紙面上，完全沒有運用到形態變化的手法。

「水墨畫的種類繁多，過去東洋孕育出各式各樣的水墨筆法。然而，眞要探究水墨，歸根究柢是一門『線條的藝術』，極小化的線條就是點，極大化的線條則成面，就本質上來說這三者是相同的。我在剛學藝的時候，湖山大師就告訴我，每一筆都要講究美感，至今我作畫依然謹記這個道理。」

「每一筆都要講究美感。」

「我在技巧上追求美感，但湖山大師似乎有不同的見解。我明白湖山大師的見解有多精確、多了不起，只不過我也想追求自己的答案，大師也很慶幸我願意這樣做。湖山大師傳授給我的東西，我也想傳授給你。總有一天，等你細細品味這句話之後，找到了自己的答案，也請分享你的答案。我很期待那時候的你，會畫出什麼樣的作品。」

「謝、謝謝你，齊藤先生。」

「千瑛就麻煩你多多關照了。」

齊藤先生爽朗地笑了。

一回到教室，千瑛和古前還有川岸一起在練習。三人都在畫自己的課題，練習的方式也相當自由，每個人都十分專注。

我和齊藤先生一進教室，千瑛抬起頭看了我們一眼，隨後又專注於自己的繪畫上。千瑛用有別於以往的角度，來描繪今天看到的玫瑰。

古前用強而有力的線條，畫出大朵梅花，川岸則是用很豪邁的線條畫竹子。兩者都有掌握住適合自己的基礎，因此畫得還算有模有樣。最主要的是他們很專注，看得出來很享受作畫的樂趣。

齊藤先生看到二人努力運筆，就默默走到他們身旁，拿了幾張範本供他們參考。古前和川岸驚訝地道謝，齊藤先生點頭致意後，只說了一句：

「那麼千瑛，再來就麻煩妳了。」

語畢，齊藤先生就回自己的房間了。川岸目送齊藤先生離開時，眼神春心蕩漾，除此之外今天練習倒是沒什麼大問題。

我們沒碰到湖山大師和西濱先生，就離開宅院了。千瑛開車載我們回去，後座的古前和川岸似乎很開心，話也特別多。

我和千瑛沒什麼對話，只隨便附和他們二人的話題，順便思考齊藤先生的事情，以及技巧的問題，還有今後的發展。齊藤先生一走，千瑛受到的影響肯定比我還大，畢竟她是以齊藤為目標在練習的。

當我們還在思考要怎麼畫，齊藤先生的境界已經超出我們好幾個階段了。有沒有一個明確的目標，對進步的幅度有很大的影響。湖山大師和西濱先生當然也會替後輩引路，但他們那種高超的技巧很難學起來，這也代表千瑛未來沒有明確的目標可供摸索。

身為繪師這是一定會碰到的問題，但終究是難以突破的瓶頸。千瑛似乎比平常還要疲憊失落，平日無拘無束的長髮，今天綁了起來，給人一種溫順的感覺。瞧我都不講話，千瑛突然開口說：

「暑假也快結束了呢。」

千瑛面朝前方說話，太陽快要下山了，開始有零星的車子打開大燈。

「是啊，千瑛也是嗎？」

「沒錯，就快開學了。」

「妳念哪一間學校啊？」

「昇華女子大學。」

那是一間很有名的私立大學，入學成績遠比我們學校高多了。仔細想想，我和千瑛只聊過繪畫的事情，千瑛也是大學生，我卻從來沒問過她平常在幹什麼。

「你們學校的學園祭準備得怎麼樣了？」

「還行吧，那些事情我都交給古前煩惱。」

「是嗎……青山你決定好要畫什麼了嗎？」

「我會畫的也沒幾樣，跟妳所料的差不多。」

千瑛聽了我的說法，稍微思考了一下。

「是這樣嗎？我認爲你可以嘗試各種題材。基礎終究是基礎，所謂的基礎就是爲了應用而存在的。」

「這麼說也對。」

話雖如此，我只會畫春蘭，其他東西我根本不知道該怎麼畫。

「妳最近很忙嗎？」

我向千瑛拋了一個疑問，她點點頭說：

「對，我要交接湖栖老師的工作，滿忙碌的。說是交接工作，其實也就是擔任西濱老師的助手，做一些跑腿的活罷了。除了自己作畫，還要指導學生，我也逐漸體會到這有多辛苦了。」

「妳還有負責教學啊？」

「跟打工差不多，而且我自己還要練習，所以才沒時間聯絡你。」

「這樣啊。」

「嗯嗯。」

對話到這裡就中斷了，後座的二人熱衷討論齊藤先生有多帥或多像藝人。基本上是川岸樂此不疲，嘴巴跟連珠砲一樣說不停，古前只是勉強接她的話。這個話題古前不可能感興趣，他大概是不想潑川岸冷水吧。古前的態度也不曉得該說溫柔還是軟弱，我從他的言行看出他在顧慮川岸的感受，顯然對她是有好感的。

不久後二人在車站下車，他們向千瑛道謝，就往某個方向走了。古前有沒有辦法把話題轉移到自己和川岸身上，這就要看他的造化了。可是我相信，他在某個階段一定可以大幅拉近跟川岸的距離。不管怎麼說，古前都是個有膽識的人，我一向很清楚自己缺乏的特質。勇氣是改變事物最大的動力，我就是缺乏勇氣，才難以掌握自己跟千瑛的距離感，更遑論改變彼此的關係了。

我望著千瑛的側臉。

她面向前方，眼神透露出專注前行的意志。對向車道的車子開過時，陰影也在她姣好的側臉上緩緩移動，她的表情從堅定慢慢轉爲憂鬱。不斷流過的陰影，讓她的表情在堅定和憂鬱之間來回擺盪。

「湖山獎的作品招募期限是冬天喔。」

千瑛嘀咕了這麼一句話。

「冬天？不是明年夏天嗎？」

「不是喔，審查要花上好幾個月，展示也要花好幾個月準備，所以每年的截止期限是一月初或一月底。也就是說，只剩下幾個月的時間了。」

「眞的假的，我沒想到這麼快。」

千瑛聽到我的回答，沉默了一會。車子在路口轉彎，從國道開往我家附近的住宅區，這段路程她都在專心開車。然而，接下來她說的這句話，語氣跟平時不太一樣：

「秋天過後，再不完成作品眞的會來不及。到時候，我就沒時間跟你碰面，或是去你們社團露臉了。」

千瑛這番話說得斬釘截鐵，語氣單純明快，不帶一絲猶豫。事出突然，我不知道該如何看待這番話，只好回答：

「這麼說也是。」

我明白這種回答方式不太好，但我一時搞不清楚，爲何這麼理所當然的一句話，會讓我如此動搖，因此才想不出其他說法。

只不過短時間見不到面，爲什麼我會感到如此混亂？這句話連告別都稱不上，爲什麼會如此撼動我的心？我還來不及思考，車子已經開到公寓了。

千瑛停下車子，我覺得自己應該要說點什麼才行。我在位子上沉默了一會之後，還是一言不發地解開安全帶，打開車門。

臨行前，千瑛告訴我：

「爺爺叫你下週末去教室一趟。到時候，西濱老師和爺爺的工作也該告一段落了。」

我點點頭關上車門，打算目送千瑛離開。千瑛正要換檔前進，我伸手敲了敲玻璃，千瑛慌了手腳，車子就熄火了。她重新發動引擎，並搖下窗戶看著我。

「千瑛，多謝妳，我會畫出好作品給妳看的。」

聽到我的話，千瑛終於笑了，隨後又浮現略顯寂寞的表情：

「一起辦好學園祭的展覽吧。」

千瑛凝視我的眼睛，不知道我自己的表情是什麼樣子？沒一會她就開車離開了。我目送她的紅色跑車遠去，心中不斷思考我們在那段短暫的時光中，究竟應該說些什麼才好。

我不斷思考，要說什麼才能接近她的心？要怎麼才能理清自己的心意？

「好久不見了呢，青山。」

湖山大師笑臉迎人，心情依舊不錯，只是有些消瘦和疲態。

「大師看起來氣色也不錯，眞是太好了。」

湖山大師用嗯或啊這類的感嘆詞回應我，那是老人家特有的曖昧回答。之後，他請我就座。我很喜歡湖山大師的聲音，這時候才發現自己有多需要這種寧靜安穩的氣息。

「也好久沒看你作畫了，露兩手來瞧瞧吧，我剛好有點時間。」

湖山大師請我用眼前的道具作畫，還用溫吞的動作摸著下巴的鬍子。我跟平常一樣磨好墨，整理好作畫會用到的東西，再將毛筆浸到水中，準備一口氣畫出春蘭。我發現自己的筆尖有顫抖的現象，趕緊放下毛筆以免被大師看穿，但這點小技倆肯定瞞不過他的眼睛，他笑得比剛才更溫柔了。

以前我只是單純享受作畫的樂趣，現在卻非常希望得到他的認同，我想表達自己這一路走來的所見所聞。

我重新拿起毛筆，開始揮毫作畫，順序也跟平常一模一樣。我不需要思考，手就自己動起來了。等畫好葉片和花朵，在圖上打完數點後，我明明只畫了一幅畫，卻感受到全力奔跑後的疲勞和虛脫感。湖山大師瞇起眼睛看畫，看完畫又抬頭看我，看完我又低下頭看畫。這段時間他一直在摸下巴的鬍子，我看不出他在想什麼。時間一分一秒流逝，我的心臟比剛才作畫時跳得還要快，也不敢看湖山大師的眼睛。

「青山啊。」

我說了一聲是，抬起頭看著湖山大師，大師笑了：

「我沒什麼可說的，你畫得很好。」

「多謝大師稱讚。」

我低下頭來道謝，腦袋差點就要敲到桌子了。

「虧你能在這麼短的時間內，畫出這樣的境界，老實說我很意外。」

「多、多謝稱讚，不敢當。」

「你一定很認眞練畫吧。本來你就有卓越的才能，我從來沒看過有人進步這麼快。就連齊藤他，也比你多花了一些時間，你很努力呢。」

我什麼話都說不出口，只能低頭致謝。所謂的感動莫名，指的就是這種狀況吧。我開心到呼吸紊亂，同時也感受到一股力量自內在湧現。我大口吸氣，終於笑了出來。

「你的氣色越來越好，而且成爲了一個很棒的繪師。」

我不知道該說什麼，只能一直低頭道謝，湖山大師滿意地點點頭：

「你畫得出美麗的線條了呢，看過眞正的春蘭了嗎？」

「是的，我看過了。起先我很疑惑，因爲我們畫的東西跟實物完全不一樣，但看過實物以後，心態上也輕鬆不少了。」

「怎麼說呢？」

「呃，這麼說大師可能會生氣，可是我認爲，其實不管怎麼畫都無所謂。」

「原來是這樣。」

「另外我也很好奇，爲何平凡無奇的花草樹木，畫成水墨會變得如此美麗動人？說不定世上本來就有許多美麗的事物，平常我們沒有用心觀察的東西，其實也非常漂亮，純粹是我們沒有注意到罷了……自從開始學畫，我覺得自己總算能看清一些道理了。」

湖山大師專心聽我說話，不再撫摸下巴的鬍子。聽完我的感想，他稍微瞇起眼睛，起身跟我換位子。湖山大師一如往常，用快速又隨興的動作運筆，畫出一幅竹子和一幅梅花。我是頭一次見識湖山大師使用這兩種畫作的技巧，跟我以前見過的完全不一樣，湖山大師的畫藝果然就像魔法。

畫中的美感並非寫實的美，沒有細心描繪出實物的特色，線條的表現也並不特殊。實際上正好相反，大師畫出來的範本沒有太強烈的特色。一看就是隨手畫的，三兩下就完成，下筆的次數也不多。沒有強烈的特色，卻出奇的美。

我看過各式各樣的水墨畫，能分析每個繪師技巧上的特徵，以及圖面上的美感要素。不管觀賞哪一幅畫，我都知道該注意畫中的哪個部分。不過，如今再次見識湖山大師的技巧，他就在我眼前作畫，我也沒有漏看任何細節，但還是不懂那美感是怎麼來的。明明不懂，卻又可以在不懂的狀態下，體會到某種壓倒性的美。與其說是理智上了解，不如說是本能上的體會。

我觀賞著湖山大師的繪畫，體會內在某種東西快要消融的感覺，那是一種既酸楚又充實的體驗。某種不可名狀的事物不斷消失，同時又有別的東西應運而生。有點類似站在巨大的瀑布或靈峰前，所感受到神聖不可侵犯的氣息，耀眼奪目又難以擺脫的震撼。兩幅畫都是無比單純又極為樸素的作品。

作品乾了以後，墨色的竹子看上去蒼翠碧綠，梅花的枝條也有不怕風雪摧折的韌性。花朵只是普通的線描之作，卻能感受到撲鼻的香氣和分外明亮的柔白。

作畫的步驟不難理解，我看過千瑛和齊藤先生作畫，方法也都瞭然於心。這兩幅畫沒有太複雜的技巧操作，偏偏誰來都畫不出這種效果。

湖山大師畫完後放下毛筆：

「這兩幅畫的題材，你看過實物了嗎？」

我模稜兩可地點點頭，湖山大師莞爾一笑。的確，這兩種植物我沒有仔細觀察過。

「那我們去看實物吧。」

湖山大師起身帶我走向中庭。他起身，我跟在他的後頭。大師的腳步依舊輕快，走起路來健步如飛。

這是我第一次換上涼鞋在中庭裡行走，中庭比我想的還要寬敞。我看過西濱先生打理中庭，卻沒有實際在裡面走過。湖山大師的心情很好，偶爾會停下幾秒，觀賞一些平凡無奇的景色再前進。走走停停了幾次，我們來到圍籬附近的竹子前面，竹子是種在花盆裡的。大師回過頭，開心地對我說：

「這一盆竹你看怎麼樣？」

盆裡有跟人差不多高的細長竹子，也有幾根小竹子。平常竹子就不起眼地擺在那裡，走過也不會特別多看一眼，現在跟湖山大師一起觀賞，就像在看什麼了不起的藝術品一樣。我看著眞正的竹子，比對大師畫出來的水墨範本。湖山大師想問我的，大概是這個意思吧，我回答：

「眞正的竹子很複雜呢。」

湖山大師頷首說：

「沒錯，眞正的竹子不是我們畫出來的竹子。我們能用眼睛欣賞森羅萬象，卻無法將森羅萬象全部畫出來。你再看看那邊，那邊的植物又怎麼樣？」

湖山大師指著一棵枝葉茂盛的大樹，樹幹蜿蜒扭曲，表面又凹凸不平，上面還長了一層薄薄的青苔。大師指的正是梅樹，這顆梅樹有太多枝葉，無論哪個部分都找不出作畫堪用的規律。

「那太困難了，我肯定畫不出來的。」

「是啊，我也畫不出來。」

我訝異地看著湖山大師，大師笑著點點頭，邁開步伐前進，我趕緊跟在他身旁。

「水墨是用墨的濃淡、潤竭、肥瘦、協調來畫出森羅萬象。然而，水墨用的畫具有限，很多東西都畫不出來。一門畫藝卻刻意排除上色，這代表水墨不是描繪外在現象的繪畫。用我們的手來追逐現象，未免太慢了。」

「太慢了嗎？」

我跟湖山大師坐在簷廊下，今天天氣很好，風吹起來很舒服。在風和日麗的日子坐下來觀賞庭園，本身並不是什麼難能可貴的事情，但世上有多少人品嘗到這種平凡的幸福呢？至少今天我們有幸品嘗到。湖山大師的聲音彷彿溫暖的陽光，溫柔無比。

「現在家裡有日光燈，光源也沒有太大變動。我們來到庭園觀察物體的形態，會發現物體的光影和外觀在無形中慢慢改變。追逐現象、追逐外形、追逐色彩來作畫，等一幅畫完成後這些要素又改變了，畢竟光線會持續不停地移動。我認爲水墨畫在發展的過程中，古人一定思考過這個問題。」

「光會不停移動……時間也在不斷流逝，對嗎？」

「正是如此，世間萬物時時刻刻都在變動，改變外觀，改變形體，並再次重現，這就是自然。古人一定有想過，該怎麼描繪自然才好。」

「那該怎麼描繪呢？」

湖山大師笑而不答，他看我的眼神，彷彿看到什麼很懷念的事物。

「今天，我教了你梅和竹的畫法。現在的你，想必輕易就能掌握這兩項畫藝。你有罕見的觀察力和熱情，絕對可以靠自學的方式掌握。你從一幅畫中獲得的體悟，比其他人學到的還要多。重要的事物，你一下就體會到了。所以，有件事我希望你自己去體會。」

湖山大師站起來，摘下數步之遙的小菊花，那是一朵開在中庭的普通菊花。

「青山，這就是你的老師。」

湖山大師將菊花遞給我。

「向這朵菊花求教，試著畫看看吧。這是初學者的畢業課題，花卉畫的基本技巧都在這個題材當中，這裡面有我沒辦法教你的東西。」

小巧的白菊有花蕾和大朵的花瓣，葉片的顏色很濃烈，我一拿到這朵菊花，就在思考該如何作畫了。

「聽好囉，青山。繪畫，就是一種幻想。」

我抬頭看著湖山大師，大師的眼神十分認眞嚴肅。

第四章

下學期開學後，我的生活也變忙碌了。

學校開始上課，學園祭的準備工作也正式展開。古前要我專注在社團活動上，我專心繪製水墨，剩下的時間則四處奔走，準備學園祭的展覽。

凡是需要交涉和詳談的麻煩事，幾乎都由古前一手包辦。然而，古前畢竟是統領文科社團的人，這陣子他在學校奔波勞碌，我也不可能把繪畫以外的事都丟給他。

總之，我過得非常忙碌。

這些日子，我不斷地想起湖山大師說的那句話，他說「繪畫，就是一種幻想」。把人生傾注在繪畫上的人，爲什麼會說繪畫是幻想呢？我完全不懂這是怎麼一回事，那句話的涵義和由來，我百思不得其解。

每次拿起筆，我就會想起那句話，再看看眼前的菊花。菊花枯了，我就到附近的花店買一朵新的擺在桌上。

該怎麼描繪菊花，我絲毫沒有頭緒。

湖山大師沒有給我範本，我也沒有看過他畫菊，就只是拿到一朵菊花而已。後來千瑛沒跟我聯絡，湖山大師也沒叫我去上課。

我跟以前一樣被放逐到孤獨中，獨自摸索作畫的題材。我被放逐到純白的畫仙紙上，那裡也是我要探索的地方，沒有任何秩序，卻又隱藏無限的可能性。

我試著畫竹子和梅花，來尋求畫菊花的線索。這兩個題材我看湖山大師畫過，多少揣摩得出作畫的方法。之前我畫春蘭練習曲線，現在進步到畫竹子練習直線，畫竹竿讓我學會了最基本的色差應用。學會色差應用後，我改畫梅花，練習的線條也從單純的直線，轉化成多方施力的不規則線條。畫梅花的小花瓣，我又學到了更精密細緻的畫線技巧。

我不敢說自己的畫藝有多精湛，不過單就這兩個題材來說，我的練習方式應該是對的。最大的問題，還是在菊花。

一朵菊花擺在眼前，當我要提筆作畫時就全亂了套。

我坐在貼滿範本的牆壁前面，準備好作畫器材，攤開畫仙紙。我望著擺在畫具旁邊的菊花，慢慢磨墨。磨完卻沒能提筆作畫，只好茫然盯著純白的紙張，尋找下一個線索，偏偏我連最基本的頭緒都沒有。我用布擦掉多餘的墨，擦好後放到一旁，再次凝望菊花，凝望畫仙紙的空白。我真的不知道該怎麼畫，時間都耗在這幾個環節上，耗著耗著就到學園祭的日子了。

古前和川岸自暴自棄地交出自己完成的作品，我也畫好學園祭參展用的作品，連同他們的一起交給西濱先生。西濱先生事先告訴我們裱框需要時間。古前在忙碌的生活中抽空作畫，川岸則殫精竭慮，穩紮穩打地畫。最後他們在繳交期限的前一天，各完成了三幅作品。川岸精挑細選後，只交一幅竹子的畫作，那是千瑛教她畫過的題材，古前把自己畫的三幅作品都交了。古前的作品非常獨特，幾乎跟他學到的水墨題材無關，那種旁若無人的創作風格莫名打動了我。他的作品稱不上優異，卻有令人讚嘆的內在特質。看了古前的作品，我發現他不只是一個單純的怪人而已。

「好久不見啦。」

西濱先生打了聲招呼，不改其輕鬆隨和的態度，來到我們社辦領取畫作。他看了我們的作品，對我們的努力表示讚賞：

「虧你們能在這麼短的時間內努力完成作品。」

今天西濱先生頭上沒有包毛巾，裝扮就跟路邊隨便一個身材高眺的大哥哥一樣。我跟他寒暄幾句，說我畫不好菊花。他就像平常那樣，裝出有在思考的樣子，很坦白地告訴我：

「嗯嗯，都是這樣的啦。」

西濱先生清點好所有作品的數量，抱著那些畫作離開了。我以爲他會給點建議什麼的，不料他只談展覽會的話題，沒有多聊菊花的畫法。我目送西濱先生離去，心想他的態度有些反常。我總覺得自己在學校又變成孤伶伶一個人，不禁嘆了口氣。闊葉樹的葉片開始變色，秋高氣爽的清朗天空吹過一陣寒風。

我好想拿起手機聯絡千瑛，但驚覺自己沒有藉口打給她。如果我說出自己的困境，她應該會給我突破瓶頸的建言。只不過，一遇上麻煩就想拜託千瑛，未免太沒骨氣，於是我又把手機放回口袋。

千瑛也在對抗創作的孤獨與苦惱。

即使跟她聯絡，她也不會回覆我吧。一大群學生在校區入口處架設學園祭要用的大型看板，來往的人比平時還要多。

我再次想起湖山大師的那句話，他說「繪畫，就是一種幻想」。我邁開步伐，在錯身而過的學生當中，似乎看到古前的身影。我回頭望了一眼，卻沒有追上他。

水墨社團的展覽場地，就在一號館辦公室前方的廣場。要前往活動會場，必須從校門口穿過中廊，人潮自然是不在話下，佇足欣賞的人也特別多。

我和古前還有川岸三人，一早就到體育館旁邊的倉庫集合，搬出大約四塊展示用的看板，那四塊看板比我夏天打工搬的輕多了。搬好後我們等待西濱先生到來，他一如往常開著廂型車現身，頭上也一如往常包著毛巾。

西濱先生把裱好框的畫作搬進展覽會場，動作看上去輕鬆又靈巧。他一邊對我們下達精確的工作指示，一邊以飛快的速度在看板上打釘子，將作品掛在上面。最驚人的是，釘子的間隔和畫框的高度分毫不差。

西濱先生的繪畫技巧固然厲害，但他打釘子的技術也是非同小可。爲什麼有辦法做到這種地步？西濱先生一個人做事，比我們三個拚命幹活還要快，我們根本沒幫到什麼忙，西濱就把畫裝飾好了。我們拍手稱讚西濱先生動作神速，他似乎真的很開心。

「也沒什麼啦，整天都在做這種事情，就會跟我一樣了。」

西濱先生笑得很愉快，剩下的細部工作大家分頭做完後，會場布置也提早完成了。

我跟西濱先生一起觀賞畫作。

我們最先看到千瑛的玫瑰花。

這一次的作品不是古色古香的掛軸，而是給人一種時髦又典雅的感覺，很適合銀色粗框裱畫卡紙和西洋風格的畫框。跟美術館的展覽品相比也毫不遜色，成品看上去美輪美奐、無可挑剔。

「真厲害，畫風很適合這種外框呢，想不到水墨畫跟洋風也這麼搭調。」

西濱先生笑著回答：

「對啊，最近用這種畫框的展覽越來越多了。現在大概只有我們門派，才會網羅幾百幅掛軸來展覽吧。這種風格跟掛軸那種狹長的半切尺寸相比，構圖又不太一樣，滿有新鮮感的對吧？」

「是啊，我作畫沒考慮過畫框的問題，這幅畫本身也很有西洋風格呢。」

「沒錯，這主要歸功於千瑛的品味和技術，也算是現代水墨畫的進步吧。畫得出這樣的作品，是非常不得了的，已經有幾分小齊的完美技巧了。至少在玫瑰這個題材上，她的技巧明顯進步了不少。」

我同意西濱先生的說法，千瑛的畫技確實進步了。我仔細觀察她畫的玫瑰，看得出她掌握了一些不一樣的東西。同樣的技法我看過幾次，但花朵的傾斜角度、花蕾的大小、花瓣綻放的方式，都有了更多樣的變化。

花瓣邊緣還有些許的墨色沉積，那是刻意用運筆技巧來畫出水滴和鮮嫩的感覺，這方面的技術她也更上一層樓了。這技巧是在描繪花瓣的時候，稍微增加一點水分和運筆的時間，形成偶發性的視覺效果。可是很顯然，她已經能用技巧控制這種偶發效果了。千瑛無疑踏入了水墨名家的境界，我原以為自己跟她拉近了一些距離，這下又被甩得更遠了。

我和西濱先生繼續觀賞其他作品。

下一幅畫作是山茶花，山茶花的花瓣是用沒骨法*繪製的，屬於一種塗面的呈現。純墨色畫出來的山茶花依舊給人豔紅的視覺享受，這一點跟玫瑰花一樣，但同樣用沒骨法畫出來的山茶葉片，則帶有蒼翠的美感。千瑛用單一的墨色，細膩呈現花與葉不同的色調。花瓣的色調較為柔和，葉片則顯得果敢而銳利，讓同樣顏色的兩種物體不至於混淆。

---

*只用墨色濃淡來呈現物體，沒有使用輪廓的技法。

我在夏季的湖山展也看過同樣的題材，其他參展繪師有使用顏彩上色。其他繪師畫的葉片同是黑色的，唯獨花瓣用上山茶花特有的紅，畫面很有視覺效果。圖上的紅黑對比，本身就有註解的功用，大家一看就知道紅色是花，黑色是葉片。紅與黑相輔相成，替作品增色不少。

千瑛的山茶花全都是黑色的，單一的用色讓作品的色調有些凝重。不過，畫面的左上方畫了一輪近似圓形的明月。看得出來花朵的陰暗，來自於月光的陰影。圖面上畫了很多花朵和葉片，可多了那一輪明月，觀賞者一看就明白主題是月影。這是充滿挑戰性的罕見之作，我站在千瑛的畫前看傻了眼，西濱先生在我身旁說道：

「很有趣的畫對吧。」

我直盯著畫作，一句話也說不出來。這幅畫的筆觸，讓我感受到千瑛對水墨的熱忱。

「畫月亮、用沒骨法畫花瓣，都是行之有年的技巧，但刻意加深色調來描繪月影確實很有趣。看得出來，這是千瑛過去沒嘗試過的方向。」

「過去沒嘗試過的方向？」

「沒錯，像我這種專門畫風景的繪師，會把留白當成風景的一部分，因此我們會注重如何運用留白。然而，像小齊和千瑛那種專畫花卉，也就是以近景繪畫爲主的繪師，考量的是主題和留白的平衡，再來決定留白的比例。例如墨色凝重的題材，就要精確計算留白來保持互補的均衡。這關係到創作者個人的品味，也是花卉畫困難的地方。千瑛過去太專注作畫，沒有顧慮到留白的問題。這也不能怪她，畢竟作畫本身就不容易嘛。」

我訝異的是，原來西濱先生也有注意到千瑛的弱點。我是在玫瑰園發現這一點，西濱先生則是從技術層面看透。

「千瑛的作品缺乏明確的留白，西濱先生你早就知道了嗎？」

「是啊，一看就知道了，我好歹也是水墨畫老師嘛。」

「那你為什麼不告訴千瑛呢？這個問題困擾她很久了吧。」

「講了啊，上次我不是有在她和小齊面前作畫？」

「咦？那不是……」

西濱先生眼神一厲，對我說了這麼一句話：

「畫給對方看，就是我們這個世界的『指導』方式。」

聽到這句不像西濱先生會說的嚴詞，我頓時啞口無言。

西濱先生說得確實沒錯，畫給對方看比任何解釋都要有說服力。這些人的身分是繪師，本質上是靠技藝吃飯的人。湖山會的成員性格溫柔、人品卓絕，所以我才沒看清這一點，他們都是在嚴峻的世界中打滾過來，才練就一身頂尖的實力。大家只是念在我初學，才願意溫柔地指導我技巧。的確，西濱先生有畫給齊藤先生和千瑛看，那無疑是一幅好畫作，至於能從中獲得哪些體會，全看當事人的悟性。西濱先生看我不講話，便接著說道：

「這一幅畫也還不到大成的地步，但千瑛終於發現自己忽略的問題，光是做到這一點就比其他作品有價值了。明白自己的缺點，還反過來當成一種呈現方式，我認爲這是非常勇敢的挑戰。依我看這幅畫當中，有千瑛過去缺乏的韌性，簡直就跟你一樣呢。」

「跟我一樣？我有韌性？」

「當然有啊。你才觀摩幾次示範就苦練到那種程度，湖山大師看了你的作品，也是讚譽有加呢。千瑛肯定是受你啓發，才會多方思考嘗試。我第一眼見到你，就認爲你是個有骨氣的人。大家都腳底抹油不幹了，你卻獨自一人想方設法解決問題，至少你不是隨波逐流的人。」

西濱先生講的是我參與打工的往事，我聽了靦腆笑笑：

「多、多謝稱讚，那不是什麼大不了的事啦。」

「別這麼說，你可幫了我大忙，我們去看你的作品吧。」

我點點頭跟著西濱先生走。我們繞到展示板的後面，千瑛的作品後面就是我的畫。半切長度的作品裱在色調樸素的和風畫框中。我苦思良久，認爲只有這一幅能拿出來見人。

「你畫的是崖蘭嘛。」

西濱先生仰望我的畫作，我也出神地看著完成的作品。裝在畫框裡的完成品，看起來就像別人的畫作。

「你是參考翠山大師的範本畫的對吧，雖然風格完全不同，但眞的畫得不錯。」

西濱先生取下頭上的毛巾：

「舉凡線條配置、墨色均衡、崖壁的岩質紋理，這些都沒有人教過你，你很努力呢。我跟湖山大師看了都嚇一大跳。」

「謝謝，我看過翠山大師作畫，湖山大師的風景畫也看過幾次。我就是參考他們給的範本畫的，光是畫岩石我就傷透腦筋了。」

「我想也是，畫岩質紋理的技法稱爲皴法，學起來可要花上不少時間呢。雖然還有進步空間，虧你能在這麼短的時間內學會。另外，構成整株蘭花最重要的花朵部分……也很用心呢。」

「多謝稱讚，聽你這麼說我好開心。其實那是我最沒自信的部分。怎麼說呢……我掌握不到花朵的感覺。」

「也是啦，能看到實物的機會不多嘛。不過，你掌握得不錯。還有，你已經能畫出很棒的線條了。這麼有特色的線條，只有你才畫得出來。」

「是嗎？」

「嗯嗯，我想其他人是畫不出這種線條的。我看到你畫的線條後，終於理解爲什麼千瑛會那麼拚命了。她大概沒遇過懷著這種心情活著的人吧。」

我不懂西濱先生這段話是什麼意思，大概是在稱讚我盡了自己最大的努力吧，獲得認可終究是件愉快的事情。

「這次的湖山獎眞令人期待。」

西濱先生說著說著，把手伸進胸前口袋掏香菸，我歉疚地跟他說館內不能抽菸，他才趕緊收起來。看來這個人在有某些感悟或想法時，不抽菸受不了吧。

「距離湖山獎也剩沒多少時間了呢。」

「是啊，新年就快到了，新年一過很快就截止收件了。是還有幾個月的時間啦，但對認眞作畫的人來說，時間並不長。」

「審查果然很嚴格嗎？」

「沒錯，每年都很嚴格喔，已經連續兩年沒人獲得大獎了。然而，每年報名的人數都在增加，初學者連要入圍都有困難。也因爲人多，我每年做這些事都累得半死。」

「是、是這樣啊……辛苦你了。」

「眞的有夠辛苦啊。」

西濱先生自己講到臉色發青，再次伸手掏摸口袋裡的香菸。我又一次提醒他這裡禁菸，他才乖乖放棄。

「我們審查絕不看私交或情面，所以我敢保證你的努力會是貨眞價實的。你要繼續加油啊。」

「謝謝，我會努力的。」

「眞期待你的作品。對了對了，那兩個甜甜蜜蜜一起賞畫的同學，麻煩幫我跟他們說一句辛苦了，他們也畫得很不錯，尤其是那位男同學。」

西濱先生把手插在胸前口袋裡，準備離開展覽場地。我答應後目送他離開，臨行前他回過頭來，大聲對我說：

「湖山大師和千瑛晚點會來，麻煩你關照啦。」

說完，西濱先生就去找地方抽菸了。

等西濱先生離開後，我在展覽場地的一隅發現古前和川岸，他們靠在一起有說有笑，一同欣賞自己的作品。古前摘下太陽眼鏡，露出兩顆圓滾滾的眼睛，川岸的注意力也都放在他身上。我心想，這兩個人已經沒問題了，便主動離開展覽場地。現在他們需要的，是一段沒人打擾的時光。

我在校區內漫步，呼吸著慶典前夕那種充滿緊張感的靜謐氣息。還不到早上八點，校內就已經聚集了很多學生，大家都在忙碌走動，每個人看起來也都生龍活虎。

我獨自站在人群中，卻絲毫沒有感受到孤獨。

兩年前，失去父母的那個夏天後，我始終擺脫不了孤獨的感覺。而今，竟在不知不覺間遺忘了孤獨感，這一點帶給我不小的震撼。或許是因爲，我佇立在前行的道路上，而不是別人替我安排好的道路上吧。我沒有遺忘過去，過去也不可能煙消雲散，但我經歷了以前從未有過的緣分。在懵懂無知的狀態下，努力邁步前行，這化為我新的動力。

「重點不是要你辦到，而是要你嘗試。」

我想起湖山大師說過的話。

那時候，湖山大師在告訴我很重要的教誨。要從自己當下的處境，前往一個意想不到的境地，唯一的方法只有前行。鼓起勇氣邁步前進，在過程中不斷停下來思考，然後繼續往前走，才會走到超出自己視野和想像之處。大師那一句平凡無奇的話，將我帶到了這麼遙遠的地方。

在我心中從未褪色的過去，如今似乎已成了很遙遠的回憶。

兩年過去了。

那天早上，我在不可思議的寧靜氣息中，終於感受到時光流動。

學園祭開幕後人潮迅速增加，許多帳篷搭成的攤位區和舞臺附近也同樣熱鬧。正好，展覽會場的辦公室在舞臺區和攤位區的中間，參觀展覽的客人非常多。千瑛的畫作引人注目是理所當然的，令人意外的是，古前胡鬧畫出來的可愛章魚和烏賊也頗受好評，每個人都會停下來看。

水墨畫的世界古樸又嚴肅，古前刻意「搏君一笑」的作品雖稱不上正道，但那認眞搞笑的筆觸，眞實呈現出他本人的性格。他是一個性格怪誕卻又無比耿直的男人。

古前身爲文化會成員，校內一有問題發生就得跑去處理。我跟川岸輪流看守展覽會場，偶爾利用閒暇時間逛學園祭。平日安靜的校區，在這一天成了巨大的遊樂場，充斥著歡樂的氣息。

我買了甜酒、炒麵、章魚燒給川岸，古前也回到會場，我們三人便一起去逛其他展覽。

摘下太陽眼鏡的古前，有一張溫柔又誠懇的面容。從他平常的言行舉止，很難想像他是這麼認眞又平凡的青年。川岸和古前靠得很近，他們的身材都不高，站在一起卻顯得很般配。他們互相陪伴彼此的時候，古前變得比平常更加堅忍剛毅，川岸倔強的脾氣也收斂了許多。他們交談時都會顧慮到彼此的感受，沒有突兀的舉動。情投意合指的就是這樣吧。

仔細想一想，我父母也是這樣的人。他們各人都有一些不太可靠的地方，但兩個人在一起的時候，不需要多餘的言談，就給人一種圓滿又安穩的氣息。我從小就覺得他們是一對感情和睦的夫妻。

我讓古前和川岸去逛，自己則久違地想起父母溫和的臉龐，這段時光我體會到了一點自由的滋味。或許是學園祭的活潑氣息，讓我想起了過往的心情。

我放鬆雙腿，雙手背在腦袋後面，悠哉地想著父親和母親。這是他們去世以後，我頭一次慶幸他們同生共死，沒有陰陽兩隔。望著古前和川岸消失在人群中的身影，我在幻想中重新看待自己與父母的距離。被留下來的人，會在生活中的某一刻，重新衡量自己和故人的距離。我彷彿聽到心裡響起了堅冰融化的聲音。

當我閉起眼睛重新緬懷父母時，不知爲何浮現了千瑛的面孔。想到她我有點不好意思，索性張開眼睛不再細想，眼前卻出現一位秀髮烏黑亮麗的女子。她穿著黑色大衣，雙手背在身後的姿勢，讓她苗條的身材看上去更加纖細。她的長髮依舊隨風搖曳，光看那華美的外貌不難發現就是千瑛。戴著帽子的湖山大師，就站在千瑛的身旁，米色大衣很適合大師，我走近他們二人打了招呼：

「大師、千瑛，感謝你們撥冗前來。」

湖山大師回過頭來對我微笑，千瑛看了一會展覽作品後，才轉過身來。

「看你好像滿累的，我們就先觀賞繪畫了。剛才我跟千瑛在看你的作品，你的畫藝進步不少啊。」

「多謝大師，我還要多加油才行。」

「不，我是說眞的，沒有跟你客套。你畫得很不錯，這是一幅完成度很高的作品。你的畫拿去參加我們門派的展覽會，也沒人會相信這是初學幾個月的學生畫出來的吧。很少有繪師能畫出這麼美的線條，對吧，千瑛？」

千瑛默默地看著我，之後輕輕點頭：

「是啊，的確是很棒的一幅畫，只不過……」

千瑛話只說了一半，我等她繼續說完。剛好她在迴避來往的行人，對話就此中斷，我也錯失了問她的時機。千瑛笑著說：

「這次的情況，跟上次展覽會完全相反呢。」

其實我也有同樣的感觸，那一次湖山大師引導著我們互動，大師對千瑛說：

「千瑛啊，青山已經是獨當一面的繪師了，妳就老實說出妳的想法吧，不然他也不會進步。」

「也對，那我就直說了。」

千瑛轉頭看著我的作品，我也走近她身旁聆聽指教。

「我還滿喜歡你的水墨畫，就像爺爺說的一樣，這是一幅很棒的作品。不過，我認為這裡沒有傾注你自己領悟到的熱忱。當然，這是初學者的題材，我也不太願意這樣評論你的作品，但我想見識一下你自己探究的美感。到那個時候，我們就可以站在對等的立場，共同討論繪畫了。」

千瑛說得確實沒錯，這也是我目前畫菊花深刻感受到的問題。我有很多資料，大家也演示很多技巧給我看，畫得出這幅畫是應該的，偏偏這樣一幅作品最缺的就是特色。尤其春蘭的創作步驟和方法都已經定型，本來就是個完成度很高的題材，我純粹是去迎合完成的形態而已。千瑛失去齊藤先生的指導後，開始摸索沒人用過的獨特手法，一幅普通的春蘭對她來說肯定是不過癮的。

「千瑛眞嚴厲啊。」

湖山大師笑著打圓場，但他用眼神告訴我，千瑛的感想是正確的，我也心服口服：

「多謝指點，今後我會好好努力的。」

我跟千瑛道謝，她終於轉過頭來，對我露出自然的微笑，我也對她點頭致意。

正當我們要去看千瑛和其他二人的作品時，有人叫住湖山大師。

「湖山大師！」

我們三人回頭望向發話的人，對方是個打扮典雅的西裝大叔，總覺得有點眼熟。大叔也沒理會我和千瑛，直接跑到湖山大師面前，連作品都不屑一顧。湖山大師瞇起眼睛，彷彿看到什麼很懷念的人物一樣：

「名島啊，好久不見了。」

「是啊，湖山大師，眞的好久不見了。看您康健如昔，實在太好了。」

大叔想跟湖山大師握手，大師伸出手輕輕握了一下。

「聽說貴校的展覽風評不錯，我就趕來欣賞啦，確實令我大飽眼福啊。」

湖山大師環顧周圍的展覽會場，那個叫名島的眼熟大叔也看了會場一眼，之後立刻轉頭對湖山大師說：

「這都多虧大師幫忙啊。」

名島大叔鞠躬哈腰，姿態放得很低。

「不不，這樣講不妥當，是學生的功勞。這位是社團代表青山，他就很努力喔。」

「唉呀，失敬失敬。」

大叔也跟我打了聲招呼，我走近一步才想起這位大叔是誰，他就是學校的理事長。我記得湖山大師說過，他跟我們理事長很熟。我也趕緊回禮，向對方自我介紹。

「我是理事長名島，平常學生跟我接觸的機會不多，可能你不太記得我吧，總之請多多指教。你的活躍我也時有所聞，湖山大師發掘的天才畫家就是你啊？」

「不，沒這回事，我只是平凡的初學者，不是什麼天才。」

理事長裝出不太高明的客套笑容，哈哈大笑幾聲。他的視線很快又移回大師身上，並提出了一個要求：

「大師，難得您特地前來，提出這種要求我也實在過意不去，只是能否趁此機會，讓我們見識一下您的畫技呢？一直希望大師蒞臨的時候，可以實現我們這個心願……」

「這樣啊，我明白了。」

湖山大師爽快答應理事長的要求，似乎懶得再理會對方的逢迎拍馬之詞。光看大師的反應就知道，這些好聽話他早就聽到不想聽了。湖山大師接著又說：

「不過呢，有件事先說好。我畫好的作品給你們沒關係，你可得多關照青山他們，還有其他學習水墨畫的學生喔。」

湖山大師的要求也很明確，理事長的反應跟時代劇一樣，他畢恭畢敬地低下頭，保證一定說到做到。湖山大師同意作畫，理事長開心得不得了，他表示會立刻準備會場給大師使用，說完就不見人影了。湖山大師小聲地對我說：

「麻煩你找一下西濱，跟他說我要現場揮毫，請他把東西拿來。這樣講他就知道要準備什麼了。」

我接到指令後趕緊跑去吸菸區，現在我終於明白，爲什麼西濱先生沒等湖山大師到場，就先自己跑去吸菸區了。湖山大師的雙眼，充斥著平時罕見的光采。

校方在學園祭選美大會的過程中，廣播湖山大師要舉辦揮毫會的消息。一開始會場附近的學生都不曉得發生了什麼事，廣播音量大到連展覽會場都聽得到，在舞臺上帶活動的學生司儀說道：

「呃呃，有一則緊急消息要告訴各位。咦？不是學務辦公室公告的？是理事要求的？那個，大學理事會有要事報告。接下來爲了紀念水墨社團成立，水墨畫大師篠田湖山將在一號館一樓的水墨社團展覽會場，舉辦一場特別揮毫會。所謂的揮毫會呢，好像是現場表演水墨畫的創作過程。眞厲害！這可是超級名人臨時登臺演出啊！各位，有空的話請在下午兩點前往一號館一樓的會場，以上就是大學理事會的聯絡消息。」

司儀在不明就裡的狀況下，活潑地唸完訊息。學生的反應主要分爲兩種，展覽會場附近的學生反應也差不多。

一部分人交頭接耳地說，那種超級名人不可能到這種沒文化的大學來。另一部分的人說，他們想見識見識那個電視上的大人物。

我在吸菸區找到西濱先生時，他正打算再點一根菸來抽。或許是聽到廣播的關係吧，他的眼神顯得很嚴肅，我跟他說明事情原委後，他神態堅定地點點頭說：

「我明白了，那你先回會場待命吧。按照廣播的說法，揮毫會就是在那裡舉行，有什麼消息我再跟你聯絡。」

西濱先生的笑容跟平時一樣爽朗，但他拿著香菸的手在顫抖，眼神也變得很銳利，不曉得接下來會發生什麼事？

聽到廣播最先有動靜的，是來參觀學園祭的老人家，他們都是在地人。沒一會功夫，我回到展覽會場，馬上就有人跑來問我：

「請問篠田湖山大師的揮毫會，是在這裡舉行嗎？」

老人家紛紛跑來問揮毫會的相關事宜。

詳細情況我也不清楚，只好給他們模稜兩可的答覆，我說揮毫會應該是在這裡舉行沒有錯。話才剛說完，就有一群學園祭執行委員會的人，跑來展覽會場擺放摺疊椅。

他們問我能否稍微移動展示板，我也沒有想太多，就同意他們移動展示板了。展覽會場的中廊天井直達四樓，委員會的人想移動擺在中廊的展示板，把那塊區域當作揮毫會的場地。的確，這麼做的話客人移動到二、三樓，同樣能欣賞到一樓的揮毫會。我很佩服他們臨時想得出這個好方法，這時候古前和川岸急急忙忙跑回來了。

「你們回來得正好，我可能要去幫西濱先生的忙，會場就麻煩你們顧了好嗎？」

「你怎麼不懂事情的嚴重性啊，青山！這個會場可能會被人潮擠爆啊。」

「什麼意思啊，古前？」

古前連忙向我解釋原因。

司儀在舞臺上報告湖山大師要舉辦揮毫會，學園祭執行委員會和大學事務所就接到了無數的詢問電話。現在大學停車場瞬間爆滿，附近還有塞車的情況發生。

「恐怕大量人潮會擠在一起，一口氣湧入這個會場。剛才廣播的時候，理事長也聯絡了鎮上的老人會和商店街的團體。況且，我們學校的廣播音量也傳遍全鎮了。揮毫會的消息馬上就傳開了，這半小時內，人潮和攤商的營業額都增加了一．五倍。」

「事情變得這麼誇張啊？難怪會場越來越擁擠。」

「我跟那些執行委員會說過，現在沒時間擺摺疊椅這種東西了，應該發行高價門票或號碼牌，把所有人集中到一號館。可是，執行委員會根本不鳥我，我們也沒有控管這場活動的能力。當務之急是在人滿爲患之前，先把作品和展示板撤掉，保護千瑛大小姐和我們幾個的作品，也是在保護學園祭，接下來這裡就是戰場了。」

在我們對談的當下，會場同樣湧進大批老人就座，彼此還會優先禮讓腿腳不方便的人。這是高度的行動力和協調性創造出來的奇蹟景象，但我的背上也開始流下冷汗。

確實，再這樣下去客人會撞到展示板或作品，我們必須避免客人和作品受到損傷。戴回太陽眼鏡的古前與我四目交會，我同意他的說法，將作品撤到一號館的空教室。就在我們要把展示板搬出會場時，西濱先生跑來會場，請我們先停止動作。

「青山，你來得正好！那一塊展示板先放著，湖山大師說要用那一塊板子作畫。」

「用這一塊展示板作畫？這有榻榻米的兩倍大耶，大師要畫這種尺寸的水墨畫嗎？」

西濱先生一面說是，一面拿下古前手中的展示板。古前立刻引導人潮，安排一條通道給西濱先生通過。基本上，古前的熱情總是用錯地方，但他到了第一線無疑是有能力的人。

「這也見怪不怪，平常大師不太喜歡現場揮毫，一旦決定要做，都是畫這種大尺寸的作品。可憐的是千瑛，她得拚命磨出這幅畫要用的大量墨水。」

「這、這麼大尺寸的畫作耶？再給她一個小時磨得完嗎？」

「應該沒問題啦，每次都是這樣。一個小時能磨出多少墨，也決定了湖山大師會畫什麼樣的作品，反正會依照當時的尺寸和題材來調整。千瑛現在可拚命了。」

「那我得去幫她才行。」

「不行不行，硯臺只有一塊，墨條也只有一條，你現在去了也幫不上忙，先幫我處理這邊的工作，跟我一起搬運器材吧，這裡就要成爲戰場了。」

西濱先生和古前說出一樣的話之後，放下手中的展示板：

「先專心處理自己能做好的事情吧，我可指望你們了。」

我和古前對看一眼，決意處理好眼前的危機，大量人潮不斷推擠我們的肩膀。

古前要求執行委員會，臨時搭建一個即席舞臺。湖山大師走到臺上後，一號館的一樓會場，還有二、三、四樓天井旁邊的走廊，全都安靜下來。純白的大型展示板上貼著畫仙紙，湖山大師就站在看板前面，對眾人低頭行禮。

湖山大師的影子，映照在後面看板的畫仙紙上，他大概是要站著作畫吧。

千瑛端著放有畫具的托盤上臺，將畫具放到一旁的桌上開始磨墨，我則在舞臺邊守望他們爺孫二人。擠滿整個會場的老人家，眼神都充滿期待。

「各位來賓，大家好，我是篠田湖山。今天我打算畫秋季的題材，請多指教。」

語畢，湖山大師背對觀眾，大步走向作畫用的道具。

千瑛在磨墨的同時，移動到不會妨礙大師的位置上，她專心做好自己的工作，沒有多說一句話。這方面的體貼和細心，只有同爲繪師的人才做得到。在創作者的身旁磨墨，又不能妨礙到創作者，輔助者也得有一定程度的水墨技法才行。湖山大師拿起比平時稍微大一點的毛筆，將毛筆浸到筆洗中細心調墨，調完後獨自站到純白的畫仙紙前。

底下觀眾同樣靜悄悄的。

會場充斥著一股異樣的緊張感，明明現在風平浪靜，但大家心知肚明，等一下有不得了的大事要發生了。湖山大師獨自面對巨大的白牆，身上散發著不可思議的靜謐氣息，彷彿所有聲音都被吸收了。

我思考這種氣息究竟是怎麼來的，大師隨意拿在手中的毛筆正是關鍵。毛筆、手臂、身形、背影、眼神全都融爲一體，在場眾人看得目瞪口呆。光是待在那裡就感覺得出來，眼前站著一個奇蹟般的人物，他將自己的心力與人生傾注在一項技藝上，而今他的神手將要帶來奇蹟，所有人都有同樣的預感。在這個會場裡，我也跟其他人一樣只顧著看湖山大師。

我總覺得湖山大師就在我心中的玻璃屋裡，代替我站在那道冰凍的白牆前。這是一種近似幻覺的體驗，現實中的某個人，竟然出現在自己內心深處。一個獨自站在巨大畫仙紙前的矮小老人，讓我深刻意識到自己的心境。老人身上濃烈的生命氣息撼動了我的心，湖山大師的生命力和人生歷練，吞沒了在場每一個人的意識。

湖山大師提起毛筆，所有觀眾都被連繫在一起，陷入同樣的感動之中。就形同樂團指揮舉起指揮棒時，所產生的緊張感。緊接著，湖山大師一筆落下。

再來，就是一連串的奇蹟、感動、快感。

揮落的大筆連續按在紙面上，形成碩大的葉片，重新調墨的毛筆留下深沉的墨色沉積，巧妙地化爲果實。紙上出現無數的葉片和果實，還有巨大的樹木，當眾人看出那是一棵樹的時候，湖山大師把畫出大樹的毛筆，換成平時在用的老舊鼬毛筆。會場的氣氛稍微改變了，每個人滿懷緊張與期待，迎接最高潮的到來。湖山大師的神手和慣用的毛筆，本身就帶有強大的說服力，他俯視毛筆，微微一笑。

然後，湖山大師轉頭望向一旁的我，注意力暫時從畫中抽離，對我露出了笑容。大師跟平常沒有兩樣，既沒有緊張也沒有感到疲勞，同樣是我熟悉的臉龐。湖山大師的用意，是要我看清楚接下來發生的事，我感覺到自己的背脊在顫抖。

湖山大師往前一踏，隨手運筆往下一揮，柔順地畫起了線條。蜿蜒的線條柔韌有彈性，能看出重力的效果。大家一看就知道，那是由上往下延伸的東西，在畫中承受微風吹拂。我們感受到不存在的微風，還有不存在的重力，連不該存在的生命質感都感受到了。那不過就是一道線條，純粹是墨色和毛筆的軌跡，卻在一瞬間創造了生命。

「是藤蔓。」

在場所有人一下就看懂湖山大師畫什麼了，大師隨手畫出的線條正是葡萄的藤蔓。

碩大的葉片，成串的果實，還有枝條、莖幹、樹木，全都由藤蔓串聯在一起。散布在畫上的無數生命，在這一筆下連結成一個完整的生命。方才的墨跡逐漸暈開、乾燥，聚合於湖山大師的意志下。

每個觀眾的注意力和心靈，也被湖山大師的巧手串聯在一起了。

那一刻我終於明白，為什麼湖山大師會說嘗試很重要，自然很重要。還有那句「繪畫，就是一種幻想」的意思我也想通了。

水墨畫追求的不是外形，更不是完美。

畫出生命的片刻，才是水墨的本質。

自己活在當下的生命光輝，以及對生命的深刻共鳴，乃至對生命的感謝和禮讚，在感受那分喜悅的當下透過筆觸呈現出來，才是眞正圓滿的水墨畫。

「人心之中沒有宇宙嗎？」

湖山大師的這一句話，就是在形容這樣的境界。一般繪師太習慣作畫、太習慣描繪外在形體，無形中遺忘了「描繪」的本質，看不透這個道理。說不定這就是湖山大師的教誨吧，所謂的作畫，其實是與生命同在。

無數生命在畫中串聯的那一刻，湖山大師的那一幅畫、那一道線條，也將在場所有人連繫在一起。

描繪線條的時間結束，再來是打點調整美感的時間了。我們像在聆聽寧靜的敘事曲，內心無限惋惜。

湖山大師放下毛筆，回過身來緩緩環顧四周，最後他爽朗一笑，深深鞠躬。

現場響起的零星拍手聲，化為震耳欲聾的高亢喝采。場中的幾百人奮力鼓掌，許多人激動得站了起來，站不起來的前排老人，也雙手合十膜拜湖山大師。

歡聲雷動中，湖山大師站在巨大的葡萄樹前，臉上帶著靦腆的笑容。湖山大師的氣質太華美了，他帶領我們大家體驗了水墨的美好，也在我的心中和記憶中，留下同樣的畫作。我們跟著湖山大師，一起體驗了最美好的事物從誕生到完成的那一刻。

這些掌聲，是眾人分享這分喜悅的合唱。

人可以透過繪畫接觸生命。

學園祭結束後，四周一片寂靜，先前的慌亂已不復見。

據說，許多人看了湖山大師的揮毫會，紛紛拜訪文化會，要求加入水墨社團。古前以講師不在爲由，拒絕了他們的要求。相對地，古前邀請他們加入文化會，壯大自己率領的文化會規模。川岸也聯絡千瑛，商量社團活動重新召開的日程。遺憾的是，除非我們完成參展作品，否則我跟千瑛都不會回社團，今年是沒時間召開社團活動了。

湖山大師在揮毫會結束後對我說：

「等你畫出好作品，再來找我吧。」

大師說完這句話，就緩步消失在人群中了。他說的「好作品」究竟是指四君子的畫，還是指湖山獎的參展作品，我不得而知。只是考量到時間所剩不多，我得盡快著手創作才行，這一點是無庸置疑的。西濱先生拍拍我和古前的肩膀，慰勞我們的辛勞。

「接下來才是關鍵時刻喔。」

西濱先生一臉嚴肅地提醒我，之後笑著跟我道別，追上湖山大師的腳步。

千瑛留在人潮變少的一樓會場，跟川岸相談甚歡。二人聊到一個段落後，千瑛來到我面前，一臉溫和寧靜的表情：

「等我們的作品都完成了，再見面吧。」

之後，千瑛俏皮地說道：

「之前說好的事情，就先寄著吧。」

我疑惑地看著她，不懂她指的是哪件事，她說：

「去日暮屋吃飯啊，你還記得吧？你說過要請客的。」

確實有這回事，我答應她學園祭的展覽會結束後，要請她吃飯。

「等我們都畫好自己的作品，再一起去吧。」

「當然，一言爲定。」

千瑛在我心中有了一定的分量，多虧有湖山大師和她的陪伴，我才能接觸到一個未知的新世界。

千瑛轉身離去，一頭長髮還來不及跟上回身的動作，她就踩著輕巧的步伐離開了。她纖細的身影消失在人群中，我知道自己是爲了待在她和大師們的身旁，才拿起畫筆的。

古前和川岸手牽著手，目送千瑛離去。

我的創作過程一直不順利。

我買了好幾束菊花，枯了就再買幾束回來。漸漸地，我出席講課的次數也變少了，我拜託古前幫我簽到，再拜託川岸借我筆記，他們都欣然同意。偶爾我會去川岸打工的地方喝咖啡，他們會問我創作的進展如何，無奈我始終沒法給出好消息。

用墨作畫對我來說已經習以爲常。

我多次在畫仙紙上細膩地描繪菊花的外形，記住葉片的形狀和花瓣的質感，進行精密的描繪訓練。就結果來說，我掌握了菊花的外在形體，終於「能用墨畫出菊花」了。不過，我的技巧越熟練，發現的問題就越大。我用毛筆和墨水畫得再怎麼精細，也沒有湖山大師和翠山大師那種創作上的意境。

我用掉了一大堆畫仙紙，照理說畫這麼多應該要進步才對，但我重看自己畫出來的東西卻感到很錯愕。那些繪畫是有菊花的外形，但也僅此而已。

以墨水的粒子構成的繪畫，就算正確排列成菊花的外在形體，也算不上眞正的水墨。因爲水墨還有型態以外的要素存在，我看不出型態之外的要素，只好一直觀察菊花，一直練習作畫。

我的煩惱化爲不安，不安又化爲焦躁，這些問題全都呈現在我的畫藝上。我筆下的線條失去生機，沒有畫春蘭時的清朗氣息了。當我發現自己的情況糟得超乎想像時，已經到冬天了，距交稿期限只剩不到一個月。

寬敞的房間地板上盡是失敗的作品，等到廢紙堆積如山以後，我才像個笨蛋一樣想通一個很簡單的道理。

「用墨作畫，不見得就是水墨畫。」

我自言自語地說出這句話，這樣的體悟融入我的心中。仔細想想，我現在根本不該有這樣的疑惑，湖山大師一直在教導我，追求形態和技巧的繪畫稱不上水墨畫，這樣的結果我也親眼見證很多次。

然而，自己實際嘗試後才發現，我明明知道這個稀鬆平常的道理，卻輕易犯下同樣的錯誤。我想起了齊藤先生和千瑛，他們一直在對抗這樣的煩惱。光是用看的無法體會，一定要自己動手嘗試，並且失敗過才深有體會，我嘆了一口氣。

我整理室內環境，收拾散亂的畫仙紙，替自己泡了一杯茶。接著攤開畫仙紙，磨好作畫要用的墨水，靜下心來拿起毛筆。我凝視著畫仙紙，感受毛筆的重量，將毛筆筆尖置於純白的梅花盤上。

接下來的嘗試才是勇氣，眞正的水墨畫所隱含的要素，光用畫的是分析不出來的。要用描繪以外的方式，來找出作畫的方法。水墨畫的本質在於描繪之外的境界，至於那是什麼樣的境界，該往哪裡去追尋，我還沒有頭緒。當我靜靜放下毛筆時，說也奇怪，我好像有了不一樣的體悟。我似乎稍微接近了眞諦，有一種心靈獲得解放的溫柔感覺。

我更放鬆地眺望菊花，相信一定有一窺堂奧的方法，一定有下筆的線索。我凝視著沒有時間和空間的畫仙紙，尋找探究眞諦的入口。

之後整整一個禮拜，我沒有拿起毛筆，只在房中眺望花瓶裡的菊花。我坐在菊花前面，仔細觀察花瓣的形狀，還有枝葉的生長方式，然後盯著純白的畫仙紙。

我在純白的畫仙紙上觀想白色的菊花，觀想完再回頭看眞正的菊花，看完又回頭盯著畫仙紙，這就是我重複在做的事情。在旁人看來，我純粹是坐在那裡發呆而已，但我本人是非常認眞的。我雙手環胸、神情凝重地坐在菊花前面，注意力都放在菊花和畫仙紙上，完全無法動彈。

我凝視著純白的紙張，在腦中觀想上百次作畫的過程，舉凡運筆的動作、墨色沉積、線條氣息都是我觀想的要素。經歷無數次失敗和少數的成功後，我可以直接想像自己持筆作畫的狀況。

只要稍微集中注意力觀想，腦海中就會出現毛筆和畫仙紙，以極爲眞實的方式作畫。有點類似棋手在腦中推演棋局，我很自然地掌握了這項技巧。或許是水墨的畫具和用色單純，我才能在腦中揣摩吧。

我在空無一物的房間裡，利用自然的光源持續觀察菊花。久而久之，我從畫仙紙上看到各種創作意象，湖山大師也經常看著庭園發呆，想必也是在腦中揣摩意象和作畫情況吧。至於翠山大師爲何那麼沉默寡言，又爲何極力保持寧靜的生活方式，我也看出一點端倪了。這兩位大師就算手邊沒有紙筆，也一直在作畫。

我面對玻璃屋的白牆，把那一面牆當作畫仙紙，進行各式各樣的創作實驗。我畫了整面的春蘭，還有竹林和高大的梅樹，總之我把自己會畫的東西都畫上去了。下一步，我憑著記憶力重現自己還不會的技法。無法順利重現的時候，我就不斷在錯誤中摸索，試著畫出那些技法。

我重現的題材有千瑛的玫瑰、齊藤先生的爬藤玫瑰和牡丹，以及湖山大師前些日子畫的葡萄樹。對於沒學過的技巧，我有很多不明瞭的地方，但憑藉記憶力和多方思考，偶爾還是有靈光乍現的收獲。想一件事情想到鑽牛角尖，想到心煩意亂，這種負面行爲竟然能在意想不到的情況下帶給我領悟，這多少有點好笑。或許，我是一個很適合孤獨的人吧。

然而，諸多前輩畫給我看的，套一句西濱先生的說法，是別人「教我的」水墨題材。千瑛想看的是「我自己領悟的美感」，湖山大師也要我「向菊花求教」。他們二人的指教似乎有什麼共通之處。

關於技術上的問題，我大概只要坐著苦思揣摩就會進步了。跟老師和前輩求教，反覆鍛鍊偷學來的技巧，再憑自己的力量重現就行了。只要細心觀察、精準運筆，即可保持一定的進步速度。問題是，「作畫」不單是展現高度的技巧或自己學到的技術，那只是跟技巧的「傳授者」互有連結，不是跟自然互有連繫。

轉念及此，我試著用不同的觀點來看菊花，可惜還是找不到我要的答案。每次我想提筆作畫，創作意象就會瞬間消失，我在動筆前就知道注定會失敗。如果說每一筆都要盡善盡美，那我下手的第一筆就已經偏差了。

水墨畫並非在創作中持續考察和摸索的繪畫。到頭來，我連描繪這樣的外在現象都掌握不住。

聖誕節將近的某一天，毫無寸進的我決定離開家門。

「我畫不下去了。」

我全身充斥這種負面的心情和焦躁感。一走出家門，只覺身體沉重、精神渙散，好像很久沒有外出一樣。

樹上的葉片都掉光了，行道樹光禿禿的枝條，擋不住冬天特有的水色藍天。建築物的輪廓看起來特別鮮明，來往的車輛聲似乎也比平時大上許多。我佇立在冬天的氛圍中，離開狹窄的房間來到開闊的地方，確實是心曠神怡的事情。

我久違地呼吸外界的空氣，手機突然發出震動。我忘記手機一直放在外套裡，所以震動時嚇了一跳，趕緊摸手機擺放的位置。來電者是西濱先生，我一接起電話，就聽到西濱先生罕有的凝重嗓音：

「啊啊、青山，不好意思打擾你了。你現在有空嗎？你仔細聽我說，那個，湖山大師病倒了……」

電話一掛斷，我握緊手機跑向湖山大師所在的醫院。冬天的冰冷空氣，像針扎一樣刺痛我的肺部。

湖山大師就住在學校附近的綜合醫院。

我尋找西濱先生告訴我的病房，找到後先敲門再入內。一進去就看到千瑛在削蘋果，千瑛看到我本想打招呼，卻不小心割到自己的大拇指。

「千瑛啊，妳就是慌慌張張的，做事才會粗心大意，慢慢來就好了。」

湖山大師躺在病床上溫言勸戒，千瑛嘴上說明白，態度倒是有些不甘願。她起身離開病房包紮手指，臨走前還叫我慢慢聊，不用急。我坐上千瑛的位子，只見湖山大師額頭上貼了一塊大ＯＫ繃，大師的神情略顯疲憊，但他一看到我來還是露出了笑容：

「青山，謝謝你來探望我啊。」

「是西濱先生跟我聯絡，大師你不要緊吧？」

「不要緊啦，其實根本沒必要住院，大家太誇張了啦。我只是重心不穩，不小心滑了一跤而已。他們爲了讓我做檢查，才安排我住院，搞得跟重症患者一樣。我很討厭看醫生，其他人想趁這機會替我做全套健檢，人老了就是不中用啊。」

「大師沒事的話，我就放心了。」

湖山大師說自己只是不小心跌倒，但他平時下盤穩健，走起路來健步如飛，怎麼會不小心跌倒呢？因此，聽完他的說法我並沒有放心。上一次舉行揮毫會時也是這樣，湖山大師的氣色越來越差了，總覺得他的大限將近，我的心情也沉重起來。湖山大師沒有再多提自己的健康狀況。

「菊花畫出來了嗎？」

湖山大師靜靜地問我作畫狀況，我一開始聽不懂他說什麼，過了幾秒才明白他這句話的意思，我搖搖頭回答：

「沒有，完全畫不出來。我只畫得出形體，但那算不上水墨畫。」

湖山大師聽完嘴角微揚，稍稍嘆了口氣。那口氣實在嘆得太輕，我還以爲他要睡著了。

「要注視生命，青山。不是注視形體，而是生命。」

我抬起頭看著湖山大師。

「你要順著四季的變化流向，向那些順應自然而生的生命謙卑求教。我不是叫你畫花，而是叫你向花求教。」

沒錯。

湖山大師確實是要我「向花求教」，我再一次深思那句話的涵義。我本來以爲那只是單純的比喻，意思是要我全神貫注觀察花朵，就像跟花朵求教一樣。然而，湖山大師的眞意肯定不只如此，他的眼神非常嚴肅。

那時候我的腦海中，已經浮現出一朵菊花了，每一個細部我都看得很清楚。我一直認眞觀察菊花，生怕放過任何一個細節，但湖山大師那句話的意思，跟這樣的行爲有些微的不同，大師和顏悅色地告訴我：

「你要向花求教，從中發現美的原型。」

「美的原型……」

「你一定看得出來。找出美的原型，這在水墨中又稱爲寫意，或是寫意性。如何稱呼不重要，你內心那個純白的世界裡，可以很清楚地看到生命對吧？」

我驚訝得張大眼睛，湖山大師笑了。

「大師，你早就知道了嗎？」

湖山大師點點頭，並且嘆了一口氣：

「第一眼看到你的時候就知道了。當時我在想，年輕人怎麼會有這麼孤獨哀傷的眼神，就跟過去的我一樣。」

「過去的我……？大師你也經歷過嗎？」

「在我們那個年代，這樣的經歷並不罕見。我們那個年代的人，青春都被戰爭給毀了。我失去了夢想，失去了家人，也找不到活下去的意義，眞的孤獨到無可救藥。你跟那時候的我很像。」

聽著湖山大師比平時更加緩慢的語氣，我想起了遺忘已久的深沉哀痛。那是一種疼痛稍微減輕後，才終於感受到痛楚的感覺，淚水也溢滿我的眼眶。

「我失去了家人，失去了一切，是我的師傅收留我，賦予我活下去的意義。沒有那個人就不會有今天的我，更不會有後來的人生，以及活著才能碰到的諸多體驗。我也不會接觸水墨畫……連活著的喜悅和美好都感受不到……」

湖山大師大嘆一口氣，牽起我的手說：

「其實你跟千瑛的勝負如何，我並不在意；你能否成爲一個優秀的水墨畫家，這也不重要。我只希望你找到活下去的意義，發現這個世界的美好，這樣就夠了。我只是沒有其他方式教導你，才會用水墨畫。我想給你過去我得到的東西。」

湖山大師的眼中也浮現斗大的淚珠，我強忍著幾乎要奪眶而出的淚水，感受大師顫抖的手掌帶有的溫度。

「大師，眞的很感謝你。」

我以嘶啞的嗓音向湖山大師道謝，他從一開始就看透了。我看著湖山大師，對他湧現一股親近之情，猶如看到了另一個自己、另一個至親。

過去我失去一切，嘗到無比的孤獨，沒想到孤獨的人也能跟世界有如此廣大的連結。

我明白，那一刻我傳承了湖山大師的水墨。

一離開病房，我發現千瑛坐在旁邊的長椅等我，她一看到我就站起來說：

「聊完了嗎？」

這句話的言外之意是，我讓她等了很久。我默默地點頭回應，她看著我的臉龐問道：

「你哭了？」

我搖搖頭回答：

「沒有，只是聊了一下而已。」

千瑛也沒再多說什麼，她跟平常一樣甩著長髮，回過身對我說：

「我送你回家吧。」

千瑛用眼神示意我跟上她的腳步。我從善如流，跟上千瑛的背影，順便提出了一個要求：

「我想先去某個地方。」

「好啊，沒有很遠的話我載你。」

「在隔壁小鎮，可以嗎？大約一小時路程。」

「沒問題，你知道路嗎？」

我用力點頭說知道，沒有人會忘記回家的路。

車子一開到市區，我先去超市買了菊花和千瑛的飲料，千瑛喝著草莓歐蕾開車。

「放心吧，很快就會有一大堆親戚跑去醫院，我不在也無所謂。」

我什麼話都沒說，千瑛卻像看穿我的想法一樣，主動說了一個讓我安心的藉口。我猜千瑛不太喜歡親戚聚在一起的場合，這種心情我多少也能體會。千瑛改變話題，問我作畫的進展如何。我搖搖頭，老實說自己沒什麼進展。

「題材是菊花，沒進展也很正常，這算是試煉嘛。」

「菊花是這樣的題材嗎？」

「沒錯，菊花被喻爲初學者的畢業題材，創作者必須自己找出作畫的方法。不過，已經沒幾個人這樣做了，大家都會拿到範本，所以就拚命分析範本的畫法。像你這種遵照指示獨自摸索的人，大概也找不到第二個了，辛苦你了。」

「我每天都在思考該怎麼畫才好。」

「是每小時才對吧？」

「也對，確實是這樣沒錯。」

「要不我畫個範本給你？」

我謝絕了千瑛的好意：

「不要緊，我再想辦法摸索看看。雖然時間所剩不多，總之盡我所能試試吧。」

「是嗎……那我期待你畫出來的作品。」

千瑛的聲音聽起來心情不錯，接著她開始聊起日常的話題，這還是她第一次跟我閒話家常。例如她很喜歡巧克力，每次去超商都會買巧克力吃，不知不覺間包包裡塞了一大堆巧克力。還有，她想在水墨教室養小貓小狗，可惜湖山大師不准她養。這些話題我也插不上話，頂多只能隨口附和幾句，但千瑛對這樣的反應很滿意。千瑛漫長的話題還沒聊完，車子已經開到目的地了。

「這是哪裡？」

也難怪千瑛會這樣問，她把車子停在建築物前面，跟我一起下車。我很自然地打開房子的大門，從口袋裡拿出鑰匙打開家門。這把鑰匙我好久沒用了，但一直帶在身上。

對我來說，只有這裡才是我的家。千瑛站在門前沒有進來。

「這裡是我家，不嫌棄的話……上來坐會吧。」

千瑛看了門牌一眼，上面有青山二字。我們站在門內與門外，彼此的距離感覺好遙遠。千瑛猶豫該不該進來，我對她說：

「外面很冷，進來喝杯茶吧。」

聽我這麼說，千瑛才終於進到大門內，我率先打開門進入家中。若只有我一個人，我絕對不敢回到這個地方，我很怕變回以前的自己。當我一腳踏入房內，聞到令人懷念的味道時，原以爲會感受到過去那種深沉的絕望和陰暗心情，但實際體會到的只有虛脫感。我發現自己脫下鞋子後，一直踩在鞋子上不敢前進，這才意識到心中強烈的虛脫感。我不敢踏出走上家中地板的那一步。

「不要緊吧？」

千瑛把手放在我的肩上關心，我跟千瑛道謝後，伸出右手尋找開關的位置，我的手還記得開關在哪個地方。電燈點亮後，熟悉的玄關景色帶我踏出那一步，藏在心中的那句話也脫口而出。

「我回來了。」

這就是我一直想說的那句話吧。

「歡迎回來。」

我並不期待有人會歡迎我回來，但千瑛爲我說出了那句話。我回過頭，千瑛明白我回到家中的意義。千瑛說「歡迎回來」後，又說了一句「打擾了」，才跟我一起進入家中。

我牽起她的手歡迎她進來，帶著菊花回到了久違的老家。

「我回來了。」

我對著空無一人的房子，再一次打了招呼。也許，我是對這個家說的吧。

我帶千瑛到客廳後，打開暖氣和家中的電燈，看到這些東西還能運作我好感動。家中的一切都跟我離開時別無二致，代表一直有人在支付水電費用。可能是叔叔和嬸嬸替我付的，好讓我隨時都能回來吧。事到如今，我才明白自己應該好好感謝他們的體貼和良心，過去我完全沒心力去體察他們的用心。

好久沒在家中泡茶了，我到廚房尋找杯子和茶葉，每一樣東西都好令人懷念。茶葉罐上貼有母親寫的標示，有紅茶、咖啡、綠茶、烏龍茶等等。我拿出紅茶沖泡。

室內的溫度還是很冷，茶水的熱氣都看得一清二楚，千瑛坐在長沙發上，我坐在一旁的單人沙發上，那裡一直是我坐的位子。

「我實在很想來這裡，謝謝妳載我來。」

我再次跟千瑛道謝，千瑛環顧四周，眼神也變得很溫柔，她問我：

「原來這裡就是你的老家？」

「嗯，看起來像有人住的地方對吧？正確來說，是曾經有人住的地方。」

「也對，比你的套房……溫暖多了。」

「我也是這麼想的。兩年前父母去世後，這裡一直沒有變。那段時間我什麼都無法做，所以才沒有改變，應該說我做不出改變。我心中沒有任何改變的餘力。」

屋內的溫度逐漸上升，茶水的熱氣也看不到了，只留下滿屋的茶香。

「上大學前的那段時間，眞的是不容易。我失去了思考的能力，也記不住任何事，好像自己被世界放逐了一樣。現在能過上接近正常的生活，對我來說是很特別的事。」

「很特別？像現在這樣過日子？」

我很難說清楚那種感覺，不管用什麼方式說明，我的感受也只會變成司空見慣的詞句。我耗費了大量的時間和心力，才得以重新過上正常的生活，這中間的過程太過孤獨，我沒辦法跟別人分享。深沉的哀傷和痛苦，還是不要說出來比較好。況且不說明，就不用對自己心裡的破洞喊話了。

「失去親近的人，心會累。心一旦累了，就會失去交流和做出反應的能力。」

「這樣啊……看到現在的你，我很難想像那是什麼情況。」

「我也這麼認爲，說不定繪畫在無形中治癒了我。語言總是與思緒連結在一起，勾起我陰暗無力的心情。但水墨畫能透過描繪這件事，教導我外在世界的眞理，告訴我自己究竟感受到什麼。」

「爺爺以前也說過類似的話，他說作畫就是在擺脫自己的語言和想法，而且水墨多次拉了他一把。你果然跟爺爺有相似之處呢。」

「聽妳這麼說，是我莫大的光榮。」

「你可不能變成那種乖僻的老爺爺喔。」

千瑛捧著茶杯笑了，我也跟著笑了，之後我對自己說：

「其實，我必須在這裡重新開始才行。」

千瑛看著我，我稍微低下頭，從沙發上站起來。兩年前，我把所有看得到的家人照片都收起來了。我到廚房的櫃子拿出其中一張照片，擺在桌子上面，再將插入花瓶的菊花供奉在一旁。菊花與父母的笑容同在，總覺得他們隔著小小的相框在對我說話，我似乎能明白爲何要對故人獻花了。有時候，花朵比語言更能傳遞我們的思念。

我獻給他們的菊花，比至今看過的任何菊花都更明亮柔白。

深綠的葉片蒼翠碧綠，我好久沒有看到父母的容貌了。在我感到懷念的那一刻，我知道自己和父母的距離，隨著時間流逝慢慢改變了。我再一次看向菊花，千瑛也陪我欣賞著菊花，她是否知道我在想什麼呢。

「我認爲來這裡看菊花，或許能帶給我某些啓發。或許，我可以把懷念父母的那一段漫長時光，畫在一朵菊花中。或許，我可以像湖山大師那樣，畫出與生命同在的水墨。」

「你想把思念畫出來是嗎？」

我點點頭說：

「總有一天我會慢慢恢復，忘記心中的那分痛楚，重新找回自己的幸福。到時候，我不希望自己遺忘那段孤獨的時光，遺忘父親和母親的回憶。」

「你的水墨畫，能做到這一點嗎？」

「畫仙紙跟心靈一樣，沒有時間與空間的限制不是嗎？」

千瑛也點頭同意，那動作就跟剛才的我一樣天真無邪：

「我相信你一定辦得到。我這輩子還是第一次，從別人的畫中感受到淒美的情緒，我喜歡你的畫。」

千瑛的眼神很認真，我看著千瑛的雙眼，心裡想的也是同一件事：

「我也喜歡妳的畫，第一眼看到就很喜歡了。我最初看到妳的作品，發現裡面有我一直缺失的東西。我記得妳曾經說過，沒有勇氣就畫不出好的線條，這句話的意思我終於想通了。付出自己的一切來作畫，畫出那無法修正的一筆……若沒有見識到妳的勇氣，我現在依然走不出自己的心，只敢在那個狹窄的玻璃屋中，不斷回顧記憶。千瑛，謝謝妳。」

之後，我們默默凝視對方，既沒有互相接觸，也沒有多說什麼。我們都是繪師，用自己的眼神和心靈去感受對方眼中的情念，這比什麼都重要。

菊花淡淡的香氣，飄散在沉默的氣息中。我們都感受到，彼此之間產生了一種非常美麗的情感。

越想畫出好作品，反而越偏離繪畫的本質。

這一點我已經知之甚詳了。

回到公寓後我立刻開始作畫，眼前只有菊花和畫仙紙。

我拿起乾毛筆，浸入筆洗中沾濕筆尖，水中出現了幾個氣泡。毛筆多了一點重量，帶給我一種懷念的感覺。我將吸飽水氣的毛筆按在梅花盤的邊緣，調整出尖銳的筆尖。我的心變得跟毛筆一樣集中而銳利，最後我用布巾吸走筆尖上多餘的水分，才發現自己盼望著拿起筆作畫的這一刻。我確認著食指和中指接觸到筆管的觸感，先把毛筆靠在梅花盤上。我輕輕敲擊陶器，發出了清脆響亮的聲音，隨後感覺到跟筆尖一樣銳利的知覺。現在的我，無疑是個眞正的繪師。

眼下的關鍵不是描繪，而是用眼睛洞察花朵，洞察自己的心靈。凝望重要事物的那種感覺並未消失，我可以清楚看透菊花和心靈。

湖山大師一再提醒我，要跟花朵求教。我謹遵教誨，一顆心都傾注在菊花上。凝視菊花的時間一久，感覺菊花也在凝視著我。

「我該怎麼做才好？」

我對著菊花自言自語，菊花沒有回答我。菊花靠在花瓶的邊緣上，百無聊賴地低著頭。我一時興起，也歪著頭觀察菊花。我從完全不同的角度看花朵，感覺花朵也從不一樣的角度看著移動的我。

我注視菊花低垂的側臉，也許那算不上側臉吧。不過，在我看來菊花好像真的別過頭，刻意迴避我的視線，還一副很無趣的樣子。

我拿起菊花，將菊花從頭看到尾，感受菊花拿在手中的重量，再溫柔地放回花瓶中。菊花看上去也較為沉靜了。

我凝視菊花好一段時間，幾乎要忘了作畫這回事，菊花似乎也很放鬆。

我對著菊花微笑，菊花也像在對我微笑。明明菊花的外形沒有改變，純粹是我內心泛起了跟微笑一樣的心理變化，菊花看起來才像在微笑。然而，這種感覺與花朵同化，被投射在花朵上以後，也隨著心境的變化消失了。

我的心在呼應眼前的小生命，那是非常細微的變化，不仔細去感受很容易忽略。

於是，我繼續凝視花朵。

接著閉上雙眼。

一朵菊花飄浮在純白的空間裡，那是只存在於我內心，只屬於我的菊花。等我觀想完張開眼睛，發現心中的菊花和眼前的菊花不太一樣。我眼前的那一朵菊花，存在感跟心中的那一朵不同。轉眼間，花朵的意象變了，我的心也跟著變了，湖山大師說人手追不上現象的變化，指的就是這麼一回事。

在極端的環境下，帶有生命的花朵也無時無刻在改變。的確，以人手追逐現象的變化太慢了。看得越仔細，越會發現當中的落差。所謂的生命，其實就是不斷變化的每一刻。

那麼，究竟該怎麼辦才好呢？

我馬上想到一個答案，同樣是湖山大師的教誨。

「你要向花求教。」

湖山大師不是叫我畫花，既不是描繪外在現象，也不是追逐外在現象。更不是要我用卓越的技巧，畫出那種自以爲是的形式化花朵。

向花朵求教，意思是跟花朵共同完成一幅作品。也可以說是，請花朵來作畫。

我很喜歡這一朵白色的菊花，在我眼中這朵菊花有著獨一無二的美感。美到讓我覺得眼前的菊花，是非常重要的存在。我能透過雙眼，感受到其他生命的存在。

爲什麼我一直沒有注意到呢？

每一朵菊花都是獨一無二的，再也找不到第二朵一模一樣的菊花。菊花只存在於當下這短暫的一刻，然後慢慢枯萎死去，沒有再次相遇的機會。生命在某一個時刻誕生，同時也有可能在下一刻失去，是人力無法挽留的。這件事我比誰都清楚，生命的光輝與黑暗，眞切地體現在這朵菊花中。

我的心，停留在這分小小的感動。

從我誕生，到我替生命送行，乃至我細思極想的這段短暫時光中，我唯一能做的，似乎也就只有憐惜眼前的生命了。

我感覺到自己的心逐漸貼近菊花的心，有那麼一瞬間，我彷彿看到菊花對我微笑，這一刻撼動了我的心。

我拿起毛筆開始作畫。我的手像接到指示般，很自然地開始調墨。筆毛吸收了薄墨，中等濃度的墨只吸收了一點點，筆尖也沾上了一點濃墨，小小的筆尖中蘊含無數的色彩。調墨的步驟跟平常一樣，至今我做過很多次了，但從沒有這一次自然。

我把毛筆放在平滑的硯臺上，調整筆毛保持尖銳，筆尖從硯臺上自然移動到畫仙紙，這短暫的一刻感覺好緩慢，我已經無所畏懼了。我的手也跟平常一樣，保持自然的姿態，就像握著筷子一樣自然。我細心感受著筆尖調墨後的重量，遠比感受筷子的重量還要專注。心靈解放以後我終於明白，這樣做就對了。筆尖絲毫沒有顫抖，我的手在花朵的指引下移動，以舒適自然的動作揮灑人生的一切。生命力在我內心持續鼓動，筆尖就快要落在畫紙了。菊花在我的心中微笑，猶如在那白淨無瑕的房間中，在那空無一物的畫仙紙上。一切都是那麼的純粹而無餘，我心中不斷應運而生的現象和感動，毛筆會用最自然的動作，捕捉那些現象和感動產生的瞬間，化爲人生中再也無法重現的筆觸。這樣做就對了。

我感受著對我微笑的那一朵菊花，分不清菊花是在我的眼中，還是在我的心中，亦或是在畫仙紙上。我只知道，白色的菊花，比剛才更美。

「找出美的原型。」

這就是湖山大師的意思吧，他要我看出生命樸實無華的美感。我認眞感受花朵，提筆揮毫後才明白這個道理。

水墨就是爲了這一刻所構思出來的智慧和技巧。

了解自己的生命，了解萬物的生命，將這種念頭轉化成繪畫，這就是水墨畫。

我畫下的第一筆，寄託著花朵的生命。

筆尖的重量溫柔融入畫仙紙純白的空間，慢慢轉移其中。生命從筆尖轉移到紙上，彷彿心靈也流入其中。心靈的動靜傳導到身體，身體的動靜又傳導到指尖，指尖控制著毛筆細微的壓力，最後心靈消失在畫仙紙這個不安定的純白空間裡。這不過是一瞬間的變化，但這一瞬間和這一筆，隱含了我一路走來的每一刻。

房裡，瀰漫著菊花和墨水的芳香。

頒獎典禮一結束，會場湧入了大量人潮。

各家媒體蜂擁而上，想一睹湖山獎最年輕得獎者的風采，得獎作品前也擠滿了人。無數閃光燈拍下的那一幅水墨畫，比在場的任何一個人都要華美。

最先站到作品前的是湖山大師。

湖山大師緩步前行，我和千瑛跟在他老人家後面。戴有臂章的記者一直請教大師作品的相關問題，大師故意裝傻，巧妙迴避了那些疑問。

唯獨一個記者的提問，湖山大師回答了。

「請告訴我們這幅畫好在哪裡吧？」

湖山大師看了作品一會，感觸良多地說道：

「看就知道了。」

大師說得沒錯，除此之外不需要多餘的說明。

她的畫本身就是美的證明。這一幅畫也證明了，她是畫藝超絕的繪師。

畫上呈現的，是上一幅牡丹進化後的姿態。

這是一幅沒有缺點的完美之作，也是她過去鑽研技巧的集大成之作。花朵質感生動，精密的調墨畫出了鮮活的筆觸，從畫上看得出洋溢的自信，以及無懼失敗的勇氣……然而將這一切突顯出來的，是她過去從沒展現過的一項特質。

那就是留白，她的畫中有留白。圖面邊緣純白的空間，襯托了黑色的墨跡。沒有作畫的部分，反而讓千瑛的水墨意境更加濃烈。湖山大師看的，大概就是那一塊留白吧。他看著千瑛的作品，似乎鬆了一口氣。

體檢的結果顯示，湖山大師有初期的腦中風症狀，好在及早接受治療，才沒有發生憾事。但大師不再像以前那樣健談，走起路來也不再健步如飛了。他減少工作量和拿筆作畫的時間，偶爾會憂鬱地發呆。不過，今天大師看起來相當祥和寧靜。

贊助者提供的小獎項頒發完，輪到頒發大獎的時候，起身領獎的千瑛，表情像盛開的花朵一樣嬌豔。她走上講臺慢慢接近湖山大師，大師面對千瑛，表情也同樣滿足，這一點我看得出來。湖山大師恭喜千瑛得獎的神情，眞的好開心。千瑛雙手接下獎狀時，也落下了感動的淚水。只有他們才互相了解的感情和關愛，在此刻化爲千瑛的淚水，不斷自她的臉頰滑落，這一刻對他們來說彌足珍貴。他們既是師傅與徒弟，也是爺爺與孫女，湖山大師的那一句「恭喜」，似乎道盡了這分斷不開的羈絆。身穿和服的千瑛，那一刻好漂亮。

我穿著西裝站在會場角落，算是來幫忙準備頒獎典禮的。千瑛獲得湖山獎是理所當然的結果，我也誠心拍手祝賀。這個結果在任何人眼中都是理所當然的，我和千瑛之間的奇妙對決，打從一開始就沒人懷疑這個結果。

千瑛走下頒獎臺，獲得眾人的祝福與喝采。我看著千瑛開心的表情，心裡也感覺暖洋洋的，希望我也有追上她的一天。

頒獎典禮告一段落後，掌聲也停了下來，再來就只剩下宣告典禮結束。當我望著千瑛喜極而泣的面容，自己也感動到快哭的時候，耳朵受到意外的衝擊，有人在喊我的名字。

「青山霜介！」

那聲音很清楚地喊著我的名字，而且確實是我的名字沒錯。

過了好幾秒，我仍不敢相信那是在叫我。會場鴉雀無聲，宛如一切都被凍結了。緊接著人們開始交頭接耳，幾秒後所有人都注視著站在牆邊的我。我傻站在原地，完全不曉得該如何是好。

西濱先生找我來，純粹是要我來幫忙的。他說在頒獎典禮的會場走動，最好穿正式的西裝，而我沒想到自己會站上舞臺。我相信自己就是幕後的工作人員，但頒獎臺上的湖山大師的確是在叫我，我搞不清楚狀況，也不知道該怎麼辦才好。湖山大師又說了：

「青山霜介，請到臺上來。」

大夥靜悄悄的，似乎對我鬼鬼祟祟的舉動感到意外。交頭接耳的說話聲比剛才更大了，我卻聽不到他們在講什麼。我混亂得不知所措，只好鞭策緊張的身體往前進。

我動作僵硬地走上頒獎臺，站到湖山大師的面前。我不記得自己站上來的時候，有沒有好好鞠躬行禮。總之，我站上來了。湖山大師臉上帶著開心的笑容，我心想，大師的笑容眞是好看。只是我非常緊張，怕自己是不是做了不該做的事情。照理說我應該沒有做錯什麼事才對啊？我回顧著自己的言行，注視眼前的湖山大師。大師俏皮地笑了，他拿起麥克風大聲地說道：

「再來要頒給青山霜介，審查委員特別獎『翠山獎』。」

此話一出，我茫然地看著湖山大師，完全不明所以。後方會場響起了掌聲，我還是一臉愣頭愣腦的表情。

「青山啊，恭喜你。」

湖山大師遞出獎狀，我驚訝之餘趕緊接下獎狀，幾乎是反射性接下來的。我緩緩低頭致意後，轉過身來面對整個會場，掌聲又更響亮了。

當下，我不明白自己得了什麼獎，也不明白自己爲何受到祝福。

「翠山獎？這是怎麼一回事？爲什麼我得獎了？」

我茫然得不知所措，腦袋裡充斥著這樣的疑問。

從臺上放眼望去，可以看到底下有好多好多人。千瑛、西濱先生、齊藤先生、茜小姐，還有在評審席上的翠山大師也在拍手。翠山大師對大夥躬身行禮後，來到臺上與我握手，並對全場的人說：

「今年的湖山獎能人輩出，經過審查後，我們決定將大獎頒給篠田千瑛小姐。至於青山霜介畫出了僅次於大獎的作品，我們決定頒給他審查委員特別獎『翠山獎』。千瑛小姐，也請上臺吧。」

千瑛站到我身旁，我們互相握手。淚汪汪的千瑛，笑著對我說：

「恭喜你，青山，眞的恭喜你。」

千瑛在臺上祝賀我，掌聲不時蓋過她說話的聲音，我從她的唇形看出她說的話。

湖山大師站到我們中間，拍拍我和千瑛的肩膀。無數閃光燈和按下快門的聲音響起，持續不斷的鼓掌聲也推向了顚峰。我和湖山大師四目交錯，大師對我點點頭，我也張大了眼。掌聲和快門聲蓋過了湖山大師的聲音，但我知道他在說什麼。

我也點頭回應湖山大師，大師揚起嘴角對著我微微一笑。那不是溫柔的笑容，他的笑容讓我明白，一個人的人品是靠嚴厲與知性歷練出來的。大師對我嶄露的，是那樣的笑容。那是走過困苦的人生才有的笑容，一想到我是被這麼了不起的人提拔，我們之間也不需要任何言詞了。我和大師心領神會地互相點頭，這樣就足夠了。

接著，我觀察四周。

我站在巨大的光線和聲音之前。

就好像站在空無一物的純白空間裡，即使閉上眼睛，我也覺得自己待在那裡。

我凝神注視會場，想看看父母會不會也在某個角落對我拍手。看著純白的閃光，聆聽巨大的音量，我心中產生了一個奇妙的幻想，難不成我還待在心中的小屋嗎？

戲劇性的頒獎典禮餘溫未盡，我們已然進入湖山獎的展覽會場了。

湖山大師跟著記者一起來到千瑛的畫作前。

「大師，您的孫女篠田千瑛小姐是湖山獎最年輕的得獎者，請發表一下您的看法吧。」

湖山大師一開始裝傻沒回答，但他發現千瑛在附近偷聽時，罕見地對外發表評論：

「希望她得了這個獎以後，繼續努力下去。作爲一個從事傳統文化工作的人，我們肩負著這個國家的文化和人心的嚮往，我也希望她秉持這分責任感，好好精益求精。我期待看到新時代的水墨畫。」

湖山大師看了千瑛的作品一會，之後又緩步前行，走到一幅掛軸前面。我們站在稍微有點距離的地方，看著湖山大師和記者互動。

「關於這一幅作品，大師您的看法是？」

記者追問湖山大師的看法，大師同樣沒有馬上回答。他緩緩轉過來面對我，用很清晰的聲音說：

「看就知道了，不必多言。」

湖山大師笑著瞇起眼睛。

記者一臉不解的表情，反覆看著作品和湖山大師。大概是因爲我的作品跟千瑛相比實在太過樸素，所以記者無法理解吧。老實說我也對自己得獎感到很驚訝，也難怪外行的記者無法理解。

「這一幅畫這麼了不起嗎？看上去滿樸素的，感覺是不是少了一點衝擊性？果然水墨不是我們外行人看得懂的啊。」

湖山大師聽到這番話面露苦笑，大師注意到我們在看他，對我們點了點頭，之後慢慢走到休息室裡。我望著湖山大師離去的方向，發現西濱先生和茜小姐在不遠處共同賞畫。他們並排的身影漂亮又登對，翠山大師走近他們二人身後，對他們微笑。看來西濱先生的戀情滿有希望的，他一直對翠山大師低頭致謝。

我和千瑛站在一起，觀賞她的作品。

千瑛的牡丹花眞的很美，她的努力和熱情終於開花結果。畫上的牡丹花明亮、堅強，又充滿正能量。畫中留白的部分帶給賞畫者視覺的饗宴，連花香都能感受得到，留白所產生的餘韻令人聯想到淡淡的花香。

我想對身旁的千瑛說點什麼，但周圍馬上擠來一大堆人，水墨教室的學生和媒體相關人士紛紛對千瑛提問，讚美她的畫藝，千瑛忙著低頭致意。簡單說，千瑛陷入了疲於應付的狀態。

眼看沒機會跟她說話，我悄悄離開人群，走近西濱先生、茜小姐、翠山大師等人。穿著和服的茜小姐一看到我，就先對我點頭致意。難得穿西裝的西濱先生，那一張被太陽曬黑的臉龐也露出爽朗的笑容。舉措沉穩的翠山大師同樣穿著和服，他就像個冷面硬漢的影星一樣酷酷地笑了。

我先向大家鞠躬行禮，就在我要對翠山大師道謝時，茜小姐跟我說：

「這一次獲獎眞是恭喜你了。」

茜小姐走近我，以輕柔的語氣祝賀我。光聽那有氣質的說話語氣，就可以知道她是個知書達禮的人。我也反射性地低頭道謝，走近茜小姐。翠山大師也以清朗的嗓音，再一次對我道賀：

「青山，恭喜你了。」

我保持低頭的姿勢，對翠山大師道謝。

「太好了呢，青山，恭喜你啊！」

西濱先生也開朗地祝賀我，我才終於抬起頭。我心想，西濱先生眞的是很擅長讓人放鬆的天才，他還對我說：

「我可嚇了一跳呢。近年來連湖山獎都從缺了，沒想到今年還頒出了特別獎，這是前所未有的事情喔。」

「是這樣嗎？」

「是啊，翠山獎沒人得過喔。對吧，翠山大師？」

翠山大師開心地點點頭說：

「你是第一個拿下翠山獎的。湖山大師其實一直都有跟我商量，看能不能頒個特別獎給一些優秀的繪師，可惜沒有人配得上這份殊榮。有你這樣的人才參展，實在太好了。」

「多、多謝大師稱讚，不敢當。」

翠山大師滿意地點點頭，那一個小小的動作有種難以言喻的魅力。

「你年紀雖輕，看得卻很透澈。那一幅菊花光靠才華和技巧是畫不出來的，只有認眞過活的人才看得到那種境界。看到你畫的菊花，我也有很深的感觸。」

翠山大師說完這段話，又一次跟我握手。我望向西濱先生，他靦腆地笑著說：

「千瑛獲獎是很自然的發展，青山獲獎也是大家都認同的結果。畢竟沒有人像你純粹用水墨的本質來決勝負。」

「水墨的本質？」

西濱先生笑道：

「湖山大師教過你吧？作畫時心態要放任自然，這裡的作品幾乎都是爲了參展畫的。只有你的作品，是爲了人心才畫的。你拋棄一切矯飾，忘情追逐某種目標的姿態，打動了我們評審委員的心。我也要跟你學習才行啊，你的作品有洗滌人心的效果呢。」

西濱先生談話時的表情難得嚴肅，我覺得有點好笑，便回答他：

「西濱先生，你也是不顧一切追逐目標的挑戰者啊。」

說完這段話，我看了茜小姐一眼。茜小姐知道我的眼神是什麼意思，臉頰稍微紅了，西濱先生被說中心思，一時啞口無言，翠山大師倒是笑得很歡快。西濱先生的身段和氣質都跟茜小姐很般配，我飽經鍛鍊的觀察力，可不會看漏二人情投意合的氣息。

西濱先生趕緊打圓場：

「好了，千瑛終於自由了，快去見她吧。她沒有躲避那些人群，就是爲了找機會跟你說話。」

我轉頭望向千瑛，她身旁的人牆終於消失了，附近也恢復了些許寧靜。千瑛直接走到我的作品前，我站在稍遠的地方看著她。

西濱先生都這麼說了，我從善如流去找千瑛。

我一步一步走向她，想起一年前跟湖山大師共賞千瑛作品的那一天。

我走到了千瑛身旁。

千瑛注視我的畫作，我來到她身旁一段時間了，她依然緊盯著畫作，沒有看我一眼。

我的作品只是樸素的菊花，跟千瑛的作品相比失色許多。白菊由上到下共有五朵，留白的地方也不少，畫上更沒有色彩，毫無華豔的風情，花朵本身也感受不到強烈的色彩意象。

「這幅畫，確實無話可說呢……」

千瑛表示無話可說，但畫中的每一朵花和葉片，都是我的語言和思念。

就連畫一片花瓣，我都順應自己的心意，盡可能貼近花朵的意境，在花朵的指引下揮毫作畫。那一晚不是我在畫水墨，而是花在帶領我畫，花在教導我。湖山大師的見解是正確的，遵從花的指引，順應自然運筆，自己的心念反而能呈現在筆觸上，真是不可思議。那樣的筆觸中有光華，就連與光華相對的暗影，都在水與墨的調和中呈現出來。

帶有光澤的透明液體，跟淡化光彩的細微物質融合後，那種美感以最纖細的方式構成一幅水墨畫。

這樣的呈現方式，或許很接近生命的根源吧，這是我欣賞那五朵白菊的感想。當我畫出莖幹串聯所有的白菊時，我發現自己運筆的手，在無意間畫出了完美的筆觸。我的手順從花朵的指引，放任自然。至於畫出來的成果是好是壞，我並不在意。

湖山大師想告訴我的，大概就是這個道理吧。

「向花朵求教。」

這句話說來輕巧，但其中隱含的學理、思想、感悟，遠超出語言的範疇。那確實是只能用作畫來說明的道理。

畫出菊花以後，我品嘗到的不是完成某項目標的喜悅，而是自己與小生命共存，同時感受到生命力的喜悅，那是一段細膩又清新的時光。當中沒有個人意志，只有經驗傳承。

在持續作畫的短暫過程中，我驚訝地發現原來自己是幸福的。領悟了這個道理後，我放下了毛筆。

現在那一幅畫，就呈現在千瑛面前。

千瑛看完畫，最後面帶微笑：

「這就是你領悟的美感對吧。」

千瑛像在自言自語一般，輕輕說出這句話。之後她大嘆一口氣，肩膀放鬆落下，臉上露出了看開的笑容。看到千瑛大剌剌的反應我也笑了，她伸出手來要跟我握手。我不太明白她的意思，一時有些猶豫，她張開漂亮的嘴唇對我說：

「湖山獎是我拿到了，但這場比試是我輸了。」

千瑛的語氣很平靜。

我不明就裡，用眼神問千瑛是什麼意思。

「其實爺爺和翠山大師，是想把湖山獎頒給你的，我多少感覺得出來。論作畫技巧我確實比你高許多，但眞正深入了解水墨本質、了解生命的人是你。這兩者的差異也許外行人看不出來，但湖峰老師、湖栖老師，還有我都看得出來，爺爺他們也看得很透澈。水墨是描繪人心的繪畫，是描繪生命的繪畫……所以是我輸了。」

我緩緩握住千瑛的手。

「妳這話就不對了，千瑛。妳得獎確實是有意義的，我在描繪這幅畫的時候，感受到自己不足的地方。」

「不足的地方？」

「嗯，我畫出了自己的心境，卻沒有畫出自己的生活態度。妳的技術，就是妳美麗的生活態度。也是妳專注於水墨，苦心孤詣追求目標的純粹姿態。那種一心嚮往的追求，有打動人心的魅力。至少妳的畫打動了我，這一點我很清楚。」

「謝謝你，青山。」

我頷首回應千瑛：

「湖山大師和翠山大師都明白這一點。如果說水墨是線條的藝術，那麼線條絕對與生活態度息息相關，妳成功畫出了這項特色。恭喜妳獲得湖山獎，若沒有妳的水墨畫，我也不會在這裡了。」

千瑛接受我的說法，眼中泛出淚水。

一雙黑眼珠映照著我的身影。

我笑了。

這三年來我幾乎沒笑過，顏面肌肉運動不足，可能笑起來有點奇怪吧。不過，千瑛看到我的笑容先是驚訝，之後又笑得更燦爛，她的笑容就像盛開的牡丹。

對我來說，這燦爛的笑容比得獎更有價值。這種時候，該如何表達與別人共享一段美好時光的意義呢？

「今後也請多多指教囉，青山。」

千瑛的聲音十分溫柔。

我也請她多多指教。

千瑛立刻又被前來祝賀的人潮淹沒，我也就沒再打擾她。

我一個人悠閒地參觀展覽，欣賞為數眾多的水墨畫，壯麗的景象堪稱百花齊放。每個創作者都把自己的情感畫出來，點綴出美輪美奐的畫牆。我抱著一種前所未有的寧靜心情，觀賞牆上無數的畫作。

這時，我體會了從未有過的感悟。

「我是圓滿的。」

我站在一種客觀的角度，發現了這樣的領悟。我不是因為自己的幸福感到圓滿，而是別人的幸福和情感如同窗外透入的陽光一樣照入我的心中，我才感到幸福。

我繞了展覽場一圈，又回到入口附近去看自己的畫。我再一次賞析自己的作品，很自然地了解為何湖山大師能看透我的心。

湖山大師同樣把別人的幸福和情感，當成自己的幸福。那一雙寧靜溫和的眼眸，注視著每一道吹進心中的微風和陽光。同樣地，他也能照見別人的孤獨與痛苦。

「我只希望你找到活下去的意義，發現這個世界的美好，這樣就夠了。」

湖山大師當初是這麼告訴我的。

這句話我還沒有完全了解，但是看到旁人幸福，沐浴在眾人的歡笑聲中，對我來說就是一種幸福。想必湖山大師也是抱著同樣的心情作畫，將這心情傳承下去的吧。

我已經不是孤單一人了。

「眞美啊。」

我有感而發。

說完這句話，我慢慢思考這句話的意思。接著我閉上眼睛，某個意象在心中成形。

我想到的是線。

在我走到這一步以前所畫出的線，還有眾人一同編織的線。彷彿許許多多的人共同編織著這一條線，透過這條線互相串聯。

湖山大師將我拉進連綿不斷的長線中，讓我有棲身之地。

我就在一道悠遠美麗的長線中。

長線不斷延續，永不止息。

也造就了我的存在。

國家圖書館出版品預行編目資料

線，畫出的我 / 砥上裕將著 ; 葉廷昭譯. -- 初版. -- 臺北市 : 圓神, 2020.10
312 面 ; 14.8×20.8公分 --（小說緣廊 ; 19）
譯自 : 線は、僕を描く
ISBN 978-986-133-728-9（平裝）

861.57 109011980

Eurasian Publishing Group
圓神出版事業機構
用心與你對話．視野無限寬廣

圓神出版社
Eurasian Press

www.booklife.com.tw reader@mail.eurasian.com.tw

小說緣廊 019

線，畫出的我

作　　者／砥上裕將
封面插畫／丹地陽子
水 墨 畫／砥上裕將
譯　　者／葉廷昭
發 行 人／簡志忠
出 版 者／圓神出版社有限公司
地　　址／台北市南京東路四段50號6樓之1
電　　話／（02）2579-6600．2579-8800．2570-3939
傳　　真／（02）2579-0338．2577-3220．2570-3636
總 編 輯／陳秋月
書系主編／李宛蓁
責任編輯／胡靜佳
校　　對／胡靜佳．李宛蓁
美術編輯／林雅錚
行銷企畫／詹怡慧．陳禹伶
印務統籌／劉鳳剛．高榮祥
監　　印／高榮祥
排　　版／莊寶鈴
經 銷 商／叩應股份有限公司
郵撥帳號／ 18707239
法律顧問／圓神出版事業機構法律顧問　蕭雄淋律師
印　　刷／祥峰印刷廠
2020年10月　初版
2022年11月　2刷

定價 350 元　ISBN 978-986-133-728-9